Los libros repentinos

Seix Barral Biblioteca Breve

Pablo Gutiérrez
Los libros repentinos

Seix Barral, un sello editorial de Editorial Planeta, S. A.
Avda. Diagonal, 662-664, 08034 Barcelona (España)
www.seix-barral.es
www.planetadelibros.com

Diseño original de la colección: Josep Bagà Associats

Primera edición: abril de 2015
ISBN: 978-84-322-2471-3
Depósito legal: B. 5.618-2015
Composición: Àtona - Víctor Igual, S. L., Barcelona
Impresión y encuadernación: Romanyà Valls, S. A.
Printed in Spain - Impreso en España

El papel utilizado para la impresión de este libro es cien por cien libre de cloro y está calificado como **papel ecológico**.

Se reproducen fragmentos adaptados de las siguientes obras: Pío Baroja: *Aurora roja* (págs. 197, 218 y 228), *El árbol de la ciencia* (págs. 40, 72, 73, 99, 124, 130, 134, 151, 190 y 192), *La sensualidad pervertida* (págs. 9, 31, 32, 33, 43, 45, 46, 60, 74 y 76), *Las inquietudes de Shanti Andía* (págs. 191 y 192), *Las miserias de la guerra* (pág. 148) y *Mala hierba* (págs. 60, 61, 62, 73, 135, 148 y 154); Antonio Buero Vallejo: *Historia de una escalera* (págs. 34, 35, 161, 172 y 184); Federico García Lorca: *La casa de Bernarda Alba* (págs. 24 y 175) y *Poeta en Nueva York* (págs. 111 y 247), © Herederos de Federico García Lorca; José Ortega y Gasset: *La rebelión de las masas* (págs. 85, 97, 107, 120 y 137); Miguel de Unamuno: *San Manuel Bueno, mártir* (págs. 40 y 104) y Ramón María del Valle-Inclán: *Luces de bohemia* (págs. 77, 155 y 156).

El editor quiere agradecer las autorizaciones recibidas para reproducir los fragmentos de las obras que aparecen en este libro. Se han realizado todos los esfuerzos para contactar con los propietarios de los *copyrights.* Con todo, si no se ha conseguido la autorización o el crédito correcto, el editor ruega que le sea comunicado.

PRIMERA PARTE

LA SENSUALIDAD PERVERTIDA

1

REME

Por las conversaciones que sorprendí, supe que tenía alguna enfermedad en el sexo. Esto no impedía mi entusiasmo por ella; todo me parecía un atractivo.

Reme es una vieja indecente que viste con harapos y deja que el pelo le crezca sobre los hombros como la mala hierba. Perdura en ella la fortaleza de la mujer superviviente, piel de elefante marino, las mejillas son dos manzanas de Blancanieves. El tiempo le pertenece, no duerme, a nada le teme: de madrugada deambula como un centinela haciendo rugir los soportales de la plaza con sus bostezos, al mediodía se acurruca al sol para leer cualquiera de los libros que carga consigo. Está cansada, le tiemblan las rodillas cuando sube al autobús que lleva hasta las librerías de intramuros, debería quedarse en casa y precaverse del infortunio de una caída, pero persigue esos libros como alimento necesario, su marido ha muerto, sus hijos huyeron, no confía en ninguna gratificación ultraterrena, siente terror al pensar que su vida se extinguirá sin recompensa, yo tenía veinte años un minuto antes de cumplir setenta, y me vencieron los hijos ingratos, los amantes que no existieron, las rendiciones de un marido incauto, la bronca diaria contra ningún adversario. Los libros conjuran la melancolía y la repetición de los días iguales, las palabras se deslizan como las guías de un telar, todas las historias, todos los cuentos, Reme se convierte en cada: es Ana Ozores en el reclinatorio de la catedral, es Fortunata burlada por Santa Cruz, un hombro desnudo frente al espejo y la caricia en la costura de las medias que nunca tuvo; su viejo corazón se hincha como un neumático, las hormonas segregan la misma sustancia que provocó el primer naufragio, cuando todo comenzó a ir mal por culpa del amor, del cine y de los flujos vaginales desmedidos.

Tenía quince años la primera vez, caderas de carne y seno de masa, y trotaba con la bolsa de los recados cuando en la esquina vio a un muchacho que parecía el hijo del practicante, aquel chaval anémico que acompañaba a su papá en las visitas para aprender el oficio y pellizcar el glúteo de las niñas, pero qué metamorfosis se produjo, las manos de hombre severo que arruga el papel de los cigarrillos, el cuello sin camisa debajo del tabardo como si estuviera desnudo. Cada día estás más linda, le dijo al pasar, y las divinas palabras provocaron el milagro: Reme-quince sintió que una escorrentía le encharcaba los muslos, me lo hice encima como un bebé, todos se darán cuenta. Buscó refugio en un portal para limpiarse con un pañuelo, lo probó, no sabía a orina sino a sudor y a menstruo caliente, se sentó en los peldaños, se quitó las bragas escaldadas, apretó las piernas, cerró los ojos para espantar al diablo y la figura del arcángel se abrió paso a dentelladas, la boca dibujada como una raya doble de cuaderno, la piel fría debajo del tabardo de arpillera, el olor de los cigarrillos, los malos modales, nena, dile a tu mamá que no te deje sola, y la nena se deshizo en una larga tiritera de la que no supo reponerse hasta que oyó el cloqueo de una llave. Veloz, recogió la bolsa, compuso su ropa y escapó del portal dejando un cerco salobre en la escalera. Dos manzanas de caramelo brotaron en sus mejillas; permanecieron siempre iguales, también de vieja, como estigmas venéreos que señalan el pecado.

Ocurrió así, y aunque haya pasado tanto tiempo desde entonces, doña Remedios, viuda de, aún recuerda el episodio y se estremece pensando en los brazos que nunca se posaron sobre ella, escalofrío. Qué castigo infligía el aprendiz de practicante entre las niñas del barrio, aguja hipodérmica: había crecido dos palmos, el padre ya no podía reducirlo a bofetadas y lo daba por perdido, las niñas lo embellecieron con sus miradas de cordero. Se convirtió en el dueño de la esquina de los suspiros, no tenía moral de ninguna clase, no le importaba si grandes o pequeñas, con novio o sin ninguno, ¿fueron seis o siete a las que estropeó en una pared de sombra, a las que subió en brazos a una azotea? Reme-quince no se dejó atrapar y nunca probó ese dulce, y ahora Reme-setenta recuerda cada cosa con precisión cinematográfica, el tabardo, el gesto, la piel de cuero curtido, el cuello sin camisa, los ojos como insectos, la voz ruda de aquel golfo que ya será un pellejo seco o la lasca de un osario o el martirio de una anciana que cuidará de él como de un hijo tonto, en cualquier caso andará lejos, muy lejos del barrio de exilio al que Reme fue arrojada por culpa de la bizarría de sus fluidos.

La historia de Reme-rebelde comienza poco después de la anunciación del arcángel, hágase en mí según tu palabra. Espoleada por la aparición, besó a dos chicos ese verano, eres peor que las que cobran, le dijeron a coro, al menos ellas lo hacen por necesidad. Se supo, todos lo supieron, y en casa las bofetadas sonaron como aplausos de platea. Quiso escapar de la infamia y de la fiereza de sus padres, cumplió dieciocho e intentó convencer a un chiquilín incauto para que se fugaran a una isla tropical. El incauto se puso pragmático, es guapa, dice que me quiere, qué importa que de ella se cuente que. Bastó con algunas caricias indebidas porque él también deseaba marcharse de lo suyo, un cuarto compartido con demasiados hermanos, ya es un hombre y puede valerse, aquí no hay sitio. Oyeron la noticia del nuevo barrio auspiciado por Acción Católica y renunciaron a su isla a cambio de una porción de la explanada, y hubo un párroco que se compadeció de ellos por haber visto demasiadas cosas durante los años feroces, los casó a escondidas sin anillos ni velo, vestidos de calle, los inscribió en la lista de solicitantes y puso su hoja encima del resto antes de enviar el sobre timbrado a la comisión, no es necesario sacrificarse bautizando negros de Guinea ni contraer la malaria en un poblado con generador de gasóleo cuando hay tanto evangelio vacante entre los desgraciados de acá, en tus manos encomiendo el espíritu de estos infelices, Señor, yo ya cumplí con mi parte, que el sacramento los proteja, darás posada al peregrino y consejo al que se siente perdido, y una copia de carbón de la solicitud de vivienda junto a la partida de matrimonio, ahora tened niños, pero con Dios de vuestro lado, les dijo antes de despedirse. Salieron de la iglesia por la puerta del trascoro, clandestinos; en la noche de bodas cada cual durmió con sus padres. El párroco no volvió a verlos, ni siquiera cuando sus nombres aparecieron en el tablón de los admitidos. Ingratos. La misma gente de siempre ensuciando el mundo, pensó.

Estaban salvados, se alejarían del mal nombre, de la deshonra, del aburrimiento, de la vergüenza que ella debería sentir por lo que apenas hizo y de la debilidad de las cosas que él nunca haría. A Reme le habría gustado enfrentarse a sus padres blandiendo los papeles de la parroquia, me casé, ya no podréis decirme dónde estuviste ni con quién, pero hubo que aguardar algunos meses hasta que se resolviera el expediente. El incauto no tenía tanta prisa ni nadie que le esperara en ningún sitio, no habría quien escuchara su triunfo ni quien sufriera su reproche de despedida. Era el tiempo en el que todas las casas estaban saturadas de parientes, las familias crecían como tribus y en las camas se dormía de tres en tres; uno de menos era un rincón de más. En el parque y en un portal, Reme le concedió cierto alivio para que no se arrepintiera, la boca de agua y el pez en su interior.

Fueron buenos cobayas. No guardaban rencor de clase ni se figuraban ningún paraíso perdido, habían nacido después del 39, las cosas ya eran así desde el principio, sólo querían escapar de sus padres y de la calle donde crecieron sin ser felices, en eso consistía su rebeldía: en el aburrimiento, en la fealdad del mundo conocido. Algunas películas, muy pocas, sirvieron para hacerlos soñar con romances de gabardina, a Reme le gustaba besar con los ojos cerrados, adoraba a Cary Grant y a Rock Hudson, se empapaba imaginando los besos de cualquier actor americano, sus fantasías se nutrían de los carteles expuestos en la puerta del cine, casi nunca podía pagar la entrada, Reme se inventaba los argumentos observando los fotogramas grapados sobre un bastidor de madera, esos hombres de camisa blanca y mandíbula angulosa que sujetaban muy firme la cintura de unas mujeres tan bellas e inestables. Igual que los niños son Robin Hood cuando juegan a Robin Hood, Reme besaba a Errol Flynn cuando besaba a cualquier otro, besos como sorbos, besos blandos como frutos. El incauto no era ningún guapo de cine sino apenas el actor secundario que muere en la primera escena, pero servía de escapismo.

Parejas fértiles para poblar aquellas casitas de regalo, pequeñas como conejeras, erigidas sobre un secarral, un páramo ganado al esparto y colonizado por emigrantes de los pueblos podridos de la comarca, tan felices de que su nombre apareciera en el registro de las casas-limosna, bendito Patronato, benditos próceres que cuidan de nosotros. Cincuenta años de concesión antes de convertirse en los propietarios legítimos de un suelo de terrazo: pasaron como el viento, y ahora doña Remedios es una anciana extravagante y carismática, su posición de jefe venerable del clan no es discutida por nadie, ni siquiera por los chicos innobles que acampan debajo de su ventana e intercambian con ella leves insultos, vieja loca, marranos, bruja, vándalos. Fue de las primeras en llegar a la explanada, la ciudad creció a su alrededor con constancia de glaciar, las calles se descosen como cadáveres de una lección de anatomía, sobre la acera reposan bobinas de fibra óptica como carretes de sutura aguardando a que los operarios enhebren el hilo debajo del pavimento. Heráclito: nada permanece en la ciudad mutante, sólo la vieja Reme sigue fija en su sitio, motor inmóvil, pivote cósmico, como si el barrio y el orbe nacieran de la sopa primitiva de sus fluidos.

Al principio no era más que un llano de espigas y terrones secos, huertas regadas con agua de pozo, chozas de chapa, mulos cimarrones con las patas trabadas, no más. La aparición de los primeros bloques comunales hizo que la ciudad se aproximara como la garra del ejército enemigo, la flecha que repta en el diagrama del campo de batalla. Corrieron las hojas del calendario, los bloques se multiplicaron, los carriles de tierra se convirtieron en las calles de asfalto del desarrollismo, y el barrio fue abrazado por la prosperidad de la democracia. Urbanizaciones, núcleos residenciales, condominios con jardín interior. Reme-centinela recuerda los primeros años y se retuerce de melancolía: el matrimonio, los hijos, la enfermedad y el abandono son un malentendido, se estremece al enfrentarse en el espejo con la ancianita doña Remedios, viuda de, en lugar de aquella chica veleidosa, linda y de afecto fácil que irresponsablemente decidió casarse para escapar del oprobio. Una caja de libros repentinos llegó por azar para contarle cuanto no sabía: que la mitad de su vida le fue usurpada, que nunca debió arrepentirse, cada decisión es la cápsula que encierra un universo.

Vista desde el páramo, la ciudad intramuros no era más que una estampa lejana; extramuros, huertas tristes y campos sin labrar, perlas de m^2, el diamante ausente de la tabla de elementos. Reme vivía asomada a una mina a cielo abierto, las columnas del alumbrado público avanzaban, los zapadores abrían túneles de saneamiento con máquinas revientaoídos. Fue el tiempo de los avalistas, los topógrafos y los promotores, que llegaron en sus coches americanos y firmaron los contratos con la mano abierta, como hidalgos; hombres constructores de nidos, filántropos que fabricarían casas decentes para los cavernícolas de las chozas, las criaturas nacen del barro y los países renacen de la tierra liberada de tasas. Había llegado la paz duradera, y la fundación de la nueva patria no la harían coroneles ni magistrados sino contratistas con la encomienda de proteger a la tribu del resentimiento y la intemperie, miles de familias desguarnecidas después de la Gran Bronca, ellos cumplirían con su cometido con la misma vocación con la que acudían a la misa del domingo, los zapatos muy limpios y los niños pegados a sus pantalones. Darás de comer al hambriento, etcétera.

El nido de Reme fue resultado de tanta filantropía, cuarenta metros cuadrados sobre la explanada de ortigas, con una carretera delgada como un cordón umbilical que se unía vagamente a las afueras. El sol amanecía en el dormitorio y se ocultaba detrás de las ventanas de la sala, las paredes amarilleaban en los atardeceres largos de junio, el chiquilín firmó las concesiones con la letra confusa de quien se escapa del colegio saltándose las planas de caligrafía, el libro de familia tenía las hojas en blanco pero el visado de la parroquia certificaba su cristiandad y sus intenciones. Se mudaron con dos camisas y dos vestidos. La cama, los muebles, incluso los platos y los vasos: todo provino de una almoneda parroquial, el barrio se defendía de la pobreza común como un kibutz, no había riñas ni robos, se exigían decencia y buenos modales. Urbanidad, tratados de. Estaba previsto, muy pronto el barrio tendría una plaza con arriates, un mercado, una iglesia y una escuela, el médico aún quedaba lejos, sí, pero había carros, y después ya habría coches. En la fachada del primer bloque una losa de piedra decía: Real Patronato de Casas Baratas, Excmo. Sr. Conde de Alcotán, yugo y flecha. Hubo inauguraciones, misas, fotos con bombilla. Los vecinos eran tan jóvenes y estaban tan hambrientos como ellos, a la colonia llegaron cientos de presos que habían redimido sus condenas en la construcción de un canal de riego circundante, hombres locos y brutales que de noche aullaban como lobos y golpeaban a sus mujeres; el agua del canal silbaba deslizándose hacia los nuevos campos de arroz. Liberarás al cautivo, corregirás al que yerra, alimentarás a los buenos patriotas. En el retiro de sus fincas de verano, los próceres se compadecían de quienes no tenían nada, incluso de los culpables, Dios entienda sus motivos. Hay que abrir las cárceles, se decían, y casar a todos esos presos con todas esas mujeres dolorosas, darles un trabajo, un hogar donde puedan amar a sus hijos y olvidar el rencor. La patria es un solar inmenso, necesitamos brazos que la trabajen, qué importa si brazos convictos o conversos, les daremos casas, construirán sus propias casas como en los primeros tiempos, un asentamiento romano en la nación de los bárbaros. Albañiles y peones, y después carpinteros, y más peones y torneros y conductores, una escuela llena de niños, un país a estrenar. Les daremos lo que pedían a gritos: tierra, un trabajo, un motivo.

Tierra y casas. Los próceres imaginaban un tejado a dos aguas, ventanas con visillos, un cercado, quizá algún naranjo, cordeles para tender la ropa, un cuartito para las herramientas. Ella cocinaría un guiso de papas diminutas en una olla de latón, él fabricaría juguetes de madera. Trabajarían muy duro, olvidarían las ideas equivocadas, recuperarían la honra y la santidad de la pobreza. Devotos de una cofradía de barrio, rezarían a los sagrados titulares para agradecer la comida y el techo. Gratitud. Una patria dignificada por la generosidad y el esfuerzo: eso imaginaban, un país como un cuaderno nuevo. Pero la matemática del censo vino a arruinar su fantasía de regeneración, salieron mal las cuentas, aquí no caben todos, olvidad la casita del dibujo infantil, olvidad las ventanas de marquetería, no hay canteras ni horno para tanto ladrillo. Mejor bloques de vecinos, casas baratas y comunales, agua corriente, electricidad, cuarenta metros sobran para una familia bien avenida. Hay que canalizar esas aguas sucias, los árabes tenían acueductos y acequias para regar los campos, y nosotros, un secarral donde sólo crecen los cardos y la mala conciencia, las inmundicias se arrojan a un pozo ciego, los niños orinan en el cubo donde beben los gatos. Abrid las cárceles. Los presos, al canal. Un día de trabajo redime dos de condena, y da un oficio. En la guerra, soldados; en la paz, albañiles.

El bautizo del primer bebé nacido en el barrio fue celebrado como un gran acontecimiento en los periódicos. Nadie faltó a la iglesia, recién pavimentada con el mismo terrazo de las nanocasas, la arquitectura industrial, las vigas descubiertas. El obispo remitió una carta llena de retórica y parabienes animando a tomar ejemplo de aquella primera pareja, cita del Génesis: que las calles se llenen de niños sin culpa ni pasado, *sed fecundos, multiplicaos, llenad la tierra y sometedla,* ibídem, follad, hermanos, ésa es mi pastoral, sed buenos machos, reventad a vuestras mujeres, atiborradlas de esperma; y vosotras, que ya estáis santificadas, tratadlos con cariño para que después del trabajo encuentren en casa a una mujer recién lavada que les diga vamos a dormir la siesta, amorcito. Darás de beber al sediento, enseñarás al que no sabe. Son las obras de misericordia, el catecismo lo dice, la pila bautismal es una piedra labrada como una concha de peregrino, la matriz de Venus. Pronto se anunciaría la fundación de una hermandad de penitencia en la parroquia, a imitación de las viejas cofradías de intramuros.

La consigna de la procreación se extendió, y los siervos, obedientes, se multiplicaron como una plaga, abandonaron los campos y emigraron a los burgos en busca de la protección del señor feudal, que prometía cobijo y hogaza para quien se mostrara limpio de corazón. Viles como eran, los siervos fabricaron cobertizos en canchas inundables a la espera de la siguiente tanda de concesiones, dibujando una ciudad nueva y provisional en los márgenes de la Muy Noble y Muy Antigua. Cuatro mil asentamientos apuntó un funcionario del Patronato que, con carácter de urgencia, remitió un informe al Excmo. diciendo cólera, hambruna, infecciones, delincuencia.

Noviembre, 1961: los cielos se cubrieron y una riada bíblica arrasó los campamentos de la gleba, *el agua subía con lentitud, amenazando a la ciudad que audazmente había echado raíces en medio de su curso*. Desde su baluarte, Reme y el incauto vieron acudir a los soldados en botes de salvamento, hubo heroicidades, un panadero fabricó un horno con rasillones para alimentar a los vecinos, las hogazas se repartían con poleas. Era la solidaridad del oprimido. *El río crecía. Las aguas rojas y gelatinosas, como arcilla líquida, chocaban contra las pilastras de los puentes, hirviendo como montones removidos de hojas secas*, las chabolas formaron un mismo escombro unas sobre otras. Cuando las lluvias cesaron, el funcionario prolijo se calzó unas botas de pocero y marcó con tiza cada techumbre que encontró en el lodo como el que suma cabezas de ganado, Excmo. Sr., resulta imposible realizar un censo efectivo de esta población nómada y refractaria al rigor del empleado público, habría que multiplicar cada tabanco por cinco o por seis especímenes para encontrar una cifra aproximada del número de almas que habitaban en el delta antes de la catástrofe. Es gente ruin, analfabetos e hijos de analfabetos, y nietos y bisnietos de lo mismo, gente de campo recién llegada a la ciudad, pero no jornaleros con la costumbre de esforzarse, sino ladrones, rebuscadores y gitanos vagos, Excmo. Sr., hay porciones de niños sin bautizar con sus padres en mancebía, para enderezarlos habría que ofrecerles un señuelo edificante, nuevas viviendas que no naufraguen a cambio de examen de conciencia y compromiso católico. Serían los primeros de su estirpe en vivir en una casa de ladrillo, con agua para beber y techos que no se caen, nos repele su contacto porque se alejaron de la condición humana pero es nuestro deber devolverlos a la especie, apiádese, construya. Y el Excmo. Sr. Conde de Alcotán, presidente perpetuo del Patronato de Casas Baratas, tres veces alcalde, octogenario, humanista, se apiadó de ellos. El altruismo y la albañilería van de la mano, caridad para quien nada tiene y óptimas oportunidades de negocio.

El Excmo. Sr. vivía muy lejos, en un cortijo inmenso como una provincia fructificado por los regadíos que el canal de los presos favoreció. Desde allí despachaba sus asuntos de puño y letra como en el XVII y apenas regresaba a la ciudad el martes santo para ver la salida de la hermandad de la Vera Cruz, las puertas del templo se abrían con goznes de medievo y su cuerpín de anciano noble se sobrecogía al ver pasar la reliquia del Gólgota, Lignum Crucis, oh Señor, todos somos astillas en tus manos, concédeme unos años más de vida para rescatar de la miseria fluvial a esos desgraciados, oraba el conde en su gabinete, es verdad que son seres bestiales, arrebujados e incestuosos, pero el ladrillo educa, habrá que soterrar ese río rebelde, desecar las tierras y construir nuevas viviendas donde albergar a los náufragos, los mismos planos de entonces pueden servirnos, las mismas baldosas de suelo sucio arrumbadas en un polvero. Había fundado el Real Patronato de Casas Baratas en los años anteriores a la República por encomienda del rey Alfonso, cuando su prestigio como defensor de la fe comenzaba a forjarse entre la aristocracia que rodeaba al monarca. Un consejero pronunció su nombre en voz baja, y el rey, que ya se sentía amenazado por el malestar social, le envió una instancia pidiéndole que se hiciera cargo de una nueva sociedad filantrópica para cobijar a tantos pobres de la patria, mis súbditos desafortunados.

De joven, el Excmo. Sr. era un inquisidor. Vestía de negro, llevaba escapulario, se azotaba como un cartujo, sentía el placer del cuero en los dedos al sujetar las bridas de su caballo y obligaba a su mujer a rezar el rosario después de follar con ella cada noche, siempre de espaldas como hacen los animales para que no se le hundieran en el alma sus ojos de pecado, tuvieron once hijos. No bebía otro vino que el de la misa, no celebraba banquetes ni aniversarios, no acudía a ferias ni a verbenas ni a monterías, durante los años feroces acogió en su finca a un escuadrón de regulares que avanzaba hacia el frente de Extremadura, los alimentó y los acompañó hasta la raya del término pero no permitió que se acercaran a la cárcel donde se custodiaba a las mujeres indignas. Ya de viejo, se volvió compasivo con el pecado ajeno, palmeaba las mejillas de sus nietos, se lamentaba del dolor y de la pobreza, pensaba, como los neocatólicos, que Jesús es el amigo que nunca falla y no el portador de la espada ni el alfanje, y por eso dio la orden de construir nuevos bloques en la explanada, y fue así como creció el barrio del Patronato hasta convertirse en un cinturón suburbial del mismo tamaño que la ciudad antigua, no ya un satélite al final de una carretera requemada sino una muralla de piezas idénticas como una dentadura. Las familias de intramuros estaban sitiadas, los pobres periféricos preparaban el asedio; el Excmo. Conde de Alcotán, camisa vieja, camisa iniciática a quien nadie se atrevería a llevar la contraria, había inclinado la balanza de la lucha de clases hacia el lado más débil.

Progreso e ingeniería. Son los años sesenta, y las nuevas conejeras ya no se asientan sobre arcilla y barro cocido sino sobre pilotes de hormigón y mallas de acero, se derrumbará el mundo y permanecerán intactos los cimientos del Patronato. Para el incauto la riada fue una lluvia fértil: lo contrataron en la fábrica de ferrallas que se instaló en el nuevo distrito, un trabajo duro de músculo y alicates donde aprendería el truco de las soldaduras y el montaje de los andamios, los compañeros le palmeaban la espalda diciendo te vas a hacer un hombre, chaval. Cien, doscientos, trescientos bloques comunales se expandieron en el extrarradio con esqueletos de hierro metropolitanos, tanto trabajo y tanta ganancia: aplicando la plusvalía obtenida, el dueño de la fábrica cambió el oficio del metal, tan sucio, por la blandura de la uralita, tan dúctil que se puede moldear con una segueta sin máscara ni estaño, apenas desprende un polvillo gris inofensivo. La cuadrilla se incorporó al nuevo negocio, el incauto manejaba los mamparos con las manos desnudas, el dueño era un padre generoso que repartía aguinaldos y cestas de navidad entre los más esforzados, el incauto nunca tuvo una queja, aunque al toser sintiera cristales en el pecho. Fueron los años del trabajo, del amianto y de la resignación. Madrugar, combatir, regresar agotado y enfermo. Reme imitaba al resto de las chicas del barrio, perezosas y amables: se desperezaba, tomaba el sol en la cama, desayunaba despacio, recontaba el dinerín que le quedaba para la cesta. Esposa abnegada, aún no habían nacido los hijos, la casa era tan pequeña que se recogía con dos escobazos, las mañanas se le hacían lentas y aburridas como vacaciones de verano, quién renunciaría al refugio doméstico a cambio de ninguna película de amor verdadero, ninguna ficción de novela de kiosco, aquellas novelas de Bruguera y Jazmín que siempre hablaban de malqueridas, hombres apuestos y calamidades. Las vecinas del bloque amaban sinceramente a sus maridos mongoloides, recogían veloces los platos de la cena para acostar a los niños y frotarse con ellos como grillos antes de que el sueño les venciera, aspirando el aroma del tabaco y mamándolos del modo que nunca confesarían al coadjutor, tan lejos de las camisas blancas de Cary Grant y de las mejillas afeitadas de Rock Hudson. Reme no era como ellas. Siempre cerraba los ojos cuando besaba al incauto.

Del cine de los ojos cerrados llegaron los hijos, dos, después de un embarazo malogrado cumpliendo el índice de mortalidad neonatal. El incauto se sintió aliviado al comprobar que se le parecían tanto, Reme no le engañaba, o bien lo hacía con prudencia. Fueron partos de veterinario, era estrecha de caderas, Reme prometió que ni uno más, el médico le dijo mujer, los que vengan, ni uno más, repitió. Por culpa de su egoísmo perdieron el subsidio que cobraban los padres de prole, de qué tienes miedo, protestaba él, no cabemos, contestaba ella, esto es muy pequeño, otros viven así, decía él, dos es poco, dos es nada, hay quien tiene cinco, y seis. Reme arrugaba con rabia las cubiertas de sus novelas de kiosco, que quedaron olvidadas en un estante porque ya no había mañanas ociosas en las que leer banalidades sino niños que lloran, críos que ensucian la ropa y patalean como gorilas. A solas, Reme miraba a sus hijos como a extraños. No los amaba, lo supo la vez que el incauto le propuso llevarlos a un fotógrafo de intramuros para hacerles un retrato y ella pensó que eso sería tirar el dinero y qué largo el viaje a la ciudad, el calor, la pringue, los niños como peces detrás del cristal del autobús.

Uno se cansa de lo que tiene cerca, y de madrugar, y de estar siempre cansado: al incauto dejaron de interesarle los besos de agua y las siestas sin dormir, Reme dejó de hacer cuentas, él acabó conformándose. Dos, un niño y una niña, bonitos como muñecos de recién nacidos; feos y hostiles de mayores. Años más tarde, cuando el incauto ya no existía y sucedió el advenimiento de los libros repentinos, Reme aprendería que *el hombre a los quince días de la boda deja la cama por la mesa y luego la mesa por la taberna, y la que no se conforma se pudre llorando en un rincón*, qué verdad tan inmensa, pensó entonces, yo fui la tonta que se pudrió solita soñando con Cary Grant durante medio siglo.

Por la nostalgia, por la planicie de la rutina o por el amianto, el incauto se hizo viejo anticipadamente. Padecieron la cruz de las consultas y los mostradores, las placas de rayos, los pulmones con fibrosis, los niños jugando en las escaleras del ambulatorio mientras esperan a que papá salga del médico, que no termina nunca. Reme se olvidó del resto: había que cuidar de los pequeños, llevarlos al colegio, limpiar la conejera, vigilar las recaídas, apuntar las citas de los especialistas. El cine quedaba lejos, en la ciudad. Las cosas ya habían cambiado, un autobús con horario fijo hacía el recorrido a intramuros, en los días claros se distinguían las torrecillas de la catedral como alfiles en un tablero. Las vecinas, un tanto más felices que ella, decían pobre Reme, se le va a morir el marido tan joven. Pero tardó.

Glorietas. Rondas de circunvalación. Planes de empleo. Son los años ochenta, el conde de Alcotán yace en el panteón familiar, *ABC* le dedica páginas retrospectivas en cada aniversario de su muerte, una esquela pagada por el Real Patronato recuerda su amor por los pobres entre los pobres, siempre al auxilio, siempre al socorro de los que nada tienen, in memóriam. Crecieron los niños en las habitaciones amarillas, terminaron el colegio sin provecho y resultó que a la niña también le gustaban los guapos, y los guapos del barrio son la peor compañía; y resultó que el niño no paraba quieto, sus pies se movían como lagartijas cuando lo obligaban a estar sentado. Mal fruto, demasiada calle y nadaquehacer, la casa es pequeña, los críos se pelean como animales encerrados, el padre se sienta al sol, tose y no dice nada, la madre entra en el cuarto para pacificarlos y sale arrastrando los zapatos, prepara la cena, no siempre acuden, Reme prefiere no saber dónde están, pertenecen a otro mundo, nunca fueron ninguna cosa mía, nacieron a mordiscos, reventándome por dentro, yo los miraba y no los veía, sus rostros se me borraban, se me escapaban entre los dedos, la piel pegajosa de los bebés, la sangre en las sábanas del paritorio, el primero nació muerto porque era un ángel que no quiso hacerle daño a su mamá, pero los siguientes resultaron dos diablos, fieras, macacos con colmillos durísimos y uñas afiladas como hoja de sierra.

Ochenta: el barrio ha cambiado tanto. Nuevas chozas de chapa crecieron en los descampados, es la pandemia del jaco y los zombis, no salgas a la calle, perdónalos porque no saben lo que hacen. El cine les dedica un género, los sociólogos redactan estadísticas con entusiasmo. Folk. Mueren a puñados. Algunas congregaciones piadosas los recogen de los charcos y los entretienen con talleres de manualidades y huertos colectivos. Idealización. Son las víctimas predilectas, flaquitos, enfermos, carentes de voluntad e inclinados a la perdición como un automatismo. El producto del blablablá social. Se estabulan en las cárceles igual que hicieron los presos aulladores, eterno retorno, pero las celdas ya no son escudilla y mendrugo sino el reino del confort y la bienaventuranza. Psicólogos, economato, módulos de inserción, sucedáneos de la heroína suministrados por un doctor. Dentro mejor que fuera, eso se sabe. Delinquen para volver al albergue, allí todos se conocen y comparten el pico como buenos amigos. Dentro o fuera, mueren a puñados igual, pero qué diligencia administrativa, qué dependencias clínicas. Cuerpo no reclamado, se ignora el paradero de la familia. ¿Donación al instituto anatómico? No, residuo biopeligroso. Hay un terreno libre en el cementerio. Iniciales en una plaqueta. El ciclo se alimenta de nuevas víctimas: los hijos de los primeros pobladores del barrio fueron los párvulos de aquella escuela primaria que tardó tanto en abrir; por ejemplo, los niños de Reme, que entraron con seis años y salieron con trece, malescribiendo y malhablando como trogloditas, y que ofrecieron su carne tierna al sacrificio del dios yonqui. Se descompuso el espíritu del kibutz, nadie confía en nadie, apenas en la vecina de escalera porque sabes cuánto sufre, el barrio se hunde mientras la cofradía prospera con las colectas de los desesperados, Reme y el incauto envejecen, los niños vuelven a casa sólo para pedir dinero, un día dejan de hacerlo.

Es el tipismo de la barriada, verdades recurrentes en

todas las ciudades. Al principio las comadres siguieron conmoviéndose, pobres muchachos, pero el drama aburre tan repetido, nadie se compadece del dolor del otro cuando el propio es muy. ¿Qué dicen los herederos del conde de Alcotán? ¿Qué los próceres, qué los ingenieros y los promotores? El destino es un arado que labra la carne, el surco que revienta los cuerpos. Ejemplo: en una de las tabernas del barrio cuelga una fotografía de la primera cuadrilla de costaleros de la hermandad, y de las treinta y seis nucas que cargaban el palio primitivo sólo nueve sobrevivieron a la epidemia yonqui, el resto fue devastado por el contagio, la cárcel o los malos encuentros. Estadística.

A veces el barbecho concede una tregua, los cuerpos descansan y se regeneran dando a luz a otros cuerpos. Baby boom, años sesenta. Pero el arado exige la labranza. Modelo reactivo. Vidas ejemplares. Caso práctico: Reme y los suyos. Los estereotipos facilitan el trabajo del observador. Reducen. No mienten. Los estereotipos existen, la gente común se inviste de ellos y repite el modelo. El folclore (las pelis de denuncia, los casetes de carretera, los relatos orales) reafirma la identidad. No ficción. Lo mismo ocurre en otros países, también en los cinturones industriales del mundo civilizado. Chavs en Bristol. Cailleras de Marsella. Ni siquiera es trágico. Es común.

No todo fueron fatalidades de novela de kiosco: Reme recuerda con viveza los días plácidos del principio, poco después de la fundación del barrio, las primeras familias tomando el sol en los arriates, el dinero recontado que el incauto ganaba con el lomo, los bebés gateando sobre las baldosas frías, las manitas agarradas a la colcha para ponerse de pie como una conquista, se va a caer, espera, deja que pruebe, la colcha se desliza, el bebé se queja, no ha sido nada, no llores, aúpa. Los sábados, una cerveza en el bar de mesas de tabla del segundo bloque mientras los niños juegan en la plaza, se persiguen, tienen cinco, siete años, son inofensivos, ¿nueve ya, el mayor? Reme y el incauto se toman de la mano como novios, la de ella aún suave, la de él con heridas de soldadura, parecen felices. En la mesa de al lado se sientan dos muchachos del bloque nuevo, tan jóvenes. La chica acaba de dar a luz a un bebé-gusano al que envuelve en doscientas mantas y toquillas, ni siquiera cumplió la cuarentena, es la euforia y la somnolencia de los primeros días. Son como nosotros, piensa Reme, igual que nosotros cuando llegamos, la misma cara de pasmo, han pasado doce años, ¿ya doce?, Reme mira la fecha en la losa de la fachada. Que lo vas a ahogar, dice, deja que le dé el sol, ¿puedo?, lo coge en brazos, qué poco pesa, una pluma, ya ni me acuerdo, dice, y sonríe del modo que nunca hizo cuando tomaba en brazos a los suyos, cómo se llama este gusanito, pregunta, se llama Ana, hola, Anita, bienvenida.

Durante un tiempo se vieron a menudo en el bar de las mesas de tabla, Reme y el incauto se sentían anfitriones a su lado, ella comenzó a querer al bebé Anita más que a sus propios hijos, tal vez porque no tenía que atosigarla con la cuchara ni recoger sus trastos, le hacía regalos, la sacaba a pasear al sol burlándose de los remilgos de su madre. El incauto, que ya lo era menos, consiguió que el muchacho entrara de aprendiz en el negocio, se encontraban en el portal por las mañanas para ir juntos al trabajo como si fueran escolares. Fraternidad, supervivencia compartida, buenos vecinos que se ayudan, eso eran. Reme ya no se sentía tan sola, la mamá de Anita sería su comadre para siempre, pasearían cogidas del brazo como hermanas, recortarían fotos para los álbumes de familia, irían a las bodas de sus hijos y a los bautizos de sus nietos, envejecerían juntas cuando sus maridos murieran.

Pero ocurrió que una mañana el padre de Anita salió de casa diez minutos antes de lo previsto, el mono azul y la tartera, el beso para su mujer y para el bebé, cerró la puerta, bajó las escaleras, cruzó el portal, no esperó a que llegara el incauto, se fue, y no regresó jamás; jamás, sin explicaciones ni cartas de despedida, ninguna llamada nocturna, ninguna respiración contenida en el auricular, ningún llanto sofocado. La policía dijo que es muy frecuente: un hombre joven con demasiadas cargas sobrevenidas que decide quitarse de en medio, quizá conoció a otra chica que no le hablaba de papillas, pañales ni dónde está el dinero de la renta. Los datos y la denuncia quedan registrados en la comisaría, señora, hay quien vuelve al cabo de un tiempo cuando ya se cansó de vagabundear o cuando la amiguita se le puso igual de pesada, no se apure. ¿Era feliz con usted, no será una bronca de enamorados? Ese bebé que lleva en brazos, ¿era su hijo?, ¿está segura?, ¿él también lo estaba? ¿Cuántos días hace que se marchó? Mire, la policía no persigue maridos fugados, ya le avisaremos. Usted es joven y bonita, abra los ojos, deje que la miren, la niña necesitará otro papá.

No apareció otro papá, y cuatro vidas quedaron destruidas con la fuga: la del bebé, la de la mamá y las de los amigos recientes, que ya no tendrían con quién tomar cervezas en las mesas de tabla. Reme ni siquiera pudo lanzarse a la protección de aquellas dos refugiadas, era demasiado pronto, se conocían desde hacía muy poco, no tenían la confianza necesaria como para decir ven aquí, no llores. Si el trance hubiera ocurrido después de algunos años de amistad, todo habría sido distinto, pero las comadres necesitan recuerdos compartidos, algo que contarse distinto a tu marido se marchó y yo sólo vengo a tu casa porque siento lástima por ti, porque me compadezco de ese bebé que nada sabe.

Anita creció linda y salvaje, el incauto murió en el hospital con los pulmones cristalizados dejando una pensión exigua, y Reme se quedó sola para siempre en la conejera. Fue entonces cuando se produjo el advenimiento de los libros repentinos. Iba a cumplir setenta años y, al abrir aquella caja remitida por error, recordó cuánto le gustaba leer de pequeña, devoraba los tomos piadosos de la escuela, se bebía las novelas de amor de los kioscos, se relamía con las cubiertas de las revistas ilustradas, mucho antes de los novios, de las bofetadas, del incauto, de Rock Hudson, de Cary Grant, de la nanocasa concedida, de los hijos desgraciados, de la epidemia yonqui; mucho antes, los libros.

2

LA CAJA DE LIBROS

> *—Me estoy haciendo un asceta.*
> *—No sé qué es eso.*
> *—Pues nada, que voy buscando la castidad.*
> *—¿Y cómo? —preguntó burlonamente la Filo.*
> *—Ya no bebo vino ni como carne, ni voy a sitios donde haya mujeres.*
> *—¡Qué disparate! Y entonces, ¿para qué vivir?*
> *—Para leer, para enterarse.*

Fue una segunda anunciación arcangélica, semejante a la escorrentía del hijo del practicante, hágase en mí según tu palabra recién impresa. La caja de los libros repentinos llegó con cincuenta años de retraso, pero justo en el momento oportuno. Entre otras consecuencias para el orden establecido, el advenimiento sirvió para que Reme pudiera elaborar un relato simplificado de su existencia, *supongo que mi vida debe de tener su unidad, y la unidad de mi vida hará la unidad de esta historia*, en una cuartilla habría podido escribir una solapa biográfica de sí misma, *no sé si tengo gran cosa que contar, pero me figuro que sí, que vaciando todo el saco de los recuerdos saldrá algo, aunque probablemente en lo que salga haya mucho de vulgar y de pedestre*, una solapa que dijera: «La señorita Remedios nació en el 42, se alimentó con lo que había, estudió cuanto pudo, leyó las novelas que le dejaba una maestra amable, se enteró de bien poco, besó a dos chicos con demasiada frivolidad según el juicio de sus amistades, uno de ellos le estrujó el escote, otro introdujo dos dedos en su vagina, y eso no se debe. *Nuestro tiempo es tan extraño que los hombres que quieren ser extraordinarios, los que aspiran a saltar por encima de su sombra, como dice Séneca, resultan ridículos.* Muy, muy triste, la ~~señorita~~ Remedios vio en el cine algunas películas de Doris Day, conoció a un jovencito incauto al que no le importaron los malentendidos, se casaron, inscribieron su nombre en la relación de solicitantes del Patronato, tuvieron suerte, se mudaron a un millón de kilómetros de la planta baja familiar, cincuenta años de regalía antes de convertirse en los propietarios legítimos de una célula. *Y los que se contentan con llevar la sombra a su lado, como un escudero fiel, parecen vulgares.* Tres embarazos, el primero malogrado, después un niño y una niña, y un marido débil y depresivo: son sus cargas. Llevó a los niños moderadamente limpios al colegio, procuró parchear la ropa que estropeaban, guardó con temor el contrato de cesión en el armario de las medicinas, dispuso cada mes las cincuenta y cinco pesetas de la renta en un sobre aparte, sufrió cuando el mayor se fue de casa con una desconocida sin decir adónde, se desesperó cuando la pequeña se marchó con un desgraciado que quién no conocía, acudió a todas las consultas, recogió todos los análisis, durmió en una silla del hospital durante las cuatro semanas que su marido tardó en morir. Había transcurrido una vida. *Yo soy de estos últimos; no he hecho nunca nada que valga la pena de ser cantado en prosa o en verso.* Doña Remedios pagó el entierro y una única misa, se compadeció de aquel pobre miserable que siempre había temido un final idéntico al que tuvo, le costó reconocer a sus hijos en el funeral, tan cambiados estaban, se sentó con ellos en una terraza, lloró un poco, pidió una cocacola, la montaron en un coche, la llevaron de vuelta al barrio, se despidieron, subió las escaleras de su casa, le pareció inmensa y extraña después de un mes de ausencia, se sentó en una esquina de la cama, comprendió su futuro, durmió bien esa noche, sin sueños, interrupciones ni dolor de butaca de hospital. *Si fuera un artista, un escritor hábil, elegiría unos episodios, suprimiría otros, inventaría algunos; pero no lo soy, y no pienso escribir más que mis recuerdos, por un vulgar orden cronológico*».

Era su melodrama de posguerra, la teleserie de sobremesa rodada para su solo disfrute, y así debería haber acabado todo. Luego, encierro y soledad hasta la suspensión. Pero a la mañana siguiente los dioses intervinieron para concederle un favor excepcional: ding-dong, un mensajero-Hermes llama a la puerta, trae un paquete para el vecino, profesor de letras tristísimo que saluda hablando con el cuello de la camisa. El mensajero (las sandalias aladas, el resto de atributos homéricos) le pide que firme el albarán y recoja el bulto en su nombre, el profesor no está, no me haga subir las escaleras otra vez con esto, señora.

Apenas podía mover la caja. La dejó en el salón y esperó a oír la llave en la puerta de enfrente. Preparó café, se mordió los labios, le pudo la curiosidad de Pandora, cogió las tijeras, rompió el precinto, encontró cincuenta libros de la colección Austral, selección de los mejores clásicos y contemporáneos de la literatura española, regalo de cortesía por la compra de una enciclopedia Espasa-Calpe, estimado cliente.

Así comenzó la catástrofe.

Así los días nublados, la desertización del barrio.

Una caja de libros con terribles consecuencias para la paz social.

Reme ya era una vieja sin uso, le temblaban las rodillas, se quejaba del reúma y le remordía la artrosis como hormigas en las manos, pero tenía buena vista, ojos y mejillas de jovencita. Se sentó en la misma butaca donde su marido pasó las últimas tardes antes del ingreso. Sin otra cosa que hacer, abrió *Historia de una escalera*, leyó los tres actos de un soplo, y tuvo la sensación de que en un batir de páginas desaparecían cuarenta años de su vida. El café intacto.

FERNANDO.—*Carmina.*

CARMINA.—*Déjeme...*

FERNANDO.—*No, Carmina. Me huyes constantemente y esta vez tienes que escucharme.*

CARMINA.—*Por favor. Fernando... ¡Suélteme!*

FERNANDO.—*Cuando éramos chicos nos tuteábamos... ¿Por qué no me tuteas ahora?* (Pausa). *¿Ya no te acuerdas de aquel tiempo? Yo era tu novio y tú eras mi novia... Mi novia... Y nos sentábamos aquí* (Señalando a los peldaños), *en ese escalón, cansados de jugar..., a seguir jugando a los novios.*

La máquina del tiempo. Recordó a Carmencita, tan hostil, hablando sin parar de los besos carnívoros; a Lupe, tan irónica cuando decía no te vi ayer, ¿dónde estabas?;

recordó a los dos muchachos que amó antes que a su marido, sintiendo de nuevo aquel calor en el vientre y luego las manos que no quería contener aunque debía hacerlo. El matrimonio había sido un interludio, la verdadera doña Remedios, viuda de, era la misma Reme-procaz de entonces, la que se dejaba besar y resobar como una tonta y sin embargo soñaba con un romance de la Metro, o al menos uno de Buero Vallejo.

FERNANDO.—(Abrazándola por el talle.) *Carmina, desde mañana voy a trabajar de firme por ti. Quiero salir de esta pobreza, de este sucio ambiente. Salir y sacarte a ti. Dejar para siempre los chismorreos, las broncas entre vecinos... Acabar con la angustia del dinero escaso, de los favores que abochornan como una bofetada, de los padres que nos abruman con su torpeza y su cariño servil, irracional...*

Reme-abandonada comenzó a llorar como una dolorosa; y no por el pobre pajarito de su marido, ya en el nicho como una caja de ropa vieja en el armario, sino por su propia existencia desperdiciada; por sus hijos maleados y siempre ausentes; por el rencor antiguo de Carmencita; por la planta baja de sus padres, adonde ya no regresó sino de visita fugaz e incómoda; por su madre enferma, a quien fue incapaz de acercarse; por los veranos bochornosos de la calima y la playa tan lejos; y por Rock Hudson, obligado como ella a lo que no quiso.

REME.—*No sigas, por favor.*
MUCHACHO 1.—*Tú también quieres.*
REME.—*Aquí no, no así.*
MUCHACHO 1.—*¿Te llevo a un hotel? ¿Te compro rosas? ¿Me caso contigo?*

REME.—*No te burles.*

MUCHACHO 1.—*Yo te amo.*

REME.—*¿Y ayer a quién amabas? ¿A Raquelita, la de Figueroa?*

MUCHACHO 1.—*Raquelita no sabe...*

REME.—*Ella no se deja hacer nada, y yo sí, ¿verdad?, y el juego es ver quién resiste menos.*

MUCHACHO 1.—*El juego es que tú besas como una artista de cine, y que tus pechos son más lindos que los suyos, y que lo tuyo de ahí abajo es un pastelito y lo suyo es esparto, y...* (Reme se tapa la cara diciendo en susurros «déjame, por favor»).

El mismo escenario, la misma escalera, idénticos son el chico y la chica en la memoria de entonces, pero tanta blandura, tan poco labio, piel de verano y falda de pliegue. Hasta creyó recordar las acotaciones que debieron de acompañar su interpretación de jovencita azorada, si se enteran, si alguien sabe que. En el cine todo era distinto, no había calles con bidones grises que condujeran de un set de rodaje a otro, la secuencia se componía de sala de estar, taxi y barra de cóctel, en ningún momento aparecía una chica caminando sola con el temor de que al llegar a casa se le notara en la cara todo lo que había hecho, cómo podría sentarse a cenar con sus padres después de eso, escapaba al cuarto, se cambiaba de ropa, escondía las bragas empapadas para lavarlas en la pila de la azotea y escamotear la vergüenza.

Los fluidos de Reme, despertados por el practicante-zahorí, eran un arroyo oculto, el charco en el suelo, la huella en el peldaño de la escalera común, el deshielo en los muslos, los calcetines raídos por el ácido vaginal que se desliza hasta sus tobillos. En otro siglo y en otro país, esa anomalía fisiológica la habría convertido en una estrella del bizarre, Reme no era tan tonta como para pensar que el diablo quiere que yo sea así, pero tampoco tan lista para decir qué suerte, qué formidable que me pase esto, el mundo podrá ser un asco pero yo habito sobre un acuífero, venid, entrad, bebed, cómo puede, cómo consigue sentarse a cenar con sus padres después de lo que acaba de hacer en la escalera del piso de ese otro muchacho.

MUCHACHO 2.—*Eres...*

REME.—*No digas nada, no hables. Lo sabías, ¿no?, ¿quién te lo contó? Es sucio eso, no es de caballeros.*

MUCHACHO 2.—*Nadie me lo contó, y yo no me lo habría creído.*

REME.—*Vais de rompecorazones pero no sabéis nada, sólo sois unos hombrecitos asustados. Anda, presume, vete, déjame sola. No, no te vayas, quédate un rato, dame un beso, aún es pronto, uno más, de despedida. No volveremos a vernos, si me encuentro contigo por la calle fingiré que no te conozco, y dentro de unos años te casarás y tendrás hijos, y qué suerte si te nacen varones, porque no podrías soportar que tu hijita del alma le hiciera a su novio las mismas cosas que yo te hago a ti, ven, acércate.*

Había pasado la hora del café, del almuerzo y del siguiente café. Reme seguía quieta en su sitio, la caja abierta como un organismo, los libros aguardando. Supo que no la devolvería, que cuando unos días más tarde el profesor tristísimo se atreviera a llamar a su puerta y preguntarle doña Remedios, usted no recogió una caja a mi nombre, ¿verdad?, ella le diría qué caja, a qué nombre, no se preocupe, respondería él, tiene que ser un error, y Reme atesoraría todos esos libros y los leería lentamente,

El rayo que no cesa, La rebelión de las masas, Colección de cuentos hispanoamericanos, Fortunata y Jacinta, La tía Tula, El árbol de la ciencia, La sensualidad pervertida.

Leía muy despacio, siguiendo las líneas con el dedo, repetía con frustración las páginas más difíciles y deletreaba las palabras que no sabía pronunciar, no abandonaba ningún libro ni se saltaba un párrafo, y se inventaba o recomponía a su modo cuanto no alcanzaba a entender. Galdós no resultaba tan uppercut como Buero Vallejo, pero ella era la estudiante predilecta de su no-profesor: tenía tanto tiempo como necesitaba, igual que los chicos que atronaban con las motos en la plaza de los arriates, y conservaba la capacidad de asombro, justo al contrario que ellos, porque su melodrama de sobremesa cabía dentro de la sinopsis del *Teleprograma*, mientras que la vida de cualquiera de aquellos barones rampantes ya era un guerraypaz de decepciones y tributos debidos; y la de las baronesas, horribles anakareninas sin respiro.

La caja robada fue una cámara de sanación, un balneario, clic-cloc, llave y clausura. Reme se recluyó durante meses, se encerró debajo de las solapas de cartón, ajustó el precinto y se refugió en el interior como un Diógenes. Nada más terminar con Buero, arrancó con Baroja, luego vinieron Clarín, Blasco Ibáñez, Valera y Pérez de Ayala, ordenados según la complejidad de las frases iniciales, ése era el criterio. A su manera, Reme configuró el temario de un curso de bachillerato a distancia, no tenía prisa, nadie la esperaba en ningún sitio, ninguna oficina, ningún empleo, ninguna familia, ningún guiso.

—Yo quiero ser honrada —afirmó la joven con la mayor seriedad del mundo, atormentando la punta del delantal.

—¿Honrada?, me parece muy bien. Y dígame usted con toda franqueza: ¿honrada comiendo o sin comer?

Leía con parsimonia y sin prejuicios, era un maestro oriental que observa el deambular de las grullas como si no fueran pájaros comemierdas sino finísimos motivos para un grabado, *¿qué honradez era aquella que apetecía, no sabiendo trabajar, no queriendo volver con su marido y no teniendo malditas ganas de irse a un yermo a comer raíces?* Como Segismundo, durante el tiempo que duró su instrucción apenas salió a la calle. Dejó de teñirse el pelo, una trenza gris le creció en los hombros, fuerte y saludable como un cable de acero. Reme-apurarcielos-pretendo se sentía feliz en su refugio platónico sin necesidad de hablar con nadie, sin obligarse a planchar la ropa ni lavarse la cara por las mañanas. No echaba de menos a su marido, una sombra de cuarenta años de tedio y enfermedades imaginarias, alguna verdadera; tampoco a los hijos-comemierdas, carne cruda para el sacrificio del dios yonqui. La soledad era un alivio; el tiempo, su verdadera herencia legítima, un patrimonio para atesorarlo o desperdiciarlo como quisiera, leyendo durante toda la noche hasta que le dolieran los ojos, durmiendo hasta el mediodía. Qué más da, quién juzga si hace lo correcto, si cumple con las rutinas del desayuno-almuerzo-cena, la soledad es un país propio, una cancha inmensa donde uno puede hurgarse en todos los orificios. Reme corría en esa cancha con piernas de atleta, danzando de un lado a otro como un niño de guardería, sin mirarse en el espejo, sin delaciones ni cómo te atreves.

Así pasaron meses, muchos años para Segismundo, el infinito para los presos de la caverna y un par de estaciones para ella. Sólo cuando hubo terminado de leer cada libro de la caja robada, incluido Ortega sin comprender una pizca, decidió emerger a la superficie, ballena blanca en apnea, para ver si el mundo seguía como antes o si el planeta ya era una república universal donde la paz y la prosperidad se hubieran extendido como pelusas de primavera.

Pero no. No había higueras de frutos ambarinos (vol. 13, pág. 45), ni doradas colinas ni verdes pinares (vol. 11, pág. 67), sino el mismo barullo de barrio incómodo, el pavimento levantado y el agüilla indefinible entre las losas; y la orina, y la mancha amarilla del matarratas en los tuercecalles. Al hablar con las vecinas de la escalera las encontró blandas, beatas y sumisas como jornaleros antiguos. Tocada por la vara de Hermes, Reme se había convertido en el poeta del verso azul y la tesis social; o en el estudiante de ciencias que observa el panorama darwinista y dice *la naturaleza era muy sabia, hacía el esclavo, y le daba el espíritu de la esclavitud, hacía la prostituta, y le daba el espíritu de la prostitución.* Creyó que no soportaría el contacto con aquellas pobres criaturas; pensó que para evitar las náuseas tendría que escabullirse si se las encontraba furtivamente en el rellano; pero entre los libros robados también estaba el *San Manuel* de Unamuno, y en una noche de insomnio había leído a ritmo de escolar toda aquella pasta de resentimiento cristiano perdonavidas. *Lee, hija mía, lee aunque sea novelas. No son mejores las historias que llaman verdaderas. Vale más que leas que no que te alimentes de chismes y comadrerías.* Transmutándose en mártir, Reme se acusó de soberbia y mandó al cuerno la excepción moral de Baroja, y cuando le preguntaron dónde estuviste metida les dijo aquí en casa, sin salir, la viudez es una cosa muy triste si los hijos se han ido, todo me vino demasiado pronto, el matrimonio, los embarazos, ahora esto, y las vecinas asintieron con gravedad. A ninguna le dijo me encerré a leer los libros que llegaron tan repentinos, por eso no me viste más que en la cola de la caja de ahorros o en el supermercado, por eso apenas te saludaba y regresaba deprisa como si un novio me esperase y yo corriera a casa para prepararle una cena romántica y meternos en la cama y follar y leer versitos de Benedetti a la luz de una lámpara de arquitecto, cambiar dos veces la sábana, darle la vuelta al colchón. Si ocurriera que Reme acudiese a un programa de TV a contarle su vida a un presentador con bigotes que le preguntara doña Remedios, ¿usted qué ha sido en la vida?, ella respondería ay, hijo, no lo sé, yo sólo he sido una persona normal, y ahora me arrepiento tanto, ¿ves estas manos, ves las yemas de estos dedos acolchados, este cuerpo-ruina?, pues nada de esto es mío, nada me pertenece, en verdad yo tengo veinte años y sucede que por encantamiento he sido condenada a vivir dentro de un envoltorio de sesenta, como en esas películas americanas donde un chico entra en la carpa de un mago, se burla de él y a la mañana siguiente amanece convertido en un tipo de mediana edad, y ya no hay feria ni carpa ni mago a quien pedirle disculpas. Pues lo mismo: Reme se convirtió en una vieja lunática, salía a desayunar, se sentaba en la terraza de un bar y veía pasar a las vecinas acarreando sus bolsas, les decía siéntate y descansa, mujer, y las invitaba a un café para darles una charla ligeramente aleccionadora. Se ganó fama de excéntrica por esas cosas y por la madeja gris sin teñir, qué rara está Remedios desde lo de su marido, un poco loca, los nervios, pero siempre tan amable, y con pantalones, y comiendo sola en la calle como un viajante, porque había días en los que Reme salía por las mañanas y ya no regresaba hasta que se hacía de noche, subía y bajaba los peldaños del autobús que iba a intramuros, entraba en una librería, apuntaba algunos títulos, rellenaba la solicitud del préstamo de la biblioteca, almorzaba en un bar de menú apalancando el libro con el servilletero, leía, volvía en el autobús sin apartar los ojos de las páginas, se sentaba en la plaza, se quedaba dormida en un banco como un poeta simbolista que se recrea en el esplín de las casas baratas, se entretenía mirando a los nietos de las vecinas que jugaban a columpiarse en los arcos del arriate. Reme tenía tiempo para sí, y lo dedicaba a observar cada cosa y parecer extravagante, nunca les decía a los niños te vas a caer, cafre, sino tú eres el increíble Hombre Araña, ¿verdad?, y los niños sacaban músculo a su lado, la adoraban.

Reme observaba el microuniverso del barrio de las casas baratas como un guardián galáctico cuyo cometido fuera hacer sonar las campanas celestiales si algo se desviaba de su curso, con todo el espacio-tiempo a su servicio y sin nada que hacer salvo pasear de un extremo a otro del agujero de gusano, neutral frente a la degeneración de cuanto veía, los ojos muy abiertos después de tantos años de automatismo. Y por eso fue la primera en darse cuenta de cómo los niños-superhéroe se volvieron chavales broncos y maleducados que aplastaban a patadas los arcos de los arriates; cómo las niñas-princesa dejaron de jugar a las tiendas con una caja del revés y les gritaban a sus madres y a sus abuelas que las dejaran en paz; cómo los comercios cerraban cuando se jubilaban los dueños porque no tenían a nadie que quisiera continuar con esos márgenes ridículos; cómo se morían los primeros solicitantes de las casas baratas sin recibir las escrituras, enfureciendo a los herederos que ahora tendrían que pleitear contra el Patronato; cómo el distrito de intramuros se convertía en una verdadera ciudad del XXI mientras el barrio de extramuros seguía siendo el mismo arrabal sobrante de siempre, con las fachadas blancas, los zócalos amarillos, los naranjos plantados en celdas, el calor volcánico del verano, las botellas de plástico atadas a los balconcillos para recoger el agua que destilan los aparatos de aire acondicionado.

Sintió rabia y deseos de destrucción: abominó de los carteles de las agencias inmobiliarias que aparecieron a medida que el medio siglo expiraba y se liberaba la compraventa de las conejeras; odió a las pavas de engorde que se sentaban en los soportales sin nada que hacer salvo buscar novios que les sacudieran la molicie; detestó a los chavales del arriate que se estabulaban debajo de su casa, también al pícaro Robe, capitán de todos ellos, el hijo que nació de Anita poco después de que dejara de ser arropada por su mamá, un chico-zahorí del XXI, de pequeño tan rubio y tan disparatado con sus dientes de mella y ahora convertido en capo de suburbio. Todo es feo, pensó, los niños crecen y dejan de jugar a los indios, pierden los mechones de hoja de hiedra, se rapan como marines, besan horriblemente a sus chicas, roban, venden, odian a otros chicos hasta la muerte, se conjuran para sacarle los ojos a un rival debajo de mi ventana, hablan sin consonantes y yo escucho sus conversaciones, *a cualquier palabra, aun a la más inocente, se le encontraba un sentido lúbrico,* no hay ternura en ellos, son carne y odio, *al joven Werther, con su álbum bajo el brazo, le hubieran pegado una pedrada en el ojo, sin hacer caso de su sentimentalismo ni de sus ideas poéticas*, yo podría ser el confidente perfecto de la policía o una novelista social, o tan sólo una vieja indiscreta que se aburre en casa y que espía las cosas que dice el pícaro Robe, tan lindo de pequeño, tan caballerito amable cuando iba de la mano de su abuela, buenos días, gracias, Robe se reventará la vida golpeándose contra cualquier cosa, con suerte puede que contra un autobús o contra un contenedor zumbando con su moto, o tal vez contra otra chica a la que convenza para que vivan juntos, tengan un hijo, otro Robe arrojado al mundo para conseguir ninguna cosa. Habría que esterilizarlos, habría que extinguir su raza para limpiar la superficie y componer un universo nuevo.

La anacronía de sus lecturas y la zanja de los cuarenta años de matrimonio hicieron el resto.

3

80/90

> *—Tú eres una mujer ardiente y te gustan casi todos los hombres.*
> *—Menos tú.*
> *—Menos yo. Y esa inclinación natural, como la de ir al retrete, de una persona sana, ¿tú crees que es amor, amor de sacrificio y abnegación?*

Los años ochenta y los noventa, cada cual con su mito y su sustancia, su serie de TV y su monomanía: las drogas de los ochenta te tumbaban sobre un colchón depellejado, el jaco era mejor que follar, mejor que beber, mejor que bailar, e impedía que hicieras cualquiera de las tres cosas; las drogas de los noventa son vitaminas, no te duermen, te dopan, eres un caballo de carreras, eres mil veces más fuerte, no necesitas cucharas ni papel de aluminio, las píldoras caben en la yema de un dedo; las drogas de los ochenta eran tan vulgares, el aparejo de la goma, la aguja y la sangre, los yonquis sólo eran yonquis y por tanto una especie subhumana; los yonquis finiseculares son empresarios, directores de banco, estrellas de la TV, adoradores del sol, hetairas, danzarines, jugadores de fútbol, contratenores, chicas muy guapas que sólo quieren bailar y tomar drogas, suena la peor música del mundo, pero suena al compás de las embestidas del porno, ya nadie folla suave como en las melopeas de Pink Floyd, no se trata de darse besos sino de darse asco, el asco también es sexi, no es la unión del derviche y la ninfa, no hay incienso ni luces estroboscópicas ni rock sinfónico, se folla por competición, hay sexo de cinco minutos, y de tres horas con pausas para nuevas consumiciones, hay un instante, hay urgencia, hay que hacerlo todo esta noche, un juego de rol donde siempre gana el más cabrón.

Los hijos de Reme lactaron la heroína de los ochenta, y desaparecieron.

Anita fue la comedora de píldoras de los noventa, y dio a luz a Robe como efecto perverso.

Para enterarme un poco de la vida, yo al menos así lo esperaba, me puse a leer novelas: desde su atalaya, Reme vio caer con dolor a la generación de sus hijos e insensiblemente atisbó el hundimiento de la generación de Anita, y fue a través de las novelas de Baroja que supo que siempre había sido así desde el principio. Entonces bastaban el vino de bota y el aguardiente de Rute para perderse en las calles, la cocaína ni siquiera era la anestesia de los dentistas, la heroína era Medea o era Electra, pero en la madrugada de aquellos cafés de 1902 ocurrían las mismas cosas, las mismas golferías, las mismas mujeres perdidas en el corazón oscuro de los hombres que no duermen en casa. No es la porción, no es el producto sintetizado en ningún laboratorio holandés; son las ganas y es el sitio donde vives, la conejera, el barrio de los conejos ajusticiados, la pringue de las losas, el deseo de volar por los aires con una explosión o con alas angélicas, nadie puede evitarlo, ninguna profilaxis, ninguna campaña de prevención, observatorio integral de.

Es 1994 y ocurre esto: Anita regresa después de cuatro días de fiesta espídica con la sensación del triunfo, atleta de ultramaratón, protagonista de un cuento galáctico. Cuando salió de casa sus piernas relucían de crema hidratante como salmones, la camiseta en uve, las botas gigantes con hebillas, todo el dinero que pudo conseguir guardado en un bolsillo secreto de su falda. Era la guardiana de un campo de concentración, el pelo recogido en una cola y la cola saliendo del cierre de una gorra de los Knicks. Fría y espléndida como el Ártico, Anita le dijo adiós a su madre sin otra noticia, y ahora, derrumbada sobre las baldosas de la cocina, exhibe para nadie sus piernas comidas de chinches y rajadas de arañazos, la camiseta apesta a sudor de tropa, en el bolsillo no queda nada. Fue bueno, fue muy bueno. Tan cansada ya. Necesitaría comer algo. Que la alimentaran con migas de pan como a un pajarito. Sólo quiere dormir. Dormir durante dos días. Hibernar. Cerrar las persianas y volcar su olor de calle y goma sobre las sábanas. Dormir como un Robinsón, como un soldado de trinchera, dormir con el gesto del guerrero exhausto, cuatro días de fiesta y dos knockout. Pero la mamá de Anita, aquella mujer bondadosa que envolvía a su bebé-gusano en doscientas mantas, se ha convertido en una bruja tan cruel: mira cómo vienes, dónde estuviste, quién te trajo a casa que te dejó tirada en la puerta, qué has tomado, escucha.

Es injusto. Anita sólo quiere un colchón y una sábana, ascética. ¿Por qué la trata así? ¿Por qué no la lleva en brazos a la cama como cuando era pequeña? ¿Por qué inquiere, por qué interroga? ¿Le dice ella lo que debe hacer con todo su tiempo y su vacío, cuánto debería llorar, cuánto echar de menos el tiempo de la felicidad, de los años en los que no sabía que era feliz? Que la deje en paz. Que se aleje. Dormir durante un siglo, las persianas afianzadas como si hubiera un tornado. Todavía suena la música tribal en su cabeza y hay rayos en sus ojos y ácido en su lengua. Es un caballo de carreras reventado, un caballo de postas que llevó al jinete hasta el relevo. Se merece un descanso, se lo ha ganado, déjame en paz, déjame, pero la mamá insiste con su discurso de docudrama. Demasiada televisión, mami. ¿Por qué te resulta tan difícil compadecerte de mí? ¿No me ves sufrir, no me ves llorar, no ves las heridas de mis piernas, la ropa sucia?

Le gustaba ir al colegio. Al principio. Luego todo se volvió aburrido, desaparecieron las tijeras, los lápices de colores y las clases de gimnasia en las que no había nada que hacer. No era tonta, escribía con buena letra y prestaba atención, tenía memoria para los detalles, contestaba veloz a las preguntas de la maestra. Le gustaba salir a la pizarra y ponerse de puntillas para escribir la fecha, y leer en voz alta, le gustaba leer en voz alta más que cualquier otra cosa, y que la maestra le dijera muy bien, cada vez lo haces mejor. Eran muy niños cuando leyeron un párrafo incomprensible del *Lazarillo*, y como aquello no había quien lo entendiera la maestra les dijo cerrad el libro que yo os cuento el resto, y les habló del pequeño Lázaro tan desgraciado y siempre hambriento, y de las andanzas y los pillajes y los miles de coscorrones que recibía, les contó lo del toro de piedra, lo de las uvas y lo del asador, y cómo el ciego metió su nariz de mascarón de proa en la garganta del chico para comprobar si se había comido la longaniza, y cómo el chico vomitó cuanto tenía dentro, y luego el arroyo y la trampa del pilar, pero sobre todo la nariz verrugosa del ciego aproximándose a Lázaro como un garfio de pirata. Arrinconada en la cocina, deshecha, Anita sólo alcanza a ver la nariz de su madre detrás del reproche. Gran angular, la nariz como espolón de galera abriéndose paso entre los vapores y el olor a cuadra, Anita que tantea cualquier objeto que haya sobre la formica y para defenderse, sólo para defenderse, lo empuña y lo mueve de un lado a otro como haría un niño pequeño, el vaso estalla, saltan los dientes, las esquirlas rajan los ojos, la mamá ya está rendida en el suelo, pic-pic, se forma un pequeño charco, Anita puede ver los dientes arrancados sobre el terrazo como si fueran láminas de un libro escolar donde se dijera, fig. 1, molar, a. corona, b. cuello, c. raíz.

No se mueve. Anita la sacude con el pie y no se mueve. Busca una bolsa, abre su armario, mete todo cuanto cabe, baja las escaleras, camina, corre, se marcha pensando que será para siempre.

De lo que sigue no se acuerda. Debió de esconderse en un portal, o quizá fue recogida por algún compañero de armas. Se dejó querer por novios nuevos que tenían coches y ácidos, y el tiempo transcurrió insensiblemente, fue de un lado a otro y de uno a otro, dio tumbos, lo pasó bien, durmió en una caravana junto al paseo marítimo de una villa de las que se oxidan en invierno, dos bikinis y unos vaqueros le servían de vestuario, trabajó en bares, en puertas de bares y en trastiendas de bares, conoció a cientos de personas que la adoraron, muy gentiles de noche, cuando todo el mundo busca. Apenas pensó en la formica, el vaso, la nariz.

Después ocurrió lo obvio porque ésa era la única pastilla que no tomaba, y cuando el embarazo ya era evidente y no había forma de esquivar el bulto ni de convencerse de que sería cosa del cansancio, del trasnoche o de los panoramix abundantes, volvió a casa sin saber si encontraría un precinto de la policía judicial o un cadáver fosilizado, y en lugar de eso encontró a su mamá sin dientes, con una cicatriz desde el ojo hasta la barbilla. Se abrazaron. Reme-abandonada supo de su regreso, y le remordió la envidia: sus cachorros jamás se humillarían de ese modo, el amo tiene la llave de la despensa pero hay quien prefiere morirse de hambre. Anita no era tan tonta como los yonquis de entonces: se dejó arrullar, tomó sopa de gallina y durmió muchas horas.

Los meses siguientes fueron felices. Su mamá la cuidaba como una enfermera, le concedió todos los caprichos, evitó cualquier disgusto. Si Anita relataba, no sé qué mierda hago aquí contigo, ella bajaba a la calle cerrando los pernos y esperaba a que la tormenta se sofocase. El final siempre era el mismo: Anita llorando en el lavabo, ojalá hubiera abortado cuando podía hacerlo, antes de que esta cosa creciera y me comiera por dentro. A veces se daba golpes en la barriga con los puños cerrados. A veces se hurgaba con una cuchara hasta que salía sangre. La mamá le sujetaba las muñecas y le limpiaba las heridas con una gasa, aunque ella también recibiera golpes y salivazos y muchas, muchas palabras de las que no se dicen. Felices, los meses que siguieron fueron muy felices. Tener a la niña en casa de nuevo, no estar sola, cocinar para las dos y hacer las camas, ahorrar dinero para comprar pescado y bistecs aunque Anita apenas se alimentara, su figurita esquelética con clavículas Auschwitz y raspa de costillas, el planetoide de su barriga en órbita.

Tan prudente, la mamá nunca le preguntó de quién era el bebé, no tuvo que contenerse porque desde el principio supo que no sería de nadie, un crío sin apellidos, el barrio enseña eso. De cualquiera, habría sido la respuesta. Anita tenía algunos candidatos, pocos, no más de tres o cuatro según los recuerdos restaurados, indefinible según el vacío que no era capaz de recordar. Cuatro, quizá sólo tres; dos de ellos habían sido amantes torpes y gárrulos, prefería no invocarlos; pensar en el tercero le hacía sonreír, un chico joven, de buenos modales, un estudiante muy drogado, muy noche de verano en una feria donde Anita encontró trabajo, las casetas, las carpas y los mostradores de chapa, el chico tan diferente al resto de aves nocturnas que babeaba sobre la barra, las pupilas cuadradas de sus ojos.

Anita fantaseaba. Dura como una roca pero víctima del camelo de las teleseries, Anita imaginaba el mágico encuentro como un cromo cinematográfico: ella tan hermosa, el bebé en brazos, plano medio americano que permite ver sus muslos morenos dentro de la falda elástica, el bebé lloriqueando con un llanto lastimoso, no hace falta ninguna declaración de aquí tienes a tu hijo, son sus mismos ojos, el mismo pelo rubio como el cristal, yo no sabía nada, dice, no me dijiste que, calla, sólo vine para que lo conocieras, espera, no te vayas, deja que lo coja en brazos, y entonces el muchacho comprende que daría su vida antes de alejarse de esa criatura, y se toman de la mano y se besan, y en el siguiente capítulo él le dice te llevaré a conocer a mi familia, es el cumpleaños de mi padre, lo celebraremos en la finca, no te apures, les gustarás a todos, plano secuencia con travelín entre los corros de los invitados, se escuchan murmuraciones diciendo ¿viste a esa chica?, una cazafortunas que quiere conmover al abuelo con un nietecito inventado, ni siquiera se le parece tanto, ¿no?

El sol entraba por los orificios de las persianas de su

cuarto, los muebles rotos, las colchas antiguas, las baldosas de pura miseria, ninguna puesta en escena de ninguna teleserie sería tan hiperrealista. Eso pasa, piensa Anita, que todo es demasiado real. Real, como la barriga que no se cansa de crecer. Como el tajo en la cara de mamá. Como la cárcel de mi habitación. Real, este foso.

No duró mucho el cuento de la familia reencontrada. Después de dar a luz, Anita cogió el dinero que había en la casa, dejó al bebé en el capazo y volvió a la calle. Había aprendido a vivir con muy poco y sufrir lo justo, pero no era capaz de aburrirse viendo crecer a un crío como quien mira la hierba o como el bobo que se queda junto a la ventana esperando a que anochezca y se lo lleven de allí para meterlo en la cama; incapaz de estar sentada e incapaz de aguantar los llantos del crío que no quiere dormirse, serás cabrón, le decía, y ya la madre lo tomaba en brazos, eh, Robertito, mi bebé, qué te pasa.

Me haré vieja y seré muy fea, pensó Anita. Nadie me querrá entonces, se acabaron los novios y las complicidades, el tráfico de vitaminas, las noches que duran tres días. Criaré a un niño como quien engorda a un cerdo para comérselo en invierno y luego le da pena y lo deja suelto y el cerdo también se hace viejo y nadie lo quiere. Cuando el cerdo sea un muchacho se marchará de aquí porque todo es muy aburrido, las mañanas sin nada que hacer y las tardes gomosas, y yo me quedaré sola en este criadero, y se reirán de mí si me atrevo a pedir el reingreso en el harén diciendo te hiciste vieja, eres fea, cerda matrona, vete. Por eso es mejor que me vaya, se dijo, antes de que el cerdo le tenga apego a ninguna cosa y rebusque en el armario y encuentre un pañuelo que aún tenga mi olor y se ponga a llorar, si me voy ahora seré invisible, no habré estado nunca, no me echará de menos.

Fue culpa de los novios, ella no era una mala chica, pensaba la madre, fueron esos novios que encontraba, novios que esperaban a todas horas en el portal, novios infatigables y olisqueadores, novios aunque era una niña, novios en el colegio y en cualquier sitio donde anduviera, colección de novios a los que amaba de un modo novelesco y que le rompían el corazón invariablemente hasta que decidió que ni uno más, y no es que desaparecieran sino que era ella quien ponía las normas y quien los esquilmaba, se acabaron las cartas y los regalos cursis, la fiesta comenzó a rodar muy lejos de casa, la mamá procuró retenerla con llantos y escandaleras, sin conseguirlo, y luego ocurrió lo de la formica y el tajo, y luego el lapso, y luego el planetoide. Un guión repetido y estomagante. ¿No se cansan las chicas de barrio de confundirse siempre con lo mismo, es una costumbre medieval que no se atreven a interrumpir, es un fuero propio, es un acuerdo al que llegaron de espaldas a sus padres, que también hicieron lo mismo y fueron hijos, a su vez, de idénticas estupideces? El diagnóstico puede hacerse con el dedo: si eres pobre, torpe y guapa, estás condenada; guapa y lista, tal vez tengas una oportunidad; lista y fea, procurarás huir de aquí; fea y torpe, te tocó soportar al peor de todos, el que querrá mearte encima igual que en las películas peores, tu lengua haciendo espirales dentro de su ano, te engañará con todas las que se dejen, cargarás con sus hijos, te robará el dinero y nunca podrás escapar de él porque aprendiste que una mujer no debe estar sola, los cuentos infantiles y los telefilmes del mediodía te enseñaron eso.

Estás condenada, una condena que tiene agravantes y eximentes, distintos grados de penuria. El primer grado, liviano, es soportar a un novio romántico que te regale esclavinas, quiera trepar hasta la ventana de tu dormitorio y no comprenda que desees cualquier cosa distinta de estar siempre a su lado; un novio que te llene de reproches y te obligue a reconocer que tú no lo amas tanto como él a ti, que lloriquee diciendo sé que un día me abandonarás, y te amenace y te persiga, y todo sea una trampa. El segundo grado, doloroso, es el novio zumbante que desaparece y regresa cuando se cansó de lo más sucio, el que te deja embarazada como quien te apuñala y te abandona con el bebé y sin nadie. El tercero, mal sueño, es el que no se marcha nunca, el vago que se quedará en casa como un intruso, el invasor, el que quiere un matrimonio, unos hijos subsidiados y un anclaje. Anita, por suerte, sólo padeció el segundo grado de la condena, con el eximente de una abuela que se encarga del bebé mientras tú sigues con la ronda como si nada fuera distinto, el hijo se concibe, crece, nace y se expulsa al mundo, feliz cumpleaños cero.

Ocurrió, y fue así como Robertito se crió medio huérfano y medio nieto y medio hijo de la mamá de Anita. Diez años antes, la colonia de los niños perdidos era populosa en el barrio, cuando las mamás yonquis se despiojaban de la heroína y los críos ni siquiera tenían abuelas que soportaran sus rabietas y prepararan la merienda; todo dramático, todo lumpen y sangriento, con agentes sociales que acudían al rescate, raciones de leche en polvo, galletas de la Cruz Roja y proyectos de desintoxicación. Pero eso ya formaba parte de un pasado remoto y legendario, y el bebé Robe pertenecía a una nueva generación de niños de suburbio sin el dramatismo de los ochenta, agujas e infecciones; niños cuyas madres permanecían en casa aunque hubiera sido mejor que no lo hicieran; madres berreantes que lamían pantallas de TV y fumaban todos los cigarrillos con el ansia de la abstinencia, y que al mediodía bajaban en camisón al bar de los hombres para comprar más cigarrillos sin importarles que allí estuviera, ya viejo y tan distinto, aquella escoria que pudo haberlas amado, aquella escoria de entonces, cuando los dos tenían veinte años y el hijo correspondiente aún no había nacido; escoria que levanta la vista del vaso y mira a esa mujer envejecida que parece que arrastrase dos vidas sobre ella, la piel de tabaco, la greña, el pijama y las zapatillas de orillo; hombre-escoria que preferiría masticar el cristal del vaso antes que enfrentarse a la mujer que una vez le pareció hermosa, las monedas caen con estruendo, son piedras arrojadas al pozo de los deseos.

Robe: tenía suerte, su abuela cuidaba de él con ternura mientras Anita se evadía del mundo conocido, qué peripecias de exploradora, qué mujer de negocios tan formidable. Al regresar, ya despojada de todo y arruinada la ganancia, Anita lo cogía del lomo y lo abrazaba a la fuerza, si no me quieres dímelo y me iré para siempre. El niño, aterrado, se refugiaba en la falda de la abuela; la abuela no tenía en quién refugiarse.

Una historia de calles y desamparo donde todos sufren; todos menos la selvática Anita, porque no era una adicción, no era una enfermedad lo que la empujaba a la huida, nunca entró en la cárcel, no cometió delitos mayores; quizá sólo eran ganas de pasarlo bien, de divertirse sin preocupaciones, bailar, embellecerse, nadar en el mar, beber gintonics, ponerse un sombrero de cowboy y gafas de plástico como en la portada de un disco, tan sólo. Cuando se cansaba de los vapores de la fiesta y de la pringue en los pies, volvía a casa para acariciar a su Robe-mascota, que le pertenecía por derecho biológico, nadie podría arrebatárselo, ella tenía la prebenda de abandonarlo cuando quisiera. La abuela había aprendido a no quejarse; y eso está bien, es ahorro energético.

Pasaron los primeros años, los más crudos, y el nene Robe creció hermoso e hipermasculino, joven comanche que nunca perdía los nervios y ganaba todas las peleas porque se movía despacio y no manoteaba en el aire como hacen los que no saben pelear. Con cada bronca, cada expulsión y cada raja de chapa en las rodillas se iba haciendo más duro, más fiero y más capo del barrio que habría de heredar al cabo de poco. Apenas tenía doce años cuando la abuela se quebró como una pieza desgastada, sus huesos hicieron crac al subir el último tramo de la escalera del bloque y la vieja se desplomó rodando por los peldaños como si hubiera recibido un disparo. Robe estaba en casa, oyó el ruido de vidriera rota, salió al rellano y encontró el guiñapo: las piernas retorcidas como un muñeco torturado, la mandíbula fuera de la caja, los ojos blancos como un dibujo incompleto. El nene Robe aulló como un lobo para convocar a la manada, y a su alrededor apareció la turba de los vecinos que nunca asomaban la nariz fuera del quicio, hubo gritos de plañideras que se anticipan al desenlace, hubo invocaciones a los dioses del barrio, tan ingratos con los más débiles, y después hubo aplausos para recibir a la ambulancia, que llegó con la estridencia de las grandes tragedias. Y fue entonces cuando, como sucede en los cuentos mejores, la vieja Reme acudió al rescate del pequeño Robe-cautivo para saldar un compromiso antiguo, apartó con sus manos de machete a la plebe que lo ahogaba y le dijo ven conmigo, todo saldrá bien, sus dedos de druida posados sobre sus hombros de pájaro, el nene Robe transportado en volandas de una conejera a otra, de la celda de la mamá de Anita a la jaula de la vieja Reme, que entonces ya vivía sola porque el incauto se había muerto con los pulmones cristalizados. Su casa olía a arena de hámster, los libros repentinos oscilaban sobre el cristal de una mesa cubierta de polvo. Robe preguntó ¿y mi abuela?, Reme contestó cuidarán de ella en el hospital, hay buenos médicos, te llevaré a verla, y lo miró a los ojos para que supiera que no mentía pero no vio en ellos nada de la dulzura que trasminaba Anita cuando tenía su edad, antes del arrebol, de los novios y de la palidez de las fugas, sino toda la inquietud, toda la tensión de un sistema nervioso en estado de alerta. Robe era rubio y fuerte como un guerrero, de una fortaleza de fibra; y Anita, en cambio, fue una niña mansa y tierna que acabó en azufre. Tal vez a él le ocurra lo contrario, pensó Reme para no caer en la desesperanza.

Preparó algo de cenar, extendió unas sábanas que olían a encierro sobre la cama del hijo prófugo y se propuso cuidarlo con la ternura de una abuela adoptiva, pero durante los días siguientes no consiguió que fuera al colegio ninguna mañana ni pudo evitar que por las tardes escapara con sus amigos rufianes para jugar a los vagabundos, y eso le hacía sufrir, porque el niño se parecía demasiado a cualquiera de sus hijos y a ella ya le faltaban fuerzas para acometer ninguna hazaña. Tenerlo en casa era como tener de nuevo a los suyos, una puerta que se tambalea en el marco, pocas baldosas para tantos pies, los niños trepando por las paredes como monos, es mejor que jueguen en la calle y que allí griten y se persigan y se distraigan, qué les puede pasar, decía el incauto.

Se le hizo larga la vigilancia, el accidente coincidió con uno de los periodos migratorios de Anita, que no se dio prisa en volver. Robe tenía la misma sangre de su madre, el mismo azogue en las venas. No quiso visitar a la abuela en el hospital de los huesos rotos ni consintió ningún avance afectuoso, se le extinguió demasiado pronto la impresión del guiñapo en la escalera, corazón vacío o lleno de otra cosa, pensó Reme. Y cuando al fin apareció Anita para llevarlo consigo, Robe se resignó como si nada pudiera ser distinto, a pesar de que ella le sujetara las manos y le dijera por qué no te quedas con Remedios un tiempo, está sola y se portará muy bien contigo, Anita magra e insomne, aspecto de chica de TV, tantas veces la tuvo Reme en sus brazos cuando era un bebé-gusano, el tiempo y los años hacen cosas horribles, yo soy una vieja india y ella es una puta de treinta euros, pensó. Mira, no sirvo para ser madre, no quise, tus hijos ya se fueron, tu marido se murió, él te hará compañía, es un niño bueno, no te molestará, vendré a veros de vez en cuando: Anita inventó todos los argumentos, Reme imaginó la regresión, la pérdida, el dolor y los billetes arrebatados, y sacudió la cabeza para proteger el santuario de los libros repentinos. Enfurecida, Anita cogió a Robe del brazo y tiró de él.

Fue así como se convirtieron en una familia forzosa, la abuela quedó olvidada para siempre en el hospital de los huesos rotos y Anita tuvo que acostumbrarse a vivir con la sombra de un crío hostil que le hurgaba en los bolsillos, también en el escondite secreto de sus faldas. Pasó el tiempo, Robe se hizo un hombre, Anita siguió con los novios, las fugas se redujeron, dormía en casa casi todas las noches pero no quiso enterarse de lo que ocurría hasta que llegaron los agentes sociales, las patrullas, las detenciones y las salvajadas. En el plazo de unos meses el nene Robe mutó en el pícaro Robe, y Anita firmó el recibí de una orden judicial que lo atestiguaba.

Reme-remordimiento: ninguna de las heroínas de sus melodramas habría permitido esa infamia, pensó, un niño huérfano y abandonado en el portal contiguo, una criatura sin culpa, cómo pude negarme, *la culebra que se le había enroscado dentro, desde el pecho al cerebro, le comía los pensamientos*, se mortificó leyendo porciones de novelas sentimentales como punición, *Jacinta lo sentó sobre sus rodillas y trató de ahogar su desconsuelo, estimulando en su alma la piedad y el cariño que el desvalido niño le inspiraba*, se compadeció de las tribulaciones de las damas burguesas que suspiraban en la puerta de la inclusa, alguna vez le ofreció a Anita una pizca de dinero que desaparecía al instante, y también una bolsa con fruta y macarrones como en el comedor de la parroquia, pequeños regalos en navidad, ropa casi nueva que encontraba en casa.

—No lo abandono. Me lo llevaré.

—¿Estás loca? —insinuó el Delfín con severidad.

—No, que estoy bien cuerda.

—Vamos, ten discreción... No digo yo tampoco que se le eche a la calle, pero en el hospicio, bien recomendado, no lo pasaría mal.

Anita recogía esas miserias de una manotada y hacía un gesto indefinible que podía ser de rabia o de agradecimiento, quién sufre qué tormento nadie sabe.

4

LA PLUSVALÍA

Todas las mujeres me gustaban: las bonitas, las feas, las solteras, las casadas, las niñas, las viejas, a todas las miraba como una presa deseable. Del amor, de ese amor de las novelas, no había nada en mí; yo tenía una fiebre erótica, como hubiera podido tener viruelas, pero una fiebre continua y perpetua.

Los libros repentinos no fueron las píldoras que convertían a Anita en Superanita, pero casi lo fueron por efecto de Baroja, de Galdós y de Clarín; Baroja por encima del resto, dictándole a Reme: «*sitios tristes, yermos, desolados, lugares de ruina, como si en ellos se hubiese levantado una ciudad a la que un cataclismo aniquilara, por todas partes se veían escombros y cascotes, hondonadas,* malhado el de venir a parar al barrio de los solitarios, de los tristes sin pan, de los presos redimidos, ¿cómo podrían sobrevivir tus hijos en un lugar así, cómo escapar de un territorio concebido como el aliviadero de la ciudad distante, leprosario?, las ambulancias llegan tarde, los patrulleros evitan las rondas nocturnas salvo que haya redada y festín de furgones, ariete para derribar la puerta de un narcomercado, helicóptero, incautación de una cantidad pactada con los proveedores, la policía modera sus intervenciones para no alterar la ley de la oferta y la demanda, si la materia escaseara y los precios subieran de un modo artificioso no habría forma de contener la ansiedad de los yonquis cautivos, dame todo lo que llevas, deprisa, la pasividad policial es una herramienta de pacificación y de control del mercado, una aplicación inversa de las políticas de natalidad que fueron necesarias para paliar el colapso demográfico de los años sesenta, los sociólogos del cinismo consideraron que el justiprecio de la heroína sería una forma poco gravosa de revertir el baby boom, sin otras víctimas que quienes sinceramente lo merecían, ratones, queso y trampa; ratones como los hijos de Reme y el incauto, que prefirieron no conocer los detalles, cuándo se produjo, quién lo ofreció. La experiencia de las vecinas plañideras les había enseñado que no hay nada que hacer, ni antídoto ni cárcel que contenga la epidemia. Los ratones persiguen el contagio por propia voluntad, exponen sus patitas al muelle y disfrutan del pellizco que atrapa; por eso dejaron que cada cual se marchara por su camino, y por eso nunca hablaron del desencadenante ni culparon al colegio ni a las compañías ni a los narcos que se enriquecen con la sangre de sus hijos. Malhado, un infortunio, una desgracia inevitable como la mala cosecha, la plaga de langostas o la filoxera, *se mezclaba allí la miseria urbana con la miseria campesina; en los suelos de los corrales, cestas viejas, las cajas de cartón de las sombrererías alternaban con la hoz mellada y el rastri-*

llo. Alguna de las casas daba la impresión de relativo bienestar. A lo lejos, en las colinas que cerraban el horizonte, se levantaban barriadas confusas».

Después de la epidemia, nada volvió a ser lo mismo en el barrio de las conejeras. Las nuevas camadas heredaron el emblema del suburbio, una especie de orgullo marginal y pedáneo que les hacía presumir de sus orígenes, nosotros somos pieles rojas y vosotros sois carne blanda para nuestros colmillos, aquí se nace y se muere a dentelladas. En el nuevo siglo ya no fluía la heroína, juguete antiguo, y todo resultaba más suave, más humano, menos yonqui, pero la tragedia permanecía en el recuerdo, en los relatos orales y en los tatuajes azules de los supervivientes: leyenda.

Preso del mismo folclore, tenía el pícaro Robe más kilómetros recorridos que cualquier chaval dulzarrón de intramuros, incluso los que son expulsados tres veces de sus colegios beatos, a cualquiera los superaría en el peritaje de las cosas innobles. Los de intramuros podrían aplastarlo con las copias de sus llaves (del garaje, de la casa de la playa, del antirrobo, del portón de seguridad), pero el pícaro Robe no envidiaría sus habitaciones inmensas como salas de billar, aunque su cuarto fuera pequeño y húmedo como una cueva. Sobre una mesa de caballete reposaba un PC gigantesco, rodeado de columnas de audio, subwoofers y discos duros, silicio suficiente para guardar un registro de cada parpadeo de todos los habitantes de la ciudad. Su cuarto, un desguace sofisticado: microdestornilladores, piezas sobrantes, tarjetas de memoria, cámaras digitales, teléfonos, tabletas, adaptadores de red; recursos de agente secreto que conseguía cómo, algunos componentes los compraba por correo y los vendía en mano, otros los obtenía al descuido y los subastaba a distancia para no dejar rastro. Robe prosperaba con el estraperlo tecnológico igual que ocurría en el barrio cuando aún se sentían los estragos de la Gran Bronca y se comerciaba frente a las casapuertas. Anotaba en una hoja de cálculo las adquisiciones, las salidas y las entradas, como el libro de cuentas de una ferretería, observaba cómo el negocio florecía y los beneficios aumentaban, no olvidaba pagar las facturas de la banda ancha y de vez en cuando dejaba algunos billetes como ofrenda sobre la cama caliente de Anita, que dejó de preguntar de dónde provenía el dinero después de algunas broncas de falsa indignación. Ambos convivían como naciones enfrentadas que mantienen provechosos convenios comerciales, Anita autorizaba su cuenta corriente, Robe sufragaba los gastos de su desfase, los dos respetaban el acuerdo de no hablar sobre ciertas cuestiones; por ejemplo, las escapadas de Anita; por ejemplo, los meses de internamiento de Robe; por ejemplo, las monjas que cuidan de la abuela en el hospital de los huesos rotos.

Robe se tomaba muy en serio su trabajo de crío autoexplotado: no faltaba al instituto para no alertar al psicólogo que tenía su foto en un expediente rotulado «Riesgo de exclusión social», dormitaba en clase, utilizaba el patio como un casino donde pactar precios y captar clientes pero los profesores no podrían decir que resultara un incordio, a pesar de que suspendiera cada asignatura y dejara en blanco cada examen, invisible para cualquiera menos para las chicas solitarias a quienes excita la misantropía. Por la tarde despachaba los pedidos y se dejaba ver en el barrio para mantener la autoridad y la presencia; de noche y de madrugada jugaba partidas infinitas de Hammer of War, componiendo nuevas figuras de combate y acumulando tokens sobrantes con los que después negociaría en el abasto digital. El descubrimiento de Hammer of War, un videojuego de estrategia con millones de usuarios, fue una epifanía para Robe-estraperlista, que contaba a su favor con el capital de su tiempo ocioso, infinito, mientras en la otra esquina del mundo había jugadores impacientes dispuestos a pagar dólares reales a cambio de baluartes, armaduras y tropas entrenadas que podían transferirse mediante la inserción de un código en el perfil. Las reglas establecidas por el administrador de la plataforma prohibían el tráfico de tokens pero permitían las donaciones sin lucro entre los aliados, y cuando Robe encontró ese nicho de ambigüedades comenzó a jugar muy en serio y a guardar sus mejores recompensas para subastarlas después en los foros de aficionados. Los ingresos que obtenía de esa compraventa virtual seguían siendo muy reducidos pero Robe se relamía con cada acuerdo cerrado como el cazador delante del guiso de la pieza cobrada, y aprendió a utilizar los traductores del buscador para internacionalizar el negocio y multiplicar sus clientes potenciales, el profesor de inglés estaría tan orgulloso de su alumno somnoliento. El tablero de juego de Hammer of War era inmenso como una base de grandes datos, sólo la cartografía simplificada ocupaba la mitad de un disco duro convencional, Robe dedicaba noches enteras al estudio de los mapas, al desarrollo de sus ejércitos y al entrenamiento de sus tropas, guarecidas en cuarteles y abastecidas con extensiones de cereales conquistadas a fuerza de sangre y píxeles, era un buen estratega, nunca entraba en combate si no tenía la seguridad de vencer, cien batallas abiertas y ninguna derrota, su avatar era venerado en los foros, el nuevo Alejandro Magno, todas sus campañas son triunfos. Sonaba el despertador y se arrastraba hasta el instituto para restituir en clase el sueño perdido, ya no languidecía en los bancos de la plaza hablando de modelos de coche y absorbiendo la experiencia malsana de los chicos mayores como hacía al principio, cuando Anita regresó para siempre y la abuela se hubo desvanecido para nunca. Entonces no había otro entretenimiento: la plaza, el banco y el sol, los coches que pasan, los rumores sobre las chicas y las deudas, las detenciones, los meses de la provisional, el colega que salió de la cárcel con la mirada torcida y que ahora contaba sus pamplinas y mostraba su desprecio hacia los demás, tan comunes, Robe siempre en medio de todos, el más pequeño, el cadete, el que dejaba que lo golpearan en broma y el que se ofrecía para entrar el primero en cualquier tinglado, deseando que también a él lo atraparan y así cumplir condena y salir de la cárcel con el argumento del tatuaje de la aguja y el bolígrafo. Pero el cuerno de la fortuna es imprevisible, miradlo ahora convertido en un empresario de éxito, con una cartera internacional de clientes y servicios exclusivos a precios imbatibles, deberían concederle una beca de innovación y desarrollo, una subvención del Estado. ¿Cómo se produjo el milagro mercantil, de dónde provinieron las ideas y los medios? Robe no sabría qué responder, se encogería de hombros, hay cosas que suceden solas, diría; pero no es cierto, porque nada habría sido posible sin la intervención de una criatura mágica, un maestro zen que lo invistió de santidad y lo alejó para siempre del callejeo infame de los quinquis y los pobres, tú no quieres ser como ellos, ¿verdad?, ven, yo te enseñaré algunos trucos para ganar dinero sin ensuciarte las manos, me caíste bien, Robertito, tuviste suerte, le dijo.

Todo ocurrió durante el tiempo de la persecución y las horas infinitas, cuando Anita estaba más desquiciada que nunca y la abuela permanecía confinada en la residencia de los huesos rotos a pesar de los ruegos de los médicos y los asistentes sociales que le pedían que se la llevara a casa. Robe tenía catorce años y cometió el error de vender lo que no debe venderse y de robar donde nunca hay que hacerlo, y lo atraparon, pero ni siquiera la severidad del juez consiguió borrarle la sonrisa de complacencia cuando le dijo que no podría vivir con su madre durante unos meses, suspensión temporal de la custodia, Roberto, ¿entiendes lo que eso significa? A Robe le sonó a cárcel y, por tanto, a veteranía. Satisfacción: entró en el centro de menores con los pulgares colgando de los bolsillos, dispuesto a partirle el alma al primero que se le opusiera, pero los dioses quisieron que la única cama vacante estuviera en la habitación del maestro zen, y fue allí donde, ante sus ojos, se abrieron las esclusas del sistema financiero durante un par de conversaciones nocturnas, cuando se apagaban las luces hasta el día siguiente y no había nada que hacer.

El maestro zen era un tipo deslumbrante. Sólo tenía diecisiete años aunque aparentaba otros veinte porque vestía de un modo raro y no se mezclaba con los niñatos de los módulos, a los que llamaba golfos y delincuentes como si él fuera un señor sentado en su despacho. Sintió cierta simpatía por Robe, le cayó bien desde el principio, tan menudo y tan loco, y, mitad por aburrimiento y mitad por compasión, decidió convertirlo en su aprendiz para esquivar las horas muertas. Pese a su aspecto sereno y adulto, arrastraba cierto dolor solitario y la necesidad infantil de parlotear de cualquier cosa y de hacer alarde de sus conocimientos, es frecuente. Embaucaron a los cuidadores fingiendo que hacían un curso a distancia en la sala de informática, y allí le enseñó cuáles eran los servidores más seguros, cómo camuflar la dirección IP, cuánto dinero se puede conseguir vendiendo en la red lo que consigues en la calle, dónde encontrar los tutoriales para liberar un teléfono móvil y crackear una consola, en qué aularios de la Facultad de Derecho resulta más sencillo rapiñar los gadgets que los críos de los barrios nobles dejan sobre las mesas, ya casi tienes barba, puedes parecer un estudiante de primer año, el dinero sobra, le dijo, el dinero se derrama de los bolsillos, hay gente deseando gastarlo y gente deseando perderlo, no se trata de robar sino de que te lo ofrezcan por voluntad propia o por descuido, una cosa es el robo y otra es el hurto, aprende eso y te salvarás, compra y vende la mercancía, y en el tránsito atrapa una porción, luego finge que has escarmentado y no faltes a clase, deja que se lo crean, y que no sepan lo que haces por las noches. Pasaron tantas horas juntos que entre ellos surgió algo parecido al afecto o la amistad, y Robe se sintió confortado y protegido por un tutor que le nutría de valiosos conocimientos. No le habló del barrio, ni de su abuela, ni de Anita; tampoco el maestro zen le dijo por qué lo atraparon ni de qué lo habían acusado, aunque se oían historias horribles acerca de su padre, una cuenta en el banco y un martillo de chapista. Eran colegas, no comadres, y no necesitaban ningún desahogo.

Fiel corderito, Robe se sintió bañado por la iluminación oriental. La matriz del capitalismo le fue revelada, el mundo está lleno de idiotas subhumanos y yo puedo vivir a sus expensas porque conozco la doctrina de la plusvalía, se cuidaría de no volver a pisar un juzgado, las leyes son feroces. Con mansedumbre cumplió los meses de internamiento y forjó el proyecto de crear su propia factoría cuando volviera a casa, un taller a pequeña escala donde poner en práctica todo lo aprendido. Se acabaron las carreras y las heridas, se acabó el vagabundeo y el nadaquehacer. Había guardado algo del dinero con el que le abonaban los narcos detrás de un panel del armario, para que Anita no lo encontrara, y lo invirtió en comprar por piezas un PC potente como un satélite. Se encerró durante semanas en el cuarto, el proceso fue lento y las equivocaciones abundantes, pero tenía todo el tiempo a su servicio, ensayo-error, y conocía la doctrina, recordaba los consejos y las direcciones, invierte una pizca y no seas demasiado ambicioso. Logró convencer a Anita para que abriera en su nombre una cuenta corriente y un apartado de correos, y no volvió a ver al chico illuminati, el maestro. Al salir del centro de menores ninguno intentó saber nada del otro, ni siquiera a través de un mensaje o de un correo electrónico; los espías trabajan en silencio, se miran a los ojos y no se saludan.

La producción era incesante. En muy poco tiempo se multiplicaron los archivos, y Robe tuvo que clasificarlos en su PC con precisión de botánico para no perder ninguna brizna. El porno, los juegos, los crackers, los drivers y la música cofrade ocupaban distintas extensiones: porno, SX; semana santa, SS. Igual que la vieja Reme, Robe vivía muchas vidas en una sola, la suya era una partida de multijugador en la que podía ser quincallero, estraperlista, hombre de la esquina y devoto de una cofradía. Con once años ingresó en la banda juvenil de cornetas y tambores porque los chicos adoran el ruido y los uniformes militares, era divertido quedar con los demás para ir a los ensayos, pasar frío en los descampados, cargar con el estuche de la corneta como si llevara un revólver, llegar tarde a casa con la excusa de que se acerca la SS y hay que ensayar duro, no hace falta ser muy listo ni muy hábil, sólo son tres botones, no hay que saber nada de armonía ni de solfeo, basta con soplar como si quisieras hinchar a pulmón los neumáticos de un coche. Se produjo el contagio, y ya no era la música sino el resto de la utilería, la puesta en escena, el vocabulario, los vídeos intercambiados de las heroicidades de Julio Vela, el corneta más estridente de la ciudad, y luego aprender los nombres de las vírgenes y los cristos como los cromos de un álbum de futbolistas, y cuando te sabías eso, los imagineros y los compositores, el tecnicismo que define a cada pieza del paso, el guardabrisas, la canastilla, la cartela, el codal, el ángel pasionista, otro laberinto de piezas pequeñitas semejante a Hammer of War: elfos y pertigueros, guardianes tumularios y acólitos turiferarios, exarcas, arqueros de la horda y sayones, insignias y ciriales; la misma fascinación. No se trataba de fe religiosa ni de moral cristiana, era el fetiche, el afán coleccionista y la aprehensión de los detalles, la taxonomía, los ritos, el esfuerzo ultramasculino de los costaleros, la rivalidad entre las bandas. Ni contrición ni deseo de trascendencia, Robe deseaba lo mismo que el resto: follar, ganar dinero, divertirse, ver el vídeo de un crucificado entrando en la carrera oficial justo después de una secuencia donde doce negros crucifican a una rubita con cara de Verónica, pero el acceso directo rotulado SX y el icono de SS ocupaban esquinas opuestas de la pantalla para que no se rozaran los bits.

Pobre abuela de los huesos rotos, que pensó que el niño se salvaría de los malos encuentros al ingresar en la banda de la cofradía, y fue justo al revés, Robe se militarizó, la banda de cornetas y tambores era la guardia nacional del barrio, y una cuenca formidable para sus negocios, quién no confiaría en un hermano, en uno de los tuyos. A los cornetas les vendía potentes dispositivos que, como regalo de bienvenida, cargaba con lo mejor de sus carpetas SS, y si había confianza, alguna porción de SX. A los tambores, rudos y ultras, les ofrecía crackers y parches para liberar sus videoconsolas, y una vez que los captaba los surtía de tarjetas de memoria y discos externos atiborrados de shooters, arcades y simuladores. El negocio prosperaba gracias a la confraternización cofrade, y además ocurría que Robe veneraba sinceramente a los sagrados titulares de la hermandad, se le erizaba el vello contemplando la cara de la Virgen amantísima, a quien visitaba en su capilla con regularidad y de quien solía llevar una medalla debajo de la camiseta, el cordón tan incómodo como una soga, el metal oscuro de sudor; cuanto más oscuro, más veterano se sentía, nunca le produjo ningún reparo el tintineo de la medalla cuando se desnudaba para follar con alguna chica, ni siquiera cuando lo hizo por primera vez con la linda Usanavy, a la que amaba de veras; aunque lo cierto es que Robe no solía desnudarse, bastaba con que la chica estuviera de espaldas o con espacio suficiente para quitarle las bragas entre dos coches, en un aparcamiento, en una casa usurpada, también en una escalera que lleva a la azotea donde nadie sube, Robe y Reme eran tan parecidos en el fondo, Reme nunca se exhibió desnuda delante del incauto, la luz tenue o apagada, la sábana convertida en prudente enredo sin deseo caníbal ni imaginativo. Las escorrentías fueron escasas con su marido, pero el caño seguía abierto como un manantial subterráneo y, a veces, cuando veía acercarse a alguno de los chicos guapos del barrio, el arroyo renacía vergonzante. A Robe no le atraían los desnudos, le resultaban demasiado anatómicos, lámina explicativa de un libro de ciencias naturales. El saber enciclopédico absorbido de la carpeta SX le había enseñado que las mujeres no se desnudan cuando se ponen al servicio de sus amantes, sino que se visten con nailon, stockings, corsés, uniformes y disfraces, las teens llevan camisetas enrolladas en los hombros y zapatillas de deporte, las viejas llevan botas, medias y ligas para ocultarse. Robe se había educado en el porno de acceso libre, no tuvo que descubrirlo clandestinamente ni compartir revistas en un garaje, sabía que cuando se folla con ganas se hace en el sofá, en una mesa, en el jardín, sobre la moqueta, nunca en una cama. Cuando Robe nació, el porno ya era inmediato, y todos los chicos de su generación se adiestraron en las mismas costumbres, las chicas no reparaban en corchetes, no buscaban un tálamo de velas aromáticas ni deseaban que sus amantes fueran delicados, las faldas se suben, las mallas se bajan hasta las rodillas, a veces basta con apartar la tira de las bragas para que haya sitio, todo se resuelve rápido, tu obligación es que yo me corra, mi obligación es permitir que tú lo hagas, si no sale bien a la primera no volveré a verte.

Reme nació en la época equivocada. Su fisiología acuífera era una mutación, un avance genético, una ventaja biológica que la habría llevado a gozar de orgasmos intensos como supernovas si hubiera tenido a su servicio a chicos tan guapos como Robe. Feliz, habría sido muy feliz posada sobre ese centro de gravedad hidráulico, pero el mundo le era hostil, y lo que debió ser una ventaja darwiniana se convirtió en una rémora. Época equivocada: si hubiera pertenecido a la generación de Robe o al menos a la de Anita, los hombres la habrían adorado, los productores de cine para adultos le habrían ofrecido cheques en blanco. Con veinte años le faltó valor para convertirse en una mujer perdida, tendría que haberlo hecho, renunciar, no embaucar al incauto, enfrentarse a Carmencita y a Lupe y decirles sí, yo dejé que me hicieran eso en la escalera, y después lamí sus dedos uno por uno como si fueran piruletas de feria. La habrían echado de casa a patadas y habría acabado siendo la estrella de un prostíbulo, retirada por un rico caprichoso o rajada por las putas rivales que no podían competir con ese milagro de la evolución de las especies; pero feliz durante un tiempo en los brazos de amantes voraces que odian a sus esposas, o de jóvenes estudiantes que ahorrarían la paga para pasar media hora con ella.

Escarmentada por culpa de las herejías de Baroja, indiscreta por las curiosidades de Galdós y resentida por el bovarismo de Clarín, Reme-eslabón-perdido escruta el porno de la TV local y se inunda como entonces, qué importa que tenga sesenta, setenta u ochenta años si sus arterias propulsan la presión sanguínea hacia las zonas sensibles. Los harapos y el sofá se anegan con un flujo denso, aromático, rebelde. Eso ocurre en el delta de Reme, que ni siquiera necesita la TV como estímulo, le bastan sus libros repentinos, *al amanecer comenzó a brillar la luz del día por entre las rendijas de la madera. Dorotea se incorporó. Andrés quiso retenerla entre sus brazos. —No, no —murmuró ella con espanto, y levantándose rápidamente huyó del cuarto*, una página perdida entre otras muchas que no comprende, *caían anonadadas en las frondosidades de los huertos, en los almacenes de naranja, o al anochecer, al borde del camino, las vírgenes apenas salidas de la niñez, con el pelo untado de aceite, el pecho liso y los miembros enjutos, tristes, con una delgadez de muchacho bajo las faldas de la miseria*, páginas que se iluminaban de noche como pantallas azules, *un bestia de la vecindad quiso forzarme, yo tenía doce años, y gracias a que llevaba pantalones y empecé a chillar...* pero *para una mujer que no es guapa, como yo, y que tiene que estar siempre traba-*

jando, como yo, la cosa no tiene gran importancia, porciones de deseo extraído de ellas, *tiene los ojos llenos de lágrimas, y en la boca unos pliegues tentadores, y dentro de la garganta unas quejas subterráneas; parece que allá dentro se lamenta el amor siempre callado y en prisiones, rabia de celos o se muere...*, la ficción de una drama inmenso para los espíritus delicados, *una mujer con aspecto de idiotismo mecía un niño en brazos, uno de los gitanillos se deslizó junto a ella y le agarró el pecho con la mano, ella dejó el niño a un lado y se tendió en el suelo*, la rutina de su piel sin uso para nadie, *ese estúpido don Víctor... Todo esto es una injusticia; el mundo no debía ser así. Y no es así. Sois los hombres los que habéis inventado esta farsa.*

Mientras tanto, en una imprenta municipal donde nunca circularían novelas ni relatos ni siquiera poemas, los operarios comienzan a anudar las copias de una ordenanza que se repartirá mañana por todos los buzones del barrio de las casas baratas, provocando la incomprensión, la ira y las barricadas.

5

PORNO Y ACCIÓN

> *Los utensilios de las iglesias siempre me han producido una impresión desagradable. Uno de los sitios que me parecieron más terroríficos en la infancia fue un desván lleno de santos desnarigados y figuras de paso de Semana Santa. Todos los objetos del cristianismo o del fetichismo me producen cierta impresión y cierto miedo, como si estuvieran impregnados de la exaltación mística de los fieles.*

Los próceres supieron que serían necesarias ciertas sujeciones espirituales para que, una vez resuelta la intendencia del ladrillo, los conejos no se escabulleran cuando ya todo les resultara aburrido, confortable. Infraestructura y superestructura: cada barrio de repoblación se dispuso en torno a una parroquia donde se propició la fundación de nuevas cofradías de SS, imitando los modos de las hermandades de intramuros y favoreciendo el desarrollo de una industria de artesanos, cereros, bordadores, ebanistas, orfebres, tallistas, doradores; buenos oficios, mejores costumbres, identidad y orden para el lumpen.

Las neocofradías se financiaron con las donaciones de empresarios afectos y de algunos mandos del ejército que bautizaron con su propio nombre a las hermandades (San Gonzalo), o con el de su esposa (Santa Genoveva), como quien graba las iniciales en la puerta de un retrete. Después llegaron las cuestaciones populares, las tómbolas, las participaciones de lotería, los sobres y las alcancías, bien visibles en los mostradores para que nadie se olvidara de depositar su aportación. Cada pellizco engrosaba el tesoro de la hermandad, custodiado en los almacenes de la parroquia hasta que la junta de gobierno se atreviera a proponer la primera salida procesional, pero antes había que fabricar las andas y la parihuela, fijar el labrado de los respiraderos, contratar a un capataz que reclutara una cuadrilla de costales, y claro, las figuras, harían falta unas figuras a las que venerar, y una advocación, un nombre, un motivo. Uniformes, disciplina y sacrificio, se regalan estampas y almanaques, los niños no tienen que abonar la cuota inicial, vamos, Reme, anímate, en navidad habrá villancicos, y verbenas en el verano, será divertido, el incauto insistió, por qué no apuntamos a los niños ahora que son chicos, cuando crezcan tendrán una buena posición en el paso del misterio, ¿el misterio?, ¿qué misterio?, Reme y el incauto apenas discutían; mujercita mártir, ella miraba para otro lado cuando estaban en desacuerdo, pero en este asunto se mantuvo firme como si tuviera una convicción real, un concepto, apúntate tú si tanto te apetece, le dijo, yo solo no tiene gracia, se trata de que vayamos juntos.

No podía soportarlo, le repelía aquella forma de servidumbre, la iconografía sangrienta, el llanto inconsolable, los siete puñales en el pecho de María, tanto dolor exhibido, aunque se travistiera de fiesta y desfile. Reme no se sentía penitente ni culpable de ningún agravio, y era tan avara con su dinerín que se negó a pagar los donativos y las cuotas, hábil en el regate de las huchas y las papeletas de lotería. Carecía de argumentos intelectuales para oponerse, sólo era un capricho incomprensible, como quien prefiere los días de lluvia a las mañanas de sol. Mucho tiempo después pudo encontrar ciertas justificaciones en los libros repentinos, *el sentimiento religioso está perdido, y la razón de esta pérdida es una razón sexual, la mujer no es más que una tentación, un vaso de impurezas, los hombres ven en el cura a un rival porque el cura español es fuerte, brusco e intolerante, de ahí procede el éxito mundano de los jesuitas, femeninos y sensuales*, pero entonces aquello no era más que una manía incomprensible, un deseo de disgustar a su marido y de hacerse la distinta.

La mayoría no pensaba lo mismo, incluso hubo presos aulladores que se inscribieron para que nadie albergara dudas de su depuración. Los próceres había acertado: por un lado, las neocofradías crearon la ficción de que los nuevos barrios no eran un residuo donde se estabulaba a los excedentes demográficos, sino que formaban parte de la misma ciudad fotogénica y secular de las cofradías tradicionales; por otro, las hermandades contribuirían a la formación del espíritu nacional, luchando contra el resentimiento de quienes habían perdido la guerra, en el cortejo desfilaban guardias civiles, caballeros mutilados, números destacados de Falange, mujeres enlutadas; cada procesión era un acto vivo de catequesis, el verbo se hizo carne, y la carne se hizo talla de madera. La catedral seguía siendo un pináculo que sobresalía entre los edificios, pero intramuros ya no era la metrópoli y extramuros la colonia, ahora todos formamos parte de la misma tribu del centro de África, *este pueblo miserable transforma los grandes conceptos en un cuento de beatas costureras, su religión es la chochez de viejas que disecan el gato cuando se les muere.*

Avenidas del ensanche, rondas, bulevares, carriles sin evangelizar: el itinerario de la procesión ocupaba tres columnas del programa de mano, mientras que el recorrido de las cofradías venerables cabía en el espacio de un soneto. El primer desfile duró diecinueve horas, los costaleros se derretían, desnucados, los nazarenos se desperdigaban en desbandada, a las mujeres de luto se les agrietó el maquillaje como tierra seca. El cortejo llegó a la carrera oficial como una horda, las filas sin orden, las túnicas demasiado cortas que dejaban ver los calcetines, el paso moviéndose torpemente como si fuera a estrellarse contra el palquillo de la junta de hermandades. Se oyeron risas entre los cofrades rancios, todo era tan suburbial: el color grosero de los antifaces, las insignias recientes como papel de aluminio, los bordados de hilo amarillo, los respiraderos de marquetería. Daba tanta lástima que hubo quien aplaudió una pizca, pero sonó a burla mayor. Al día siguiente los periódicos publicaron una nota sin valoraciones, se estrena en la carrera oficial la hermandad de. Hizo daño la falta de prosa, ni siquiera un párrafo de aliento a los valientes hermanos cofrades que desde las populosas barriadas traen la alegría de una nueva devoción, etcétera, sino apenas una semblanza del paso, la representación de la Santa Cena, Judas caracterizado con un bolsón de monedas en el cinto, san Pedro con plumas de gallo entre los dedos, san Juan bisoño. Sacan la Cena porque se mueren de hambre en el barrio, dijeron algunos con guasa. Algo había de cierto.

A pesar del bochorno de la primera salida, los neocofrades fortalecieron sus posiciones, reclamaron auxilio económico a la junta y buscaron ofertas de pronto pago en conventos y talleres de artesanía de los pueblos más remotos para aligerar el presupuesto, aunque la túnica de Cristo pareciera sacada de una película de romanos. El tiempo les dio la razón, las cofradías se fundan pero jamás se disuelven, y con el paso de los años también ellos resultaron pintorescos y tradicionales en medio de la industrialización reciente, cuando la ciudad creció sobre los descampados. Reme lo observaba todo con desprecio: los alguaciles fingiéndose dueños de la calle, las figuras de los apóstoles toscas como primates, los penitentes embaucando a los niños con caramelos, tanto ruido y tanto desorden, tanto servilismo y tanta fiesta de disfraces, quienes arrastran las cruces más gruesas son quienes sacuden más fuerte a sus mujeres, Reme los reconoce aunque se cubran con un antifaz, habría entendido que los vecinos se aferraran a la esperanza del bienaventurados los que sufren, pero ese exhibicionismo y esa sumisión le producían náuseas.

Todo cambió cuando descubrió el porno en una emisora de la TV local. Ocurrió así: ya vieja y lunática y glotona de los libros repentinos, Reme se revuelve en la cama como una fiera, es miércoles santo, los párrafos de Galdós y de Baroja cumplen el mágico efecto de sostenerla en vilo mientras la mitad del barrio peregrina como una manada hacia la catedral. No merece la pena intentar conciliar el sueño porque dentro de unas horas regresará la procesión con estruendo de cornetas y tambores, las vecinas saldrán en camisón a los balcones y se persignarán. Reme enciende la TV, pulsa los botones al desorden y provoca el milagro. La mayoría de las emisoras locales retransmiten en bucle las procesiones, pero en una de ellas, impía, Reme asiste a un espectáculo que jamás ha visto: porno, porno vulgar, porno de habitación mal iluminada donde una chica folla con tres hombres. Setenta años malvividos, cincuenta de clausura, y Reme jamás ha visto follar a nadie, ni siquiera se atreve a utilizar el verbo *follar* en su mente, los matrimonios no follan delante del espejo, las señoras no compran revistas de esa clase, las salas X sólo esperan la visita de los depravados, no existe ninguna posibilidad de que una mujer como ella sepa qué ocurre cuando alguien folla con/contra alguien, qué se ve, qué se enseña, cómo se mueven los cuerpos y qué gritan los que no temen asustar a los vecinos de las nanocasas, el incauto siempre apagaba la luz y ella siempre cerraba los ojos.

Derrumbada en el sofá, sus glándulas retroceden cuarenta años y segregan la sustancia de la excitación y el desconcierto, igual que en la escalera de Buero, la antigua. Necesita tomar aire, abre la ventana, hincha los pulmones, busca un alivio, y justo entonces la Santa Cena ya enfila el camino de regreso hacia el templo, y debajo de su balconcillo, oh dioses, el capataz echa a tierra el paso de misterio. Reme puede ver de cerca las figuras y los adornos, las túnicas abiertas que adivinan el comienzo de un torso, el triángulo de los trapecios, la musculatura de madera, es una provocación, ni siquiera tiene que cerrar los ojos para imaginarse tendida sobre esa mesa, los trece hombres se desprenden de los ropajes y vuelcan sus barbas apostólicas sobre ella, ya no parecen tan toscos ni tan primates, Reme es incapaz de adivinar a quién pertenecen los dedos que le hurgan ni las pollas que se extienden en sus manos ni la que ocupa su boca, Reme es devorada, sacudida, castigada, no es que imagine que ocurre sino que de verdad ocurre, los fluidos brotan como si reventara la compuerta de una balsa, le tiemblan las piernas y tiene que agarrarse a la baranda para no caer encima de la mesa sacramental, alguien mira hacia arriba y dice quién está regando a estas horas mientras Reme padece el orgasmo más intenso de cuantos ha conocido, pocos.

Pentecostés, el carisma fue derramado sobre su frente. Desde aquel día aguardó con ansia la repetición del milagro de las aguas rebrotadas. Cada madrugada de miércoles santo se apostaba en su balcón como una vieja de novena o como una novia Penélope, pero nunca volvió a suceder porque los dioses son caprichosos; y los apóstoles, inapetentes. Quiso encontrar el modo de que ocurriera de nuevo, y durante una de sus incursiones a intramuros se atrevió a entrar en una tienda de artículos eróticos. La chica del mostrador la miró con curiosidad, bravo por la vieja cerda, Reme pasó el dedo por las estanterías igual que hacía en la biblioteca, los ojos redondos como un viajero del tiempo que descubre los tesoros de la tecnología. Compró un dildo monstruoso que se hinchaba con una bomba y oprimía las paredes vaginales; al apretar los músculos para retener la orina el intruso salía propulsado con un géiser de fluido. No era el Pentecostés de aquella noche sagrada, pero Reme se relamía.

Porno y fe. Nadie culpe a doña Remedios, pobre mujer equivocada, de la naturaleza de sus pecados. Los libros repentinos tuvieron la culpa, los condenados clásicos contemporáneos de la literatura española, los aburridos, los plomizos, los reveladores volúmenes que los bachilleres glosan con un párrafo en sus exámenes sin haber leído una línea, *aquellos años de lectura al azar y sin los es-*

crúpulos y temores del estudiante, abatían sordamente muchas de sus creencias, Reme los devoró con ansia porque no tenía otro alimento y porque le faltaban las fuerzas para salir a la calle, la lectura fue su luto, su manera de arder en la pira donde se deshace el cuerpo de su marido, los libros repentinos fueron el combustible y *le hacían soñar con una vida grande, de la que no tenían noticias los que la rodeaban*. No supo discriminar el documentalismo de Galdós de las aburrideces de Blasco Ibáñez, los carámbanos de Unamuno de las piezas artilleras de Baroja, no entendió gran cosa y dejó que se le juntara todo en una misma bronca, en el deseo de una Nueva Gran Bronca donde esta vez ella sería el caudillo y a otros les tocaría el papel de los vencidos. Y por eso, cuando leyó en un bando municipal, como en un bando de guerra, *Se prohíbe tender la ropa en ventanas y balcones exteriores*, Reme dijo en voz alta hasta aquí podíamos llegar, que no fue *Pan, paz y tierra* pero sirvió de consigna para una revolución pequeñita. Y lo que sigue.

SEGUNDA PARTE

LA REBELIÓN DE LAS MASAS

1

DINERO

Las casas, llenas de inquilinos. Los hoteles, llenos de huéspedes. Los trenes, llenos de viajeros. Los paseos, llenos de transeúntes. Las playas, llenas de bañistas. Lo que antes no solía ser un problema empieza a serlo casi de continuo: encontrar sitio.

El cordel es un muestrario de ropa interior, quién se atrevería a subir a las azoteas de caliche para calzar unas horquillas sobre la piedra reblandecida, sólo los antenistas lo hacen y resoplan e hinchan la factura en concepto de desplazamiento. Nadie tiende en las azoteas, la humedad del invierno deshace la cubierta de yeso y el sol del verano devora la tela asfáltica, las vecinas orean las sábanas en los balconcillos, es el capricho pequeñoburgués de quien pretende vestirse con ropa limpia cada mañana, cincuenta años de calcetines goteando en la baranda; cincuenta años en el establo de los cuarenta metros cuadrados, cocinas de juguete, pila de fregar, dormitorios donde convive la prole como en una charca, los hermanitos se aman de cerca, jamás se pelean, no discuten, ojalá todos los niños del mundo pudieran vivir en lugares tan pequeños para descubrir el amor fraternal sin tabiques. Algunos avispados que ahorraron a pellizcos pudieron comprar dos pisos contiguos antes de la explosión inmobiliaria, derribaron ladrillos y compusieron una vivienda habitable en el barrio de las miniaturas, pero la mayoría permaneció para siempre dentro de la hornacina de aquellas nanocasas del yugo y la flecha, gente diminuta que no necesita grandes salones para recibir invitados, ningún comedor donde celebrar pedidas de mano ni buenas noticias, *edificios que parecen estuches o casas de muñecas, los techos se cogían con la mano, las escaleras había que subirlas con el credo en la boca, y las habitaciones parecían destinadas a la premeditación de algún crimen*, Reme supo que nunca sería de otro modo porque Galdós lo predijo, *mucho ha desaparecido en las renovaciones de los últimos años, pero la estrechez de las viviendas subsiste*, deberían estar contentos, deberían batir palmas cada mañana en honor de los funcionarios del Real Patronato que apuntaron sus nombres en el registro, la primera nota manuscrita sobre timbre del Estado; la segunda, mecanografiada en un papel de calca donde se subraya la *palabra cesión* y en ningún caso *propietario* ni *escritura*. El Estado cede y sujeta, la familia agradece y habita. Los hijos de los primeros pobladores tuvieron hijos a su vez, y los introdujeron en las mismas casas mágicas donde todo cabe, la fórmula es el amor, el espacio es una conjetura, los señores feudales conceden a los villanos del suburbio la gracia de pertenecer al censo.

Ha pasado el tiempo, los descampados se convirtieron en objeto de disputa inmobiliaria, el barrio del Patronato quedó convertido en una isla lumpen rodeada de prosperidad y urbanismo, un obstáculo que interrumpe el crecimiento de la Muy Noble y Muy Antigua ciudad de. Topografía: los visionarios que diseñaron la repoblación del país no pudieron prever que el tablero se les quedaría pequeño tan pronto. En los años setenta brotaron torres comunales con terrazas y ascensor; en los noventa, pisos de balcones acristalados; en el XXI, apartamentos con cierres de aluminio. Es la regresión a la casa oscura y el espacio diminuto, el nacimiento del hombre de las cavernas de pladur. Los cuartos vuelven a medirse con metro de carpintero y los vecinos siguen tendiendo en los balcones como salvajes, exigimos su territorio, deploramos sus costumbres.

Su territorio: miniaturas de techos bajísimos, baños de tres losas sin bidet, aunque al menos baño propio en lugar de una letrina compartida, como en los patios vecinales de intramuros. No hace tanto tiempo, parece una eternidad pero no son más de treinta años; claro que entonces, mientras los últimos de la corrala aún se aseaban en la pila común, ya había quien lo tenía todo de porcelana e incluso grifería monomando y cisterna de botón, pero siempre fue así, con más o menos frivolidad y tecnología, pero así. Es el modelo del materialismo dialéctico: ocurría en Egipto, en Roma, en el imperio azteca y en la Rusia de los zares, ocurre en las parcelas de Sotogrande con las que Bakunin ni siquiera pudo soñar su fantasía de dinamita y expropiación. Ricos contra pobres, limpios contra sucios, gel hipoalergénico versus pringue. La dialéctica terminó con la llegada de la democracia tibia, las escrituras de propiedad y el detergente en polvo. El supermercado ofrece lejía y colonia de baño a precios proletarios. Si sigues con el cuello sucio, ya es vicio; si el váter de tu casa huele a tigre, depravación. A los pobres les gusta el olor a pobre, quizá.

Tal vez dinero. Una lluvia de dinero. Un monzón. Que hubiera dinero en todas las casas, que bastara con abrir un cajón atiborrado como un estómago para sacar billetes. No harían falta planes de empleo ni medidas de compensación educativa ni delegación de asuntos sociales. Dinero para que todo se ordene, dinero para quien lo necesite. Hay máquinas que lo fabrican, rotativas inmensas por las que circulan planchas de billetes sin cortar, en el telediario las imágenes son recurrentes cuando la noticia habla de la subida de los precios o de la bajada de los índices, por qué no imprimir diez, veinte, cuarenta de esas planchas y distribuirlas con discreción, conceder dos o tres planchas por cada bloque de vecinos. Ellos sufragarían el gasto del papel y de la tinta, podrían organizarse para eso, y después, con los bolsillos llenos, que cada cual lo gastara según su conveniencia: quien esté enfermo, que se pague un buen médico; quien no sepa estudiar, que contrate un profesor obediente; quien no quiera hacer nada, que lo haga sin molestar a nadie. Si los villanos tuvieran dinero suficiente, tanto como necesitan, el barrio sería un lugar de paz y buenos encuentros donde los hombres se pelearían en el bar por invitarse los unos a los otros, los chicos no mirarían con recelo las bambas de nadie y las chicas no tendrían que cubrirse de bisutería, los feos podrían operarse, los gordos podrían comer productos caros y exentos de grasas saturadas, los viejos serían enterrados como coroneles. Dinero. No compasión, no caridad, no instituciones filantrópicas, tampoco cooperativas. No es culpa del abuso de la plusvalía ni de la propiedad privada; propiedades para todos, títulos para todos, plusvalía y usura para todos, eso falta. Aumentaría el consumo, descendería el paro, y si no lo hiciera ya no tendría ninguna importancia, porque si Robe y los muchachos tuvieran dinero sobrante no se malearían, no serían tan hostiles, no acumularían tanto nadaquehacer para conspirar y aburrirse y malhablar de ese modo. Dinero, CTRL-P.

Cada mañana una escuadra de b(v)arones rampantes se congrega debajo de la ventana de Reme, escondida detrás de las cortinas. Lo sabe todo de sus vidas, quiénes son, de dónde sacan la plata que los próceres les niegan, a quién planean sacudir esa noche y de qué chica presumen que les sacude a ellos. Reme se ruboriza espiando sus conversaciones, el rimero de apodos genitales, el combate lírico, las cosas que barbotean sobre las sacudidoras en un ejercicio de pornoamor cortés. Gritan sin tregua, trepan con sus motos a la acera grasienta, tronchan los arriates y abomban los arquillos a patadas; son tan rutinarios, el tiempo es un juguete que pueden romper o estirar tanto como quieran, Reme se acostumbra a verlos llegar a la misma hora, acaso los echaría de menos si un día faltaran. El pícaro Robe los capitanea. Sigue siendo un mico pero aprendió de memoria la enciclopedia del barrio y ahora todos están a su servicio. Cuando era recadero de los narcos menores hizo cosas bárbaras que aún se recuerdan con admiración. Al volver del internamiento ya no parecía el mismo. Sereno y limpio, regresó con ideas nuevas, fundó su negocio de estraperlo y obtuvo el respeto de la esquina, donde se aprecia el talento de los jóvenes emprendedores. En el arriate ya nadie cambia de teléfono móvil sin consultarle, Robe conoce el modo de parchear cualquier videoconsola y liberar los terminales, te conseguirá el capricho que quieras por la mitad de precio, su cuarto es un bazar paquistaní abierto 7/24, puedes confiar en él, es un hermano.

Pero en las últimas semanas algo ha cambiado, Reme lo percibe desde su escondite, ya no se oyen su voz tonante ni sus bravatas ni sus desafíos, se le ve caminar de la mano de una novia ligera como una gimnasta, y en su cara hay una mueca que parece una sonrisa. Reme aún no lo sabe, pero lo cierto es que Robe se ha enamorado de una doncella linda llamada Usanavy a quien ama con devoción petrarquista, los toques más agudos de su corneta son baladas de amor. Anita se burla de ese romance de impostura, no pudo contener la risa cuando Robe quiso presentársela como una novia con anillo de compromiso, Robe se convirtió en un adolescente tardío, regresión. La adora como un poeta, todo son virtudes en ella, piensa que debería llamarse Linda en lugar de Usanavy, aunque el nombre le encaja bien, nombre de planeta de *Star Wars*, ¿cómo dices que te llamas?, y ella cuenta la repetida historia de cuando su mamá estaba embarazada y un domingo fue a la playa de la base naval y había barcos enormes haciendo maniobras y uno de esos barcos se llamaba así, Usanavy, con letras blancas y angulares, y pensó qué nombre tan bonito, será una niña y se llamará Usanavy, dijo como una predicción más que como una ocurrencia, haz lo que quieras, le contestaron, el bebé es cosa tuya, y con eso no querían decir que fuera de su incumbencia sino de su propiedad, porque en el barrio los críos se consideran un patrimonio de sus madres, una compensación biológica a cambio de tanta rémora, los bebés son frágiles y valiosos como figuras de vitrina y hay familias de intramuros que darían cualquier cosa por abrazar esos cuerpecitos mullidos, no es tan mala noticia que una chica se quede embarazada, al menos ahora tendrá alguna cosa que le pertenezca, un aval, un signo positivo, nadie planeó jamás vender su bebé a ningún millonario, esas cosas no ocurren en este hemisferio, pero la posibilidad de hacerlo acicatea el ansia de proteger y de adornar al crío en contra del argumento de los telefilmes, protegerlo con medallas y capotas, adornarlo con jerséis de lazo y nombres extravagantes, como las palmas y las rosas trenzadas en la tapicería del sofá sobre el que Robe intenta que Usanavy se deje, los rizos como dibujos 3D, el sexo igual que un vídeo promocional, inconcluso. Robe es un romántico que le compra dulces y sufre cuando no puede verla un fin de semana, a veces sube a la azotea para tocar la corneta en sordina mientras recuerda el día en que Usanavy le dijo qué guapo estás con el uniforme de la banda, los otros parecen niños de comunión, pero a ti se te ve tan distinto, tan serio, y tan formal, Robe dobló los pantalones, se desabrochó la guerrera con cuidado para no agrandar los ojales, hizo correr el cinto, guardó la corneta en el estuche y quiso jugar al cuento del oficial de Westpoint que regresa a casa. Ella le dijo no, Robe, hoy no quiero, él insistió con voz de mando, cómo que no quieres, que no me apetece, déjame, y Robe hurgaba como un zapador, que me dejes, y Robe era terco como un marine, pero al fin aflojaba, desconcertado. Tú no lo entiendes, decía ella, me vale con besarte y estar juntos sin ensuciarnos, no hay ningún argumento que seguir, no somos actores, murmuraba antes de quedarse dormida entre sus brazos como si realmente se quisieran, ella tan tierna y él no tanto. Robe no lo entendía. Tenía diecisiete años y su educación sentimental se había construido con porciones de vídeos donde las chicas siempre tenían ganas, ojalá Usanavy no resultara tan complicada, preferiría que discutieran a gritos y que su mayor drama fuera que ella lo engañara con algún guapo del bloque de enfrente, un conflicto que se resuelve tan limpio y tan fácil. Para Robe todo es así de sencillo: la ama sin interrupción, escribiría Usanavy en las paredes del barrio si no le diera vergüenza que le dijeran bobo, no te hace caso y tú comes de su mano. Soltó la presa, la dejó dormida e intacta en el sofá de los brocados, se levantó, la puerta del cuarto de Anita estaba abierta, ella de espaldas, sin sábanas, amanecía, quiso arroparla, pensó en los hombres que utilizan ese culo redondo como almohada, le habría gustado entrar en la habitación y dormir a su lado como un cachorro pero ella lo echaría a patadas, no habría manera de detener el capítulo de una teleserie que debía terminar con el guión de los vecinos gritando y Usanavy corriendo escaleras abajo para escapar de tanta suciedad, los muebles caen al suelo, Anita sacude a Robe y rebusca en sus bolsillos para confiscarle el dinero, otra vez el llanto, esa angustia, eres un niño chico, te buscaste una novia de tebeo que no comprende nada.

Robe se ha enamorado, pero los barones permanecen fijos en el arriate aunque el capitán les falte, para ellos no hay ningún filtro que ablande su coraza. Reme los detesta. Es sensible a la tragedia del desempleo-estigma, oh dioses, oh infortunio, oh generación perdida por culpa de la tacañería del tesoro público, pero los detesta, lástima que les diera por conducir esas motos que retumban como maquinaria agrícola, fumar hachís a sotavento e insultarse a gritos, por qué no se marchan de una vez, qué magnetismo perciben en este soportal incómodo que da sombra en invierno y sol en verano, donde no hay otra cosa que los oídos de una vieja que escucha el novelerío de sus miserias convencionales. Dinero monzónico, eso haría falta para echarlos de aquí, a borbotones, dinero.

V(b)arones, nunca baronesas: el soportal es un recinto masculino donde las chicas de bisutería no paran nunca; de día, sus moños estiradísimos como cantantes de soul se aflojan haciendo las camas o cuidando de un hermanito o incluso de un bebé propio; de noche se congregan con los chicos de las motos zumbantes para una mordedura rápida, frotan, lamen, miran el reloj, se aburren. Es el hastío del suburbio sin variación. A Reme-militante le ofende la diferencia, nosotras también permanecíamos calladas mientras ellos fardaban de cualquier cosa, la Reme, la Amparito, la Carmencita, tan modosas, tan buenas niñas, pero al menos ellos se ablandaban o fingían que se ablandaban, no como estos cretinos que las tratan como si fueran no-me-atrevo-a-decir-la-palabra, pobres, pero como si lo fueran, si es que no lo son, si es que no resulta que yo me compadezco cuando son más rabiosas, más vulgares y más putas de lo que se imaginan, y ya buscan que alguno las deje embarazadas para que se acaben los problemas de siempre y empiecen otros nuevos, todo es así, unos problemas van y otros acuden para ocupar el hueco, en el balcón cuelgan canastillas de primera postura junto con las bragas de Kitty, el sujetador de atletismo, la camiseta de recuerdo de Mallorca, el despiste de la menstruación sobrevenida y el grumo de la papilla del bebé; problemas que se resolverían con una erupción de dinero crujiente, piensa. Si abundara, si el tesoro público no asfixiara a los peleles del barrio con su cortedad de miras, a Reme le importaría muy poco la sentencia severísima que leyó esa mañana en un bando municipal filtrado por la ranura del portón: queda prohibido tender la ropa en ventanas y balcones exteriores, sanciones y desglose de la nueva normativa cívica.

Prohibido tender la ropa, ése es el programa de salvación para el barrio.

No aquí tenéis este arcón lleno de billetes.

No coged todo lo que necesitéis de esta bolsa, no seáis tímidos.

No aquí tenéis un cofre con monedas de oro que hemos encontrado en la galera naufragada de la que hablan las noticias.

Sino prohibido tender la ropa.

Es decir, unas bragas de señora perfectamente limpias pueden exhibirse en el escaparate de una mercería, pero no en los balconcillos de las casas baratas; una chica ahueca los senos en la marquesina de un autobús para anunciar un sujetador mágico, pero el sujetador no debe gotear en los cordeles del Patronato. La civilización trajo secadoras e invisibilidad, cualquiera que se empeñe en hacer alarde de su cuerda de bragas no es sapiens, no es un ciudadano del Estado pulcro y roñoso. Reme sostiene la hoja, lee despacio cada frase, mira a izquierda y derecha esperando la aparición de un cómico que diga es broma, has picado. Le parece un chiste, ¿prohibido tender la ropa? ¿Entonces también queda prohibido lavarla, sentirse limpio, cambiar las sábanas cada semana? ¿Perseguirán el contrabando de suavizante, abrirán lavaderos públicos donde las viejas iremos a frotar la colada sobre la pila de fregar, habrá un servicio estatal motorizado que recogerá la ropa sucia y la devolverá esterilizada y esponjosa en una cesta de mimbre? A qué viene esta mierda, y se arrepiente de decir mierda porque Remedios no soporta los malos modos ni las palabrotas, me lo pegaron los chicos del arriate, pero a qué viene esta mierda si no puedes hacer lo que quieras en tu casa, repite en voz alta.

Reme hierve. Quiere ahorcar con la cuerda del tendedero al imbécil que redactó esa nota, y se pregunta por qué no hacerlo, yo soy vieja y nadie me espera en ningún sitio, los jueces me perdonarán. Rompe el papel en pedazos y siente el deseo de hacer lo mismo con la cara del concejal del distrito, sonrosado en las fotos de la revista vecinal donde aseguró que ya es hora de cambiar algunas costumbres en los barrios de siempre, el concejal recién electo, el tiburón del neourbanismo, aquel muchacho. Canta, oh musa, la cólera de Aquiles: Reme se ajusta las grebas antivarices, silba con los dedos, convoca a las vecinas-furias, cólera funesta que.

A mediodía ya todos saben la noticia: los hexámetros se repiten en el bar, en la plaza, en las tiendas, la manzana completa dice qué pasó, ¿lo has leído?, la hoja volandera se desliza debajo de las puertas como un poema de rublos y hoces, y nadie comprende nada. Reme les explica que ya no puedes tender en el balconcillo, Angelita, lo pone aquí, que te multan, y Angelita dice madre de Dios, hay guasas y bronca, Reme es Pericles diciendo hasta aquí podíamos llegar. Sólo hace falta una mañana de ira y cruce de datos para que prenda la chispa soviet en el barrio de las casas baratas.

Sufre. Imagina al concejalito que escribió el bando como quien escribe una sentencia al garrote jugando con su ordenador, y sufre de cólera, frustración, deseos de venganza y crimen propiciados por la lectura de novelas naturalistas. Reme no es Gertrude Stein, la digestión apresurada de una caja de libros no da para tanto, pero no soporta el derroche, la hipermasculinidad y las palabras soeces, y le pareció que el bando de las bragas era el derroche hipermasculino de quien no entiende nada ni se preocupa de las cosas necesarias, por ejemplo, tender al sol y lavar sin escurrir la ropa delicada, Reme conserva jerséis de hace treinta años, las sábanas sobre las que duerme son las mismas de su boda. Sufre. Desprecia los retratos burgueses y la glorificación de la vieja aristocracia, prefiere a Galdós antes que a Clarín, tiene tanto tiempo como desea para atiborrarse de lecturas, de niña aprendió a leer con pasión pero sin sustancia, y ahora lo hace a sus anchas, cuando ya nadie le pide cuentas ni se siente obligada a poner la mesa a la misma hora. Sufre. Su vida tan sencilla de paseos, biblioteca y desayunos al sol, interrumpida criminalmente por una resma de papel, la vulgaridad de un concejal aburrido. ¿Prohibido tender la ropa? ¿Y también queda prohibido lavarla, asearse, parecer humano? Y si lo incumple, ¿vendrá la policía, aparecerá un agente ridículo diciendo retire esa indecencia, señora?

Canta, oh musa, la cólera de quien abrió todos los cajones, sacó toda su ropa de señora mayor, y con pinzas y cuerdas e incluso cordones de zapatos colgó cada prenda, como la liana de un preso, entre el balcón de su casa y el casco de una farola que logró abrazar con una lazada de rodeo, Artemisa dirigió su mano.

Reme vive en el tercero derecha del número nueve de la calle Coral, su rodilla se resiente en el rellano del segundo piso, y su ropa rebelde llega hasta el alféizar del primero como un pórtico de la victoria invertido, una sonrisa.

2

LAS VECINAS

> *Masa es todo aquel que no se valora a sí mismo por razones especiales, sino que se siente como todo el mundo, y, sin embargo, no se angustia.*

Las vecinas confiaban en la doctrina de los renglones torcidos y en la gentileza de los funcionarios municipales, y se conformaban con la rutina de sus desgracias rogando que nada nuevo les ocurriera; lo nuevo siempre son malas noticias que a veces llegan con la forma de una carta institucional y a veces con una llamada de teléfono. Viudas prematuras o enfermeras de sus maridos inválidos, habían soportado la necesidad, el abandono, el engaño, la ruina de unos hijos rufianes y algo parecido a la miseria que no es el hambre ni la rabia sino la frustración de ver El Corte Inglés repleto de objetos que no poseerás, en el armario las mismas faldas y las mismas blusas cortadas con idéntico patrón temporada tras temporada mientras se suceden Los Diez Días de

Oro, La Quincena de las Oportunidades, La Semana Fantástica.

Apreciaban a Reme, se acostumbraron a sus extravagancias sabiendo que la viudez siempre trastorna: viudas que no paran de llorar, inconsolables, los ojos socavados, la televisión siempre encendida; viudas elocuentes que necesitan contar los detalles del suceso, los médicos, los tratamientos, el último dolor, los asuntos económicos que convenientemente quedaron resueltos; viudas en ausencia, como la mamá de Anita, sin cadáver ni pensión, programas de TV donde se pide la colaboración ciudadana para encontrar el paradero de unos hombres que desaparecieron hace diez años, mujeres desconcertadas dando testimonio en el plató de que sus esposos no podían haberse marchado por propia voluntad, ni siquiera preparó una maleta, alguien lo obligó a vaciar la cuenta del banco. Reme no era ninguna de ellas. La muerte del incauto no llegó de improviso, fue muriéndose a pedazos año tras año pero aun así necesitó la ceremonia de la caja de libros para purificarse, recogimiento, funeral íntimo, celda conventual. Los libros repentinos se arrojaron en sus manos como un ritual de sanación para curar una herida que no sangraba por la soledad sobrevenida sino por la toma de conciencia de una verdad solemne: que su vida se extinguía, que todo había sido un error desde el principio, que nada es crucial salvo el paso del tiempo. Los libros hablaron como esfinges, ella escuchó sus palabras sin comprender los acertijos, leyó tres veces los párrafos más severos de los infortunios de Ana Ozores y Jacinta Arnaiz, tristes mujeres ociosas con el caudal en la ingle y el baptisterio en la frente; dedujo lo que pudo de *La rebelión de las masas*, que no fue gran cosa porque las páginas olían a papeles viejos y a colonia de hombre; aspiró la pestilencia del esperma contenido en *El rayo que no cesa*, la putrefacción de la higuera; y supo con la lectura de *El árbol de la ciencia* que *no hay más que dos soluciones prácticas para el hombre sereno, la abstención y la contemplación indiferente de todo o la acción limitándose a un círculo pequeño.* Reme pensó, como Andrés Hurtado, que aquel concejalito del distrito sur sería su pequeño círculo, un ingrato semejante a la *sucia morralla de chulos que vociferaban en los cafés, los que soltaron baladronadas y bravatas para luego quedarse en sus casas tan tranquilos. La moral del espectador de corrida de toros se había revelado en ellos; la moral del cobarde que exige valor en otro, en el soldado en el campo de batalla, en el histrión, o en el torero en el circo. A aquella turba de bestias crueles y sanguinarias, estúpidas y petulantes, le hubiera impuesto Hurtado* (y también Reme con sus músculos de vieja-pájaro) *el respeto al dolor ajeno por la fuerza*, el dolor por las cosas pequeñas que a nadie le importan.

Las vecinas se escandalizaron al verla tan descuidada y harapienta, la trenza de mala hierba sobre los hombros, los trapos cosidos como bayetas, la sonrisa de retrato o de idiota. Hubo una porción de chismes e indiscreciones sobre ella, qué le habrá pasado, siempre estuvo un poco loca, nunca fue a misa pero cuidó de su marido con caridad cristiana, no salió del hospital hasta que fue conducida al mortuorio por aquellos ángeles negros que aparecieron de improviso para saquear el cadáver, la biología maligna fortalecida por el nutriente del jaco que los hace eternos, cuervos que confiaron en que ella también moriría pronto dejando las escrituras de la nanocasa a su alcance, ñam.

Lejos de gestorías y últimas voluntades, Reme paseaba por el barrio como por un bulevar, se sentaba en los bancos de la plaza, se calentaba al sol del invierno, leía sus libros repentinos al aire libre, vagabundeaba como hacen los que no tienen ninguna prisa y pueden desayunar al mediodía y tragar porno hasta que duelen los ojos. Leía de una manera tan exhibicionista que las vecinas se pasmaban al verla, una cosa es leer el periódico y otra muy distinta arrastrar novelones del tamaño de un electrodoméstico. Esa extravagancia situaba a Reme en una posición distinguida dentro de la jerarquía del barrio: Reme era la vieja loca pero también era la vieja médium, la que se entera de lo que ocurre y sabe palabras que los demás desconocen, salmos, proverbios, reales decretos, normativas municipales. Las vecinas se atiborraban de televisión, escuchaban los magacines de la radio y pasaban las páginas de las revistas con desgana, y así forjaban su vejez, el vacío de la senilidad. No eran analfabetas, no firmaban con el dedo, pero ninguna acudiría a los libros para tapar la angustia del tiempo perdido ni el aburrimiento de la sobremesa, los libros aburren más que el aburrimiento, por eso nadie lee; nadie salvo la loca de Reme, una locura libresca que le proporcionaba proteínas, robustez y algo semejante a la felicidad, aunque fuera una palabra demasiado gruesa para el lastre de tantos años, vieja Reme-podrida, primera piedra-Reme del barrio de las casas baratas.

Las vecinas: siervas y zurcidoras del manto de la Virgen. Recientemente se había mudado al barrio un activista urbano, Coral, 12, que diría que no tenían conciencia de clase ni identidad colectiva, el arado de la TV hizo barbecho en sus cabezas, cincuenta años de concesión les trituraron el ánimo y la mitad de su instinto de rebeldía; la parroquia se llevó el otro tanto. El sermón de la montaña era el diagrama de sus vidas: asumían los envites como la lluvia en otoño, llorando por la desgracia de sus hijos con un llanto inútil y decorativo, convencidas de que en el barrio se nace y se muere sin aprender ninguna cosa. Determinismo social: heroína, embarazos, desempleo perpetuo, aulas de instituto saqueadas, profesores que huyen rellenando la solicitud de traslado, patrullas que apenas rozan las calles, depresión inevitable. El activista las aborrecía, ¿son estas vecinas-esclavas como los judíos que se resignaron a la solución final, tan mansos y tan cobardes, los que nunca se revolvieron contra el verdugo, siete millones de judíos y ni un mal gesto, diez mil viejas de barrio y ninguna cuestión? Jamás habrían militado en ninguna asociación distinta de la cofradía, no habrían asistido a ninguna asamblea diferente de la santa misa, los hijos se escapaban de sus manos y ellas sumaban arrugas en el rostro, ni un reproche, ni un desvarío. Músculo muerto, necrosis, otro factor de la opresión, una quinta columna insertada en las filas de los pobres por el capitalismo complaciente, diría el activista recién llegado.

Pero todo cambió durante aquellos días, y el activista lo supo cuando Reme salió del trance y leyó en voz alta la hojilla del bando municipal; cuando detuvo a las vecinas en la acera para contarles qué significaba todo aquello de velar por la conservación del buen gusto en la Muy Noble Ciudad de; cuando les tradujo *Germinal* al lenguaje de la lavadora diaria. En sus corazones brotó la cólera agitprop que el activista añoraba, la misma bronca jacobina y el mismo deseo de romper cristales y asaltar el palacio de invierno, quién se cree ese concejal imbécil, que venga aquí a decírnoslo. Excitadas por el estímulo, las vecinas contemplaron la escenografía desplegada por doña Remedios en su balcón, aquella puesta en escena tan soviet, tan Saint-Simon y tan Fourier, y se convencieron todas, se adoctrinaron todas, salieron de su alienación secular y decidieron, también ellas, volcar sus cajoneras en los cordeles como banderitas de verbena. Antes del anochecer, cada balconcillo del barrio de las casas baratas estaba lleno de ropa tendida, seca, anarcoide.

A la mañana siguiente el activista urbano observó boquiabierto la exhibición troska. Subidas a escaleras temblonas, las mismas mujeres de las que él habría dicho que eran unos pobres borregos estiraban ahora los cordeles de un lado a otro de la calle para construir un bosque de colgaduras que tenía mucho de rabia de gueto y una pizca de arte moderno inmotivado. No se podía caminar sin apartar los camisones, las sábanas, las toallas, las túnicas de SS sacadas de los arcones e incluso los empapadores donde orinaron sus maridos antes de morir. El barrio volvía a ser un kibutz, un falansterio como en los primeros años. Hubo quien temió que le robaran la ropa, es todo lo que tengo, y Reme arrastró una silla a la calle y organizó turnos de vigilancia, ofreciéndose para cubrir la guardia nocturna con una lámpara y un libro. Era una primavera anticipada y el mero hecho de sacar las sillas a la casapuerta y sentarse en los portales para vigilar el atrezo hizo que las vecinas se congregaran en una reunión amistosa, parlanchina, vagamente asamblearia. En sus conversaciones rabiaban contra la ordenanza, que las despreciaba de un modo inmisericorde, cien veces leyeron la copia del bando, buscaron en los periódicos una fotografía del concejal maldito y se conjuraron para no quitar una sola prenda si no se atrevía a venir él mismo al barrio para convencerlas de lo insalubre que es tender las bragas al sol. Mientras eso no ocurriera, las bragas no se iban a mover de su sitio, hasta aquí podíamos llegar, dijeron repitiendo las consignas de su líder. El activista observaba el despliegue con los ojos redondos, qué gesto heroico, qué golpe teatral.

En realidad el tinglado se montó solo, Reme no insufló ningún mitin de proclama y puño en alto, no habría sabido hacerlo, le sobraba Baroja y le faltaban palabras, nadie habría escuchado. Sí dijo, con cara de pasmo, ¿habéis leído esto?, y esa expresión de su rostro bastó para que le hicieran caso, porque Reme sólo se alteraba contra los chavales del arriate, y sonreía incluso cuando quería mandarlos al cuerno, dicen que si tendemos en los balcones es por nuestra mala costumbre, cuando podríamos decirle a la criada que suba a la azotea o pulsar el botón de una secadora flamante, esos canallas ni lavan ni secan ni doblan ni planchan, le pagan a gente para que lo haga y luego se sientan delante de sus ordenadores a redactar bandos municipales por nuestro bien. Brotaba la ira de las gargantas de las vecinas, los papeles se arrugaban en los dedos, no es una gran tragedia social, no es la tiranía ni la opresión desmesurada sino apenas una ordenanza que dice prohibido tender la ropa en ventanas y balcones exteriores, pero el desdén les escocía como la sarna. El activista no conseguía entenderlo, contemplaba el efecto con entusiasmo e incomprensión como un antropólogo que observa las danzas rituales de una tribu. Conocía el hábitat y las particularidades del ecosistema, llevaba un tiempo viviendo en el barrio por propia voluntad pero sus costumbres le seguían pareciendo enigmáticas, la extraña moral de quienes toleran a los borrachos de taberna pero desprecian a los barones de la esquina; quienes censuran la infidelidad de una mujer adulta pero aceptan sin dramatismo el embarazo de una chica adolescente; quienes rezan plegarias a la Virgen del Suburbio y cometen bestialidades dentro del templo sacrificial de sus nanocasas.

No todo fueron adhesiones, también hubo quien dijo que aquello era una pamplina tan grande como el propio bando municipal, qué verbena, qué cosa carnavalesca se inventó la Reme, esa loca. Los hombres supervivientes de los primeros años, muy pocos y abatidos, no se enteraron de gran cosa, babeando sus apoplejías al sol y quejándose de que sus mujeres ya no les hacían caso, tenían que volver a aullar como entonces para que les cambiaran el pañal, aunque ya de nada sirvieran las amenazas y el puño en alto. Desentendidas de ellos, las vecinas hacían corros en las aceras y se organizaban como un sindicato, jugaban al sindicato y a la guerra de guerrillas seducidas por el magnetismo maoísta de la vieja Reme, la anciana venerable que lleva consigo libros tan gruesos, *que jueguen al sindicato, si eso les contenta. También el rico tiene que resignarse a su riqueza, y a la vida, y también el pobre tiene que tener caridad para con el rico. ¿Cuestión social? Deja eso, eso no nos concierne. Que traen una nueva sociedad, en que no haya ya ricos ni pobres, en que esté justamente repartida la riqueza, en que todo sea de todos, ¿y qué? ¿Y no crees que del bienestar general surgirá más fuerte el tedio a la vida?*

Tedio: los barones del arriate tenían tiempo de sobra para observar las guirnaldas y hacer tertulia. Interrumpiendo su laborioso nadaquehacer, discutieron acerca de si las viejas estaban chochas o si había que prenderle fuego al ayuntamiento para responder al agravio, y en la discusión surgió ese espíritu patriótico del barrio humilde y el origen compartido, la minusvaloración, la altivez de cuanto ignoran, el orgullo de no haber salido de allí salvo para ver las procesiones de intramuros, toda esa filosofía de hip hop. Solidarios con sus viejas, algunos ataron los cordones de los zapatos que ya no usaban para lanzarlos a los cordeles como boleadoras, icono tan Harlem. Al pícaro Robe le hizo gracia ver las ropas al viento como estandartes de guerra, sólo por eso quedó catequizado. En su cabeza compuso el tablero de un campo de batalla, y supo que todo acabaría en bronca porque nadie prepara una puesta en escena de ese tamaño para renunciar al combate abierto, no es noble, no es caballeresco, no es bushido. Las viejas son trolls, los polis son guardianes de la ciudadela, los barones serán la punta de la vanguardia: Robe se regocijaba, aquélla sería la hazaña definitiva para conquistar el corazón de todos los cánidos del barrio y capitanearlos como el caudillo único que los nutre de tecnología y los conduce a la victoria social, el héroe, el paladín urbano, qué pensará la linda Usanavy cuando lo vea luchar en el bando de las viejas, ardor, músculo y romanticismo, qué pensaría ahora Anita de su hijo inútil, todo un hombre con criterio y principios morales.

Bravo por las vecinas, eso fue lo que pensó Anita, que resistan, que no cedan, que peleen su dignidad de vieja puteada. Anita conservaba el encanto de los veinte años porque las drogas sintéticas mantienen los cuerpos en taxidermia, ya casi no peleaba con Robe, aceptó su puerta cerrada con dos candados a cambio de que no dijera ninguna cosa de sus novios, y también a cambio de que no faltara el dinero de los viernes, como si el chico le diera una paga para el fin de semana, y así era; se sabe que el primer paso para la paz es la colaboración mercantil. En realidad, a Anita le daba igual si las viejas querían jugar a las verbenas o levantar barricadas, ella soñaba con sus veinte años eternos, se miraba en el espejo, se aplaudía las nalgas ingrávidas, iba a los bares adonde acuden los señoritos, pasaba el verano en la playa, follaba con sus amantes como en una secuencia de cine, no olvidaba tomar los anticonceptivos, concedía que Robe hiciera lo que pudiera apetecerle y firmaba las autorizaciones de sus cuentas.

Todos los factores, todos los ojos del barrio quedaron fijos en el bosque de colgaduras inventado por Reme. La revolución había comenzado. Sólo faltaba un pellizco de propaganda y represión para que los sans-culottes salieran a la calle, la pica en una mano y la cuerda de tender, o de ahorcar, en la otra.

3

PROPAGANDA

Un mundo sobrado de posibilidades produce graves deformaciones y viciosos tipos de existencia: uno es el hombre-heredero, del que el aristócrata es un tipo particular, y otro, el niño mimado.

El número doce de la calle Coral es un piso franco donde el activista y su mujer planean la destrucción del universo. Siguen siendo unos forasteros pero ya los saludan con cierto afecto en la panadería y en la tienda de conveniencia, a pesar de ese aspecto universitario tan insólito en el barrio de las casas baratas. De firmes principios éticos, acuden cada tarde a un centro cívico donde dan clases gratuitas de lengua y matemáticas a los chicos que bostezan en la escuela, son dos jóvenes misioneros que despeinan el jopo de los niños indígenas, conocen el nombre de las vecinas y se lamentan del diagnóstico de sus maridos, comprenden el nihilismo de los barones rampantes, se compadecen de los embarazos prematuros de las baronesas y sueñan con la instauración de una moneda social que sustituya a la inmundicia de los billetes de banco, una moneda a la que llamarían la *patro* y que una vez que el orbe reventara en pedazos sirviera para comprar y vender cualquier cosa, el capitalismo perecerá de autofagia, la extinción será inminente. Cansados de la bohemia burguesa, decidieron dejar atrás la comodidad de intramuros, alquilaron una conejera en las orillas del barrio, la mano extendida como hace la gente de palabra, y se integraron en la comunidad con devoción y sonrisas hiperbólicas, tan patriotas como si nunca hubieran vivido en otro sitio, a sus amigos les cuentan historias terribles protagonizadas por viejos enfermos o por chicos de trece años, y en el relato reducen un tanto la edad o exageran los coágulos de sangre para que la narración palpite de veracidad y compromiso, yo estuve allí y lo vi con mis propios ojos, vosotros no sabéis nada, la verdadera vida se vive en el barrio de las casas baratas, lejos del carril bici, de los clubes de yoga y de los restaurantes veganos.

Son enemigos del plástico y del consumo, se abastecen en los comercios locales, revisan las etiquetas de cada envase, calculan la huella de carbón, jamás comprarían unos pantalones cosidos en Bangladesh, no beben agua mineral, enjuagan los yogures antes de dejarlos en el bidón de reciclaje, se aseguran de que los vasitos cayeron dentro del agujero y se despiden de ellos con incredulidad, adiós, adiós, tristes residuos míos. Los martes reciben una caja de verduras proveniente de una cooperativa que garantiza un precio justo para los agricultores, pero su PC rebulle de películas descargadas en P2P, casi todas francesas y aburridas. Los domingos leen el periódico al sol sólo por el gusto de ofenderse contra la corriente común de pensamiento, alguna vez coincidieron en la plaza con la vieja Reme y sus libros repentinos, olisquearon las portadas, se sorprendieron ante la nobleza de los autores e intentaron decir alguna cosa gentil que pudiera traducirse por nosotros también conspiramos contra la gobernanza global; Reme no les hizo ningún caso porque a ella no le interesa hablar de repentinismo, de literatura ni de dildos, son sus manías, es su castillo, dejadme en paz, intrusos.

El activista se llama Leandro, y siente tanto desprecio por ese nombre melifluo y borbónico que a todos les dice me llamo Leo, llano y simple como un círculo, Leandro es el nombre de un canalla que murió con justicia a manos de un vengador social, su verdadero yo. Su mujer se llama Eloísa, como la amante de un trovador; Eloísa suena a viento y a poema, a está debajo de un almendro y a bailarina sobre el entarimado, el activista paladea las sílabas con fruición literaria, *yo adoro a una sonámbula con alma de*. Se conocieron en una reunión colectivizante donde cada cual decía su nombre en voz alta como en una terapia, él dijo Leo y ella dijo Elo, y todos se rieron de la coincidencia, juntos sois un trabalenguas. Luego resultó que las lenguas se trabaron de veras después de un café protocolario, aunque el sexo llegara un poco más tarde porque los altermundistas de fin de siglo prefieren leer poesía conceptual y ver cine adusto antes que follar como en el único cine que no miente; el mito del amor libre, cultivado hasta el escozor por sus padres generacionales, es otro fetiche capitalista, las depravaciones del poliamor y del hiperporno son signos de la decadencia occidental, las mujeres no son capturas sino nobles camaradas, suaves amigas, los hombres sufren asma y se cansan pronto, mejor ponte tú encima.

Para el activista, Elo-Leo eran dos nombres encajables como piezas de puzle, y la coincidencia hizo más soportable el malestar continuo de ella, no puedo moverme de la cama, tengo migrañas, no enciendas la luz, hoy no quiero cenar. ¿No ves que hemos nacido para estar siempre juntos?, ¿qué posibilidad hay de encontrar una persona que sea tu palíndromo, o casi? El activista tenía una pizca de héroe del XIX y otro tanto de bondad jesuítica; por más que Elo padeciera, por más que se embarrara en la porqueriza de sus depresiones y mantuviera el empeño de no salir del foso, el activista cuidaría de ella como de un soldado herido, el cosmos nos unió, el orden gravitacional hizo que naciéramos en lugares distintos para revestirnos de otra piel y encontrarnos con nombres apocopados, somos organismos unidos por el divino azar. Azar, tan leve: si cualquiera de los dos hubiera silabeado su nombre completo en esa reunión bolche, si no hubieran dicho Elo ni Leo sino Eloísa y Leandro, entonces no habría habido café ni confesiones ulteriores, ningún beso de complicidad, ningún aplazamiento de la cama, ningún tránsito de libros ni películas, quizá se habrían gustado de todas formas, y quizá se habrían acostado juntos esa tarde, pero no bajo el signo de la predestinación ni la protección de la Casa de Acuario, no con el arrullo de la música étnica en el reproductor de CD, no con la sensación de que la mujer que se encoge debajo de ti y que entibia la luz con una gasa es la mitad que siempre buscaste, camarada-amor, tu semejante, el camino hacia el Tao.

Elo, mujer frágil y complicada: había preparado tenazmente unas oposiciones con la intención de obtener un sueldo humilde y honesto, sin deudas, jerarquías ni jefes opresivos. Acudió a una academia, anotó sus progresos en una agenda, dedicó al estudio tantas horas como le permitieron sus fuerzas, fue disciplinada y madrugadora, hizo cuanto sus preparadores le aconsejaron, conservó la calma, tuvo suerte en el sorteo, redactó unos exámenes brillantes, suspendió. No se frivolice con su desgracia: hasta entonces confiaba en el curso de las cosas, en el equilibrio, en el valor del esfuerzo y la voluntad, el trabajo embellece, la fatiga te hace digno, estudias y apruebas, estudias mucho y sacas sobresaliente, sólo depende de tu talento y de tu empeño, es un determinismo optimista que dice que todo saldrá bien porque provienes del lugar adecuado. No pudo superarlo, se encerró para lamerse las heridas pensando que alguien atentaba contra su felicidad legítima, las cosas no son justas, quien lo merece no lo obtiene, *la vida no es noble, ni buena, ni sagrada,* cada obstáculo se convirtió en una zanja, de nada sirvieron los razonamientos del activista ni sus ánimos ni sus cuidados; Eloísa decidió rendirse en el primer asalto del combate y condenar el mundo a la destrucción. Si hubiera estado en su mano, habría arrasado con napalm las oficinas de la burocracia que conspiraba contra ella, y también el resto de la ciudad y del país, y los continentes y las tierras sumergidas, todo, hay fuerzas terribles que rigen el orbe, ni equilibrio ni Tao ni pureza de espíritu. Cuando Leo le decía que exageraba, ella entraba en cólera y lanzaba los platos como discos olímpicos, o bien se enclaustraba en el dormitorio, oscuro como una cueva, y lloraba a pleno pulmón para subrayar convenientemente cuánta razón tienes, mira cómo exagero. Nada funcionaba como debiera, cualquier forma de gobierno o de administración es un mecanismo dedicado al expolio, su fracaso en unas oposiciones amañadas era la representación del inmenso fracaso social, el fraude contra los ciudadanos bienintencionados, aquellos que creyeron en ese cuento de la igualdad y la justicia y que son aplastados por el nepotismo de quien dirige la Cosa, yo soy un ejemplo vivo, mírame, qué hice mal, en qué me confundí, no merezco este desprecio, *qué buen vassalo, si oviesse*, pensaba. A solas, Eloísa-cautiva padecía su suplicio de autocompasión, el peor yugo, y fortalecía su anarquismo: que reviente el mundo, yo no soy feliz.

Para el activista, el hundimiento de su mujer fue el primer contacto con un verdadero drama, problema irresoluble. Hasta entonces la vida del cachorro-Leo había sido plácida, sus padres tenían dinero, eran afectuosos e inteligentes, le proporcionaron una infancia de viajes, juguetes, verano en la playa, novias lindas, borracheras. A despecho de su origen, fue adoctrinado por un profesor resentido, reverso tenebroso del maestro zen que ilustró a Robe en los rudimentos de la avaricia capitalista. Ocurrió así: aún se llamaba Leandro cuando en un libro de Historia vio una reproducción de Lenin arengando a las masas, los trazos fotográficos del realismo socialista, el escenario de muchedumbres y factorías en tonos ocres y, junto al cromo, el fragmento de un discurso, *la dictadura del proletariado es el aplastamiento de la resistencia ofrecida por los explotadores, es decir, por una minoría insignificante de la población.* Leandro tenía dieciséis años y era un muchacho inquieto y divertido, quién es ese Lenin con cara de moneda, levantó la mano para preguntar en voz alta; y el profesor, que debía de albergar algún resentimiento contra la congregación a la que pertenecía el colegio o tal vez contra los padres del chico, le contó un cuento de campesinos serviles, soldados miserables y zares crudelísimos, le habló de Siberia, de estaciones de tren y de pelotones de fusilamiento, y los ojos de Leandro, ya cerca de Leo, se abrieron como ventanas mientras los demás alumnos se aburrían con la anécdota antiquísima. Al final de la clase, el profesor resentido le prometió que le traería algunos libros que hablaran de esas cosas, y lo hizo, y el efecto de la conversión fue inmediato: bastó una semana de lecturas para que Leo amara Cuba, puteara contra Estados Unidos, llorara por Allende, escuchara discos de Víctor Jara, leyera *La condición humana* y se quedara despierto para ver *Hiroshima, mon amour*, qué ves, hijo, le preguntó la madre en camisón, nada, una película, acuéstate, ya la darán otro día, mañana tienes clase, Leo-Lenin, bromeaba. Los rectores de la congregación tendrían que vigilar la ejemplaridad moral de sus profesores, es intolerable que un alumno brillante desbarate su futuro por un malentendido.

Se convirtió. Su sufrimiento consistía en haber nacido en la década equivocada, Leo pertenecía a los años sesenta, a los setenta quizá, y no a ese final de siglo tan hostil y desprendido de cualquier romanticismo. Nada de este mundo le gustaba, todo era plástico o antibiótico, otra forma de explotación, también la música era plástico, también los libros olían a antibiótico. Los discos viejos, en cambio, vibraban como tímpanos, los libros de Losada aleteaban y las páginas de Lumen crujían como nueces, estaban vivos, eran carne y materia. Se cumplían treinta años del Mayo del 68, los periódicos publicaban reportajes y coleccionables sobre la efemérides, Leo recortó aquellas fotos clásicas de una señorita desmayada en Saint Germain y de Sartre sobre una caja de cerveza, qué vulgaridad de fin de siglo, fin de la historia, triunfo definitivo de la democracia liberal y del capitalismo bienaventurado, no hay frentes, no hay trincheras, no hay cuerpos expedicionarios en el Congo ni soldaditos bolivianos, no hay Marcuse al que no entender ni Cortázar al que creer contemporáneo. Terminó el bachillerato con desgana, enfureció a sus padres estudiando una carrera indebida y viajó por Europa sin dinero. Cuando regresó ya había estallado la fiebre altermundista de finales de los noventa, se tomaban casas de campo al asalto, se leía *Le Monde Diplomatique* de corrido y se destruía el patrimonio feudal de los derechos de autor a través de las primeras plataformas de intercambio de archivos. El nuevo siglo bullía de entusiasmo, Leo quiso encaramarse a todas las barricadas, suscribirse a todas las causas, pelear en todos los frentes y asistir a todas las convocatorias. Fue durante uno de esos lances cuando conoció a Eloísa. Sus nombres eran un designio celeste y, para no contradecir la voluntad de los dioses, decidieron vivir juntos y vivir del aire mientras ella preparaba los exámenes, Eloísa obtendría una plaza cerca de la ciudad y se encargaría de la manutención, Leo no tendría que someterse a ninguna jornada de trabajo, yugo capitalista, dinero vil. Parecía un plan formidable, hasta que el desastre sobrevino, su nombre excluido de la lista de candidatos. Consecuencia: Eloísa se desprendió de la vida común, astronauta perdido en el espacio, y Leo se convirtió en su enfermero perpetuo, como las vecinas del barrio que cargan con sus maridos hasta la muerte.

Sin ingresos, les aconteció la pobreza, y al activista el envite le pareció justo y heroico. La mayoría de los cachorros altermundistas habitaban en pisos ruinosos de intramuros, con rentas elevadas y habitaciones decoradas con carteles de cine, pero a Leo ya no le servían esas imposturas, Leo deseaba ser pobre y ser pueblo para ser honesto. Su aspiración era el desprendimiento, el despojo de lo que sobra, la austeridad franciscana y los pies descalzos de quien vive en la calle como en una jungla. Había estudiado una inutilidad, había roto con la fortuna y con el liberalismo moderado de sus padres, había renunciado al progreso social y a los subsidios, y para culminar el descenso le propuso a su mujer que se mudaran a un barrio donde vive la gente normal, ¿y en qué barrio vive esa gente?, preguntó ella, en cualquiera donde no haya turistas. El destino les trajo la fatalidad de la miseria, la recompensa merecida a cambio de tanto esfuerzo de autodestrucción, su inmolación en la pirámide demográfica. Felicidad.

Fue así como llegaron al barrio de las casas baratas, que no se podían vender ni alquilar según las concesiones del Patronato pero donde todo se acordaba con un apretón de manos, confianza en el prójimo y rentas reducidas. Leo pudo vivir allí su fantasía proletaria: la convivencia con los vecinos alienados, las reuniones en el centro cívico, el combate contra las instituciones obtusas, la bondad del fraile misionero que no acomete hazañas por la salvación de su alma sino por un inexplicable amor al prójimo. A los amigos de intramuros ya sólo los veían de vez en cuando, les resultaban soberbios y ruines como estudiantes eternos, discutiendo sobre la nada en sus absurdas asambleas mientras ellos posaban sus pies sobre una verdadera realidad de ladrillo, un *barrio*, y paladeaban la palabra como si fuera una porción muy sabrosa. Habían nacido allí, o al menos habían renacido, y lo defenderían con la fiebre del recién llegado, combatiendo contra la pobreza común como una pareja de superhéroes sociales. Pero a Eloísa el altruismo se le borró pronto, ya no le resultaban tan insoportables el sufrimiento ni las injusticias cometidas contra los demás; si la metralla te saca un ojo no te compadeces de quien perdió las piernas en la explosión, sólo te lamentas del ojo que no tienes. Leo confiaba en que aquel brote de egoísmo desaparecería, su amada necesitaba reposo y aislamiento, cuando recuperara sus fuerzas volvería a ser la misma Elo-bolche de entonces, la que sujetaba la mano de los niños para enseñarles a coger bien el lápiz, la que les preguntaba si habían merendado porque no se puede aprender nada con el estómago vacío, la que quería llevarlos de excursión porque nunca habían ido al campo, ¿puedes creerlo?, sólo salen del barrio cuando los visten de nazarenos, ocultos debajo de esos antifaces para que no los reconozcan. El activista veló su convalecencia como un perro fiel.

Aquella mañana el activista leyó somnoliento la hojilla que se filtró debajo de su puerta sin darle ninguna importancia: la ordenanza tenía cierto sentido, resulta grotesco ese despliegue de intimidad en las ventanas, los barones escrutan los balconcillos como viejos pervertidos para ver quién usa bragas de licra y quién se cubre con lonas de paracaidista, su colada demuestra con tanta evidencia que Eloísa ya nunca tiene ganas, que las noches son de ayuno y abstinencia en la conejera del altermundo, sin deseo ni corsetería. Igual que la vieja Reme, el activista vigila los movimientos de los barones desde su puesto de mando, observa a las chicas raídas que discuten a gritos y se suben a sus motos con desgana. Una noche sorprendió en el portal a una pareja refregándose con impudicia: no les interrumpió la luz ni el ruido de las llaves, la chica estiraba las piernas como una actriz de cine, parecía una muñeca japonesa, los pechos diminutos, el pelo negro, la piel muy blanca, el activista imaginó cómo sería follar con una mujer que no pesara más de cuarenta kilos ni mediera más de un metro cincuenta, podría tomarla en brazos como a una niña pequeña, podría aplastarla contra su cuerpo, el activista soñaba cosas impropias de su conciencia social mientras Eloísa dormía triste, tristísima a su lado, mil veces más triste que cualquiera de las chicas lumpen del barrio de las casas baratas.

No, al principio no encontró ninguna afrenta en el bando que llegó a su casa aquella mañana. Fue al mediodía cuando descubrió en los balconcillos la guirnalda de pantis, medias descanso, combinaciones, vestidos y blusas de señora, y entendió entonces el significado de aquel gesto de insumisión. Cuando el resto de las vecinas hizo lo mismo y la calle se convirtió en una selva de ropa tendida, Leo mudó de pensamiento para siempre: ahora la ordenanza le pareció una vileza, la intromisión del padre castrante que vigila la rectitud de su prole. No fue capaz de contener la euforia jacobina y colmó la tarjeta de su teléfono fotografiando cada detalle de la performance rebelde, arrastró a Eloísa a la ventana, le dijo mira la que montó la vieja de los libros, y juntos se emocionaron hasta las lágrimas ante el panorama del bosque de colgaduras, Lázaro, levántate y anda, ésta es la verdadera revolución popular, pensó, la que saca a los muertos de sus tumbas y a mi mujer de la cama, se abrazaron, se arrullaron, se lamieron con la punta de la lengua, Leo sintió ganas de follar como si fueran dos rampantes pero olió el pelo sucio de ella, el detrito de la sábana pegada a su piel durante tanto, la mortaja, el encierro; no, sin música étnica ni chica limpia no sirve, nosotros no somos animales.

Entusiasmado, esa misma tarde publicaría un artículo sobre el caso en una página de iniciativas sociales, incluyendo las imágenes de la ropa interior de Reme y el escáner de la ordenanza. Envió el enlace a una periodista a la que conocía y, oh dioses, al día siguiente las fotos aparecieron en la portada del periódico de la ciudad. *El barrio del Patronato se rebela contra la nueva normativa*: la noticia fluyó hasta las emisoras de radio y llegó a las manos de un equipo de televisión que grabó unas imágenes de aquella revolución tan diminuta y tan telegénica, *miren lo que ha ocurrido en un pequeño barrio de la ciudad de, el ayuntamiento quiere prohibir que los vecinos tiendan la ropa en los balcones*, corte, conexión con la pieza del reportero, plano general del bosque de colgaduras, narración en off, corte, declaraciones, una vecina-furia habla con acento de arrabal; excelentes recursos para la sección de noticias curiosas.

El activista urbano temblaba, cascabel. Un panorama de feroces acontecimientos se desplegó ante sus ojos: la revolución había comenzado en la puerta de su casa, un Mayo del 68 a escala de suburbio, ahora tendría la oportunidad de librar su lucha de clases personalizada y fotografiar a las señoritas que se desmayan en el bulevar, tal vez a la japonesita linda de los cuarenta kilos, el activista llevaba años preparándose para ese momento histórico, él sería el agitador intelectual que no necesita tirar piedras contra los antidisturbios sino estimular el ánimo de la vanguardia proletaria, sobran brazos y músculos pero siempre faltan cerebros, ideas, palabras. Habló con las vecinas buscando el origen de la insurrección, tomó notas en un cuaderno y siguió el recorrido inverso hasta llegar al balcón iniciático de la vieja que lee novelones al sol, qué personaje de cuento, no sería difícil escribir un relato sobre ella, *Reme es una vieja indecente que viste con harapos y deja que el pelo le crezca sobre los hombros como la mala hierba*, etcétera, el activista soñaba con el argumento de una novela testimonial que le abriera las puertas del mundo, esto no será más que el comienzo, se dijo, la victoria no consiste en salir en las noticias sino en torcerle el brazo a la administración y obligarle a dar marcha atrás con esa estúpida ordenanza, reivindicando la existencia de un barrio humilde que resiste como una aldea gala, hay que expandir la infección, si el ayuntamiento rectifica y pide excusas el caso de las bragas soviets será la demostración empírica de que se produjo un cambio de eje en el aglutinante de las fuerzas populares, ya no se necesitan partidos ni sindicatos para definir las estrategias de lucha. Escribió notas, envió archivos a sus contactos, se fotografió a sí mismo en mitad del bosque de colgaduras, tecleó artículos terriblemente sentimentales y encontró oídos sensibles a la hipérbole, Atenea insufló el carisma: la plaza de Catalunya fue rodeada de sábanas tendidas en picas improvisadas, la Puerta del Sol vio rebrotar las jaimas de entonces, en Malasaña y en el Raval no hizo falta mucho esfuerzo para estirar algunas cuerdas entre un balcón y otro y balancear las guirnaldas como si fueran las manualidades de las fiestas de Gràcia. A lo largo del país surgió una corriente de solidaridad y compromiso, e incluso se recibieron adhesiones de las plataformas anticapitalistas de Italia y Portugal, se imprimieron camisetas con el contorno de una camiseta tendida al sol, pequeña puesta en abismo, y un chico dibujó con aerosoles un enorme cordel de ropa tendida sobre la fachada de un bloque de viviendas de protección oficial, hubo artículos ingeniosos sobre el suceso, se hablaba de ello, el cauce de la insurgencia fluía como el agua en el canal de los presos.

El artefacto de la propaganda estaba en marcha. Según el manual de combate, sólo faltaba un ejercicio de represión por parte del poder establecido y, quizá, un mártir propicio, para asegurar el triunfo de la revolución sobre los explotadores, *la minoría insignificante*. El activista urbano vivía las horas más felices de su espejismo libertario mientras su mujer se desperezaba de la depresión con ganas de sexo impuro y gasolina ardiente.

4

REPRESIÓN

> *El descaro e impudor de la mujer contemporánea son, más que femeninos, el descaro e impudor de un muchacho que da a la intemperie su carne elástica.*

Cuando terminó de leer el último libro de la caja, mucho antes de convertirse en Reme-soviet, doña Remedios sintió un vacío abisal en el estómago. Apenas había roto la clausura del luto para comprar alimentos, economía de subsistencia dentro de la conejera, esquivando las miradas conocidas y evitando la pregunta de cómo estás, lo siento mucho. La calle, los arriates y los muchachos le parecieron una invención, figuras demasiado gruesas después del empacho de tanta letra de hormiga. Aturdida, se sentó al sol y dormitó, pero al cabo sintió que un aguijón la despertaba como a un bebé hambriento: era el síndrome de abstinencia. Sus pasos la condujeron hasta la biblioteca municipal igual que los yonquis de los ochenta se conducían a los descampados detrás de la aguja y la sanación.

El autobús, los peldaños de metal, la artrosis. La biblioteca era un edificio de piso bajo y arquitectura práctica, vigas descubiertas, paneles de plexiglás en lugar de ventanas; caluroso, amarillo, escolar, con estanterías en los costados y mesas corridas en el centro para que los estudiantes rellenaran sus trabajos infantiles. Una sola bibliotecaria se encargaba de los préstamos, del orden y de la limpieza; también de reñir a los muchachos bulliciosos, cerrar la puerta con candado y llamar a la policía cuando alguien entraba de noche. El ordenador del catálogo voló con el primer robo y hubo que recuperar el archivo de las signaturas, la caja de latón, las fichas mecanografiadas, los carnés de cartulina de otro tiempo. La sala era un desierto sin lectores, apenas algunos chicos fustigados en la escuela que acudían para hacer los deberes, desencuadernar un *Astérix* y evitar la hostilidad de la plaza, y por eso la bibliotecaria se sorprendió tanto ante la materialización de Reme-insectívora en el vano de la puerta, los ojos vacíos y un dolor de tripa que sólo se aliviaría con nuevos sorbos de hormigas.

Miró las estanterías, los tomos descabalados, las donaciones institucionales, algunas novelas clásicas, los fascículos incompletos: le parecieron miles, millones, inacabables rimeros de libros en comparación con su caja exigua, ¿cuántos años harían falta aunque se encerrara en este edificio, aunque le dejaran un cuartito para ella sola, cuántos años que ya no le quedan serían necesarios para osmotizar el pequeño catálogo de aquella biblioteca de barrio? No procuró ningún libro, se sentó en una de las sillas de madera y no quiso evitar las lágrimas que ya aparecieron, incontenibles: brotaron las que no había vertido por el incauto, también las que no dejó salir cuando los hijos se marcharon, y las que ahogó mucho antes, cuando se vio arrojada al páramo junto a un desconocido, lejos de su familia y de los amantes interrumpidos, lejos del cine, de los besos, de la simplicidad de entonces, de algún modo raptada, obligada a marcharse sin retorno. Sólo tenía veinte años, ninguna culpa, ningún delito salvo las ganas de follar con chicos guapos, follar con desesperación biológica, follar hasta el escozor y que le pellizcaran paternalmente el trasero, que le apretaran la barbilla y le rozaran los labios como hacía Rock Hudson con sus damas, ella llevaría uno de esos vestidos entallados, él llegaría del trabajo en mangas de camisa, es el calor del verano en California, yo sabré cómo calmarte, amor. Tomar de la mano a un desconocido y encerrarse con él en un cuarto: ocurría en las películas pero cómo pensarlo siquiera después de la Gran Bronca, la Reconstrucción y la Tábula Rasa que estiró el largo de las faldas y expandió en cada vitrina la castidad de los santos y las vírgenes de palio, muñecas sin orificio vestidas de reinas pulquérrimas, sanjuanes a su lado con caritas de porcelana sin tocarse un pendiente o un ojal o una hebra de la saya, los mantos de hilo de oro que todo lo ocultan, la penitencia necesaria por los pecados que no cometerás. En aquel mundo, en aquella Guerra Fría nacional, seguía habiendo dos bandos enfrentados: a un lado, la decencia blanca y ultra; al otro, el escuadrón de las mujeres mestizas que aparecían en los seriales y en las novelas por entregas sin decir en qué cama ni de qué manera. Para esas mujeres el camino tenía una sola dirección, nunca regreso, nunca volver a casa y ser recibidas con pasteles y nostalgia; mujeres para quienes todo sería carretera, puerto, presos recién liberados, contagio, palizas, abortos, melodrama, cómo puedes desear siquiera el beso de un chico que no sea tu novio formal y al que no le deberías permitir que te coja la mano si no quieres que piensen eso de ti, porque si lo piensan, si ellos y sobre todo ellas te designan con esa palabra, entonces ya no podrás volver al bando de los buenos; mujeres que fingen ser decentes cuando se sabe que tuvieron dos novios, tres, los ojitos en trance y un nononosigas tan falto de convicción, qué más da que ahora parezcan una de las nuestras si conocemos lo que hicieron, lo que se dice de ellas que hicieron. Reme no pudo volver. La hostilidad del páramo de las casas baratas la devoró; y ahora, enfrentada al espejo de los libros que no hubo leído, Reme se anega en otro fluido frente a la mirada de la bibliotecaria, testigo accidental de su toma de conciencia. No sólo su marido, también ella se merecía un funeral propio, un luto y un entierro celebrados en el templo de aquella biblioteca, cámara mortuoria. Llora.

Le llegó tarde la ilustración autodidacta. Si no le comieran el terreno los años, habría ingerido con voracidad caníbal los anaqueles de la biblioteca municipal sin importarle el nombre del autor o lo complicado del asunto, une los puntos para completar el dibujo. Desde que se mudó al barrio de las casas baratas apenas había leído ni amado ninguna cosa, ni a su marido incauto ni a los hijos sobrevenidos, y ahora todo lo hacía con urgencia, acariciaba el lomo de los libros como si fueran pieles humanas, amaba a las vecinas tercas e incluso a los barones que la mortificaban, se habría abrazado a las rodillas de esa bibliotecaria desconcertada que sin levantar la voz le decía señora, ¿se encuentra bien? Tiempo. Tiempo para leer y tiempo para recuperar cuanto no tuvo; tiempo perdido y entregado a nadie, a un marido desganado, a unos hijos fugitivos; tiempo escaso, gotas de tiempo diluido, cuándo me fallará la vista y no podré leer más, cuándo perderé la cabeza y dejaré de entender lo poco que entiendo, cuándo se quebrarán como ramitas mis rodillas y me quedaré quieta para siempre. Igual que las vecinas, Reme no le teme a la muerte sino al sufrimiento, a la esclavitud de los hospitales, a encarnar a una doña Remedios desvalida que ya no sale de casa. *Uno tiene la angustia, la desesperación de no saber qué hacer con la vida, de no tener un plan, de encontrarse perdido, sin brújula, sin luz a donde dirigirse. ¿Qué se hace con la vida? ¿Qué dirección se le da?* Sexo: no el amor de las películas, no los besos machacados de Rock Hudson que se hundían en la boca de las protagonistas; sexo con los muchachos de entonces, los que la llevaron a la fuerza hasta los brazos del incauto. Sexo: no lo desea ahora, no quiere un amante pagado ni un viejo loco, se mira en el espejo y le espanta el horror de la vejez; desea sexo antes, desea haberlo tenido, que exista de veras en un recuerdo probado, una evidencia, una herida, un mordisco que le hubo arrancado la piel. Reme es virgen, su cuerpo sólo fue atravesado por las manos de aquellos muchachos asustadizos y por la torpeza tradicional del incauto; casi virgen, igual que la muñeca del palio de la cofradía, virgen, madre y dolorosa, el doble de virgen que ella y también el doble de madre, madre de dos cachorros crucificados, y sin embargo virgen. Por eso guarda en su interior un acuífero tan abundante, por eso el dildo abre los labios como un cuchillo que entra en la carne cruda y nueva. Si alguien la hubiera sacudido de veras, si alguien le hubiera dado uso a sus glándulas hipertrofiadas, todo ese manantial se habría licuado favorablemente, escanciándose en proporciones razonables dentro de la boca de sus amantes o empapando algunos colchones de pensión. Pero la bolsa de los fluidos está intacta, y la presión es tan aguda que a Reme le duelen los huesos y el estómago, necesita el drenaje del porno de madrugada, la abundancia, la facilidad con la que ocurre, y también necesitaría el amor tierno de Maximiliano Rubín o la compasión de Evaristo Feijoo, ser recogida en los brazos generosos del viejo coronel, a quien no le importaría su hoja de servicios, yo cuidaré de ti, eres hermosa y desgraciada, yo soy feo y mayor, sabes que no te abandonaré, cuando muera tendrás un patrimonio y el consuelo de un recuerdo, ven conmigo, le dice el coronel Feijoo a Fortunata, *el día en que se te antoje faltarme, me lo dices, yo no creo en las fidelidades absolutas, soy indulgente, soy hombre, en una palabra, y sé que decir* humanidad *es lo mismo que decir* debilidad, doña Remedios imagina que vuelve a tener veinte años y que, en el rubor de un tranvía sin billete, conoce a otro coronel Feijoo que acude a su rescate y le tiende las monedas al revisor, mucho antes del párroco, de la solicitud, del descampado y de la inauguración de las casas baratas. *Le habló dentro del coche con paternal cariño; pero ella no contestaba de una manera acorde. De pronto le miró en la oscuridad del vehículo, diciéndole:*

—¿Y tú quién eres? ¿Adónde me llevas? ¿Por quién me has tomado? ¿No sabes que soy honrada?

Rencor. No es un alma purificada, no le sirvieron de bálsamo los años, no perdona los agravios. Se siente herida e infeliz como Fortunata, engañada y débil como Jacinta Arnaiz. Quiere un enemigo. Un ejecutor. Alguien a quien culpar del tamaño de su vacío. No le sirven los muchachos, que tan sólo fueron unos bocazas; no le sirven las chicas murmuradoras que arrastraron su nombre por el barro, tal vez ella hubiera hecho lo mismo, quizá lo hizo con otras chicas antes de que ocurriera; no le sirve el incauto, pajarito triste sin voluntad ni ánimo para otra cosa que no fuera obedecer, obedeció a Reme cuando se dejó conducir hasta el párroco, obedeció a los jefes que esquilmaron sus pulmones, obedeció a sus pulmones cuando lo ahogaron para siempre; ni siquiera los hijos ingratos tuvieron culpa de su desgracia, ellos copiaron el modelo del suburbio, nadie los apartó, nadie los metió en casa cuando el vendaval soplaba. No, ninguno de esos peones le sirve a Reme como victimario. Necesita un rey, un alfil al menos, un sujeto sin misericordia que no piense en las vidas diminutas que se descomponen a su paso. Pero quién, qué objetivo podría estar a su alcance, piensa Reme-miliciana soñando con una emboscada, un sabotaje, la revancha.

Habría sido una buena estudiante, y no es que sus padres, siempre agotados y en persecución de la supervivencia, le dijeran no estudies, sino que nadie habría entendido que, viviendo en una planta sobrepoblada de hermanos, primos y sobrinos prematuros, a la niña le hubiera dado por estudiar, qué egoísmo, cuando había tantas cosas pendientes. Aun así, terminó el colegio, recibió parabienes y le prometió a una de las maestras que no dejaría de leer y escribir cartas, no importa a quien escribas ni lo que cuentes, Remedios, pero no te embrutezcas. Durante unos meses lo hizo, le escribió a la maestra cartas suavonas que hablaban de una tristeza pequeñita y del miedo al mañana, adjuntó poemas minúsculos que no obtuvieron respuesta, y escribió odas vergonzantes que enviaba a los periódicos, odas a la primavera y al amor familiar, una fue publicada, guardó el recorte en un sobre aunque nunca se lo dijo a nadie. Después llegaron Carmencita, Lupe y los chicos de la escalera, hubo verbenas y veladores de verano, ocurrieron los deslices, se descubrió el milagro de las inundaciones, se extendió la infamia, sintió tantas ganas de encerrarse con los muchachos en un cuarto que buscó el modo de escapar antes de que envileciera para siempre. Como lenitivo, encontró al incauto, convenció al párroco y nacieron los hijos para tapar la boca de los difamadores, pero el precio que tuvo que pagar a cambio de la salvación fue demasiado alto. Ya casada y con los niños encima, algunas veces intentó leer novelas de Martín Vigil para descansar de la briega, pero le faltaron el tiempo y las ganas. Los años que vivió con su marido resultaron un espacio entre corchetes, los niños se arrojaban a la calle después de comer y no volvían hasta que se hacía de noche, ella veía la televisión y no pensaba en nada distinto de las medicinas, los encargos, las necesidades de la fragua diaria. Los libros repentinos fueron un bote salvavidas lanzado por la providencia, un cuerpo cerrado con hilo de sutura que decía ábreme, lee en mis entrañas la profecía. En aquella sala de lectura de la biblioteca del barrio, con la luz amarilla del atardecer a través de los paneles de plexiglás, Reme piensa si serán felices las vecinas tercas e ignorantes que nunca se cuestionaron nada y que se resignan diciendo es ley de vida.

La bibliotecaria: ¿necesita que llame a alguien?, está usted temblando. Reme: todos esos libros, ¿se pueden leer? La bibliotecaria: algunos más que otros. Reme: ¿y se leen aquí o en casa? La bibliotecaria: hay préstamos como en cualquier biblioteca, pero muchas veces los libros se pierden, nadie les tiene mucho aprecio, ¿usted lee novelas, señora? Reme: sí, pero ya se me acabaron las que tenía. La bibliotecaria: si quiere puede llevarse una, siéntese, ¿se encuentra mejor?, estará mareada, a ver, qué libros podrían gustarle. Reme: los de Pío Baroja y Benito Pérez me gustan mucho. La bibliotecaria: vaya, Benito y Pío, creo que tenemos por aquí alguna novedad de esos jóvenes autores, déjeme comprobarlo, mire, éste va de un muchacho que sueña con convertirse en capitán de navío, y éste habla de curas, de monjas y de familias tristes. Reme eligió el del muchacho.

Pío Baroja narra en *Las inquietudes de Shanti Andía* las memorias de un marino vasco que recuerda los años de su juventud, cuando se enroló de grumete en un velero mercante que atravesaba el océano según los vientos y según las estrellas, antes de la aparición de los instrumentos mecánicos, las calderas y los barcos de vapor. Shanti Andía se lamenta del paso del tiempo, que todo lo ensucia con la tizne del carbón y el pragmatismo, se siente viejo y encerrado en el pueblo donde tendrá que morir, el mundo le parece pequeño y repetitivo, ninguna hazaña de ningún hombre es comparable a sus sueños juveniles, se aburre de las cosas comunes y desprecia la simplicidad de sus vecinos. Al leer las primeras páginas, sentada en la punta de la silla, Reme sintió que la literatura conspiraba contra ella para decirle qué boba has sido, Remedios, dejándote aplastar por lo que nunca deseaste, ni siquiera tienes el refugio de un pasado de aventuras que te sirva de consuelo, eres un mueble viejo que nadie usó, cubierto con una sábana y guardado en un desván, un navío flamante e intacto que no salió del astillero, sin escaramujos ni lapas en el casco, y cuando la carcoma te roa las tripas ya no habrá nadie a tu lado para decirte adiós, y morirás como mueren los pájaros y las alimañas. *Las inquietudes* hirieron el alma de la vieja Reme, una de esas heridas que no quieres que se cure y vuelves a abrir con los dedos y sorbes la gota de sangre, salada y fresca, y la observas y piensas es tu herida, es tu carne, soy yo.

Después de aquella tarde en la biblioteca vendrían muchas otras. Reme tomaba un libro y lo devolvía sin falta al día siguiente, mujer, no se dé tanta prisa, pero lo terminé anoche, contestaba Reme. A la bibliotecaria le divertía la extravagancia de su nueva lectora, cuando traía de vuelta una novela le preguntaba si le había gustado, e invariablemente Reme contestaba que sí, sin ninguna otra palabra de comprensión o de inteligencia. Si no la hubiera visto leer en la sala con los ojos redondos, absorta como un Quijote, la bibliotecaria habría pensado que era imposible que alguien como ella, es decir, como se imaginaba que debía de ser ella, deglutiera libros de ese modo. ¿Pasará lo mismo con las demás viejas del barrio? ¿Será que parecen cerriles y consumidas cuando en realidad son ilustrísimas académicas, especialistas en la novela del XIX, curiosas lectoras de los clásicos del XX? La bibliotecaria trataba de romper su laconismo diciéndole don Benito se ganó fama de varón irresistible, ¿sabe usted?, y don Pío, que tenía un carácter feroz, sólo toleraba la compañía de las prostitutas, qué canalla, pero a Reme le traían sin cuidado los chismes literarios, ella no quería saber nada de literatura sino de novelas y de libros, aquellos apellidos ilustres no eran más que marcas comerciales, como quien se aficiona a una bebida y no quiere probar otra cosa, leí *Historia de una escalera*, ¿escribió algo más ese señor?, y la bibliotecaria le consiguió *El tragaluz*.

Gracias a las visitas y los préstamos, Reme aprendió muchas cosas. Aprendió que todas las novelas hablan de ricos y pobres: muy-muy pobres que sufren injustamente aunque tengan buenos sentimientos; muy-muy ricos que se compadecen de los desgraciados con generosidad cristiana, o que los explotan y los ultrajan sin corazón, mujeres a las que los hombres engañan con promesas, chicos a los que sus padres abandonan en un hospicio. Pobre Fortunata-pobre, de los brazos de uno a los de otro; pobre Regenta-rica, de los de nadie a los de un don nadie.

Los síntomas de la derrota se revelaban en todo. La talla de los jóvenes pobres y mal alimentados, que vivían en tabucos, era ostensiblemente más pequeña que la de los muchachos ricos, de familias acomodadas, que habitaban en pisos exteriores. La inteligencia, la fuerza física, eran también menores en la gente del pueblo que en la clase adinerada. La casta burguesa se iba preparando para someter a la casta pobre y hacerla su esclava. Por las mañanas, Reme desayunaba en la calle como un cesante y le pedía el periódico al camarero porque le escocían las manos si a cada rato no pasaba algunas páginas. Sin distinguir una cosa de la otra, leía las noticias igual que las novelas, se enfurecía con la prosperidad de los anuncios de resorts, las inauguraciones oficiales, el consejo de ministros y las derivaciones de la bolsa del mismo modo que se enfadaba cuando los personajes no hacían lo que ella quería que hicieran, qué estúpido eres, Andrés Hurtado, qué debilidad la tuya, Anita Ozores. Era el tiempo de las ganancias infinitas, de las juntas de accionistas complacientes y de los dividendos extendidos, hacía años que el barrio se había vaciado de familias que compraron adosados lejanísimos, los hombres salían por la mañana con ropa de obra y tarteras, y regresaban por la tarde manchados de yeso, optimistas. El periódico anunciaba una promoción de discos de música clásica, mañana Mozart por un euro más. *Mozart por un euro más* parecía el verso de un poema de vanguardia y, en contra de sus costumbres, se gastó dos en el kiosco. Si después de leer a Baroja se levantaba con esplín anarca, Reme hacía sonar a Mozart para dulcificar la furia y la artrosis, y también para espantar a Robe y a los demás si se cansaba de sus murgas y sus conversaciones salvajes; pero los barones no eran ratas indefensas, no, y como respuesta rebelde blandían sus teléfonos móviles con subwoofers, quita esos pajaritos y escucha esta buena mierda, vieja, en ocasiones también marchas procesionales, sobre todo Robe, el más SS de todos. No podía competir el clavicordio de Mozart con los vientos de pleno pulmón de la banda de las Tres Caídas, los músicos llevan uniformes militares porque son un ejército, Mozart y Reme se batían en retirada ante su empuje.

La disputa no era habitual. Reme prefería sentarse junto a la ventana y escuchar sus conversaciones como un psicoanalista que se oculta del campo de visión del paciente. Así conoció el relato de los ajustes y del contrabando, el de las niñas-princesa convertidas en perversiones, el de las casas desoladas y las cerraduras que revientan, el de las clases del instituto y los profesores aterrorizados, el de los asistentes sociales bajo amenaza, y el resto de lugares comunes. A cada uno de los protagonistas de esas historias oídas a ciegas Reme no podía evitar ponerle el rostro de sus hijos fugitivos. Lo mismo le pasaba con Baroja y Galdós: el Manuel de *Mala hierba* encajaba en las mejillas de su hijo perdido, la Nina de *Misericordia* no dejaba de recordarle a su niñita sin freno. Fortunata, no; Fortunata era ella misma.

—*¡Si la hubieras visto...! Fortunata tenía los ojos como dos estrellas, muy semejantes a los de la virgen del Carmen que antes estaba en Santo Tomás y ahora en San Ginés. Fortunata tenía las manos bastas de tanto trabajar, el corazón lleno de inocencia... Fortunata no tenía educación; aquella boca tan linda se comía muchas letras y otras las equivocaba. Pasó su niñez cuidando el ganado. ¿Sabes lo que es el ganado? Las gallinas. Después criaba los palomos a sus pechos. Como los palomos no comen sino del pico de su madre, Fortunata se los metía en el seno, ¡y si vieras qué* *seno tan bonito!, sólo que tenía muchos rasguños que le hacían los palomos con los garfios de sus patas.*

Los sentimientos de Reme eran de cristal puro, su pensamiento y sus lecturas estaban muy lejos de cualquier cinismo inteligente. En una feria de libros usados encontró una traducción barata de *Los miserables* llena de argentinismos, encantadora. En el prólogo, un par de páginas con letra de almendra, Reme leyó que Victor Hugo escribió la novela en 1862 conmovido por los sucesos de la rebelión de 1832 y atacado por la mala conciencia de haber sido el capitán de uno de los escuadrones imperiales que aplastaron la revolución de 1848. Le costó ajustar el cuadro de fechas pero compuso en su cabeza un cómic de bondad, maldad y barricadas, y se vio a sí misma subida a un barril de vino en las calles de París, las vecinas del barrio ataviadas con escarapelas escuchando sus arengas, los guardias cerrando la plaza con cruz de bayonetas, *yo no soy, señores diputados, de los que piensan que se puede acabar con el sufrimiento del mundo, el sufrimiento es una ley divina; pero soy de los que piensan que se puede acabar con la miseria*, a Reme le pareció que todo aquello era muy cierto, que las cosas podían resultar así de simples, había gente que tenía dinero y gente que no lo tenía, y no es necesario morirse de hambre ni redactar ninguna teoría económica para entender que, en ocasiones, un crimen deja de serlo si la víctima es la adecuada. El enemigo, ese alfil culpable que andaba buscando desde el principio, comenzaba a tomar forma en su cabeza.

En el periódico prestado Reme leyó un anuncio del nuevo Cayenne fully equipped, y la cifra de promoción que aparecía al lado de la fotografía le pareció una errata de imprenta, es imposible que nadie pueda reunir tanto dinero, se dijo, habría que robar bancos o invadir un país o legalizar la esclavitud. Reme es así de corderito, así de ingenua; sabe mucho de fisonomía craneal gracias a Silvestre Paradox, pero no tiene ni idea de lo que ocurre en el despacho de cualquier ejecutivo. Seguro que es un error, se dice, ni sumando todos los recibos de la pensión ni todas las nominillas que el incauto cobró durante treinta años de concesiones se alcanzaría la mitad de esa cifra, debe de ser un error; pero si no lo es, si es cierto que hay quien puede gastarse tanto dinero en una frivolidad, entonces no sé qué hago viviendo donde vivo ni qué hacen las vecinas tragando cuanto tragan, ni en qué piensan los chicos del arriate que no roban un coche como ése para vivir dentro como en una habitación de hotel; ricos y pobres, igual que en las novelas, lo mismo al fin. Rencor: Reme se resignó a su exilio de extramuros sin imaginar las vidas de los ricos en el centro de la ciudad o en las urbanizaciones lejanas, acaso pensaba en ellos durante los veranos del calor radiactivo que requemaba la plaza de los arriates, consumía los órganos internos y provocaba alucinaciones durante la hora de la siesta viscosa; entonces se le aparecían en sueños sus piscinas azules y sus campas de césped, conversaba con los jardineros, que ganarían cinco veces más que su marido peleando contra el amianto y que le confesaban que, a veces, cuando los amos no estaban en casa, se desnudaban y follaban con sus novias dentro de las piscinas, se emborrachaban en el pretil y dormían como gorilas haciendo rodar las botellas; las piscinas, Reme soñaba con zambullirse en uno de esos lagos celestiales cuando las losas de su conejera ardían como las paredes de un horno, pobre Reme-pringue, que nunca sintió la asepsia del cloro ni la punzada alérgica de la hierba fresca sobre sus hombros, nunca, ni siquiera en las piscinas municipales donde se habría sentido tan ridícula como en un documental de sociología, criatura varada junto a los demás desclasados de extramuros al borde de un mar de mentira, Reme ignora que, a vista de pájaro, el azul es más intenso y las cuadrículas parecen teselas de un mosaico en ruinas, tan hermoso.

Justicia social. Reme abrió la caja de herramientas del incauto, sacó un punzón y un martillo, esperó a que se hiciera de noche, cerró sin ruido el portal para no alarmar a las vecinas, caminó hasta uno de los barrios de aproximación donde vive la gente que puede comprarse esa clase de coches, buscó en todas las aceras un ejemplar disponible para el sacrificio y regresó a casa con frío en los huesos, dolor de artrosis y el punzón sin mella, avergonzada por no haber caído en la cuenta de que las víctimas propicias dormían en cocheras mucho más espaciosas que su nanocasa rebelde. *Se puede tener el quijotismo contra una anomalía; pero tenerlo contra una regla general es absurdo.* La primera acción terrorista fue abortada, a Reme se le atragantaron las ganas de romper cristales, y no es bueno que eso ocurra, el alma del maquis no se conforma, la fiebre del guerrero no desaparece; y por eso, algunos días después de que comenzara la exhibición del bosque de colgaduras, Reme-miliciana observó con alivio la llegada del primer patrullero, por fin nos hacen caso, una revolución sin guardia urbana no es gran cosa, lo dice Victor Hugo. Del patrullero se apearon dos agentes que portaban un cuaderno y una cámara de fotos, reporteros en vez de tropa de dragones a caballo, *Vive la France!*, dos chavales con sueño y ganas de volver a casa después de un turno de doce horas, muchachos no demasiado diferentes del propio Robe y del resto de chicos del arriate, la pelusa sin afeitar, las gafas de sol, los malos modales y la autoridad que proporciona el miedo infligido;

entre el narco menor y el poli municipal no hay mayor distinción que el salario y el uniforme. Venían de mala gana, obligados por un superior que leyó los periódicos e hizo algunas llamadas a la concejalía pidiendo instrucciones, garabatearon un informe, llamaron a los portales sin obtener respuesta, palmearon, dieron un par de gritos para congregar a los vecinos, dijeron a ver, quiten esa ropa de los balcones o levantamos un atestado, que da fatiga ver tanta braga colgada, señora, esto es obstrucción de la vía pública.

—¡Cuánta estrella! —dijo Manuel—. ¿Qué serán?

—Son mundos, y mundos sin fin.

—¿Tú crees que habrá hombres en esos mundos?

—Quizá, ¿por qué no?

—¿Y habrá también cárceles, jueces, casas de juego, polizontes?

No fue Reme la primera que bajó a la calle para decir la ropa no se toca; tampoco el activista urbano, que llegó cuando todo había empezado. De improviso, un corro de viejas bajitas rodeó a los polis como enanos codiciosos, los guardias dijeron eh, apártense, nosotros sólo venimos a cumplir con lo nuestro, los interfonos se llenaron de voces de señoras que no podían bajar a la calle porque les dolían las piernas pero querían contribuir a la asonada, los gritos crecieron, los guardias se desquiciaron, uno de ellos sacó la defensa y blandió la goma amenazante, nadie supo quién dio el primer golpe, el griterío llegó al arriate de los barones, que le pegan a la abuela de Elvirita, un abuso, ¡vándalos!, y fue entonces cuando Robe y los demás olieron el tierno aroma de la bronca e irrumpieron en estampida como en las peleas de la escuela, y ahora sí que hubo carreras y golpes verdaderos, Robe fingió un amor filial incontrolable, a mi vieja no la toca nadie, uno de los agentes cayó al suelo, la cámara se hizo pedazos, alguien consiguió arrebatarle las Ray-Ban, a gatas fue arrastrado entre la turbamulta de hijos de puta, hacerle eso a una pobre señora, atrévete conmigo, muchos huevos con las ancianitas pero. Zafando patadas y llaves de rugby, consiguieron llegar ilesos al coche patrulla y huyeron pidiendo refuerzos, de alguna parte surgieron piedras e incluso candados de moto como martillos medievales que golpearon contra la carrocería con estruendo.

Reme observó las evoluciones de sus tropas: el cerco de la infantería y la irrupción de la caballería rampante que puso en fuga al enemigo; vio la tunda, las piedras, la persecución, vio cómo el activista se retiraba unos metros para ampliar el tiro de cámara de su teléfono y registrar la escena en un vídeo que esa misma tarde se difundiría por la red humillando a los agentes, haciendo sonreír a los altermundistas de primer cuño, provocando el éxtasis de los indignados recientes y escandalizando al subdelegado del gobierno. Fueron días veloces, irresponsables y hermosos: las guirnaldas de ropa limpia se multiplicaron, las vecinas se sentaron al sol para exagerar sus heridas, yo me caí, a mí me pegaron, los chicos del arriate volvieron a presumir de músculo delante de Reme como cuando eran niños. Surgió una especie de orgullo baratario, de casticismo suburbial, y la vieja doña Remedios, viuda de, fue reverenciada como prócer y madre de la patria por haber inventado la estrategia del bosque de colgaduras. Los barones del arriate ya no hablaban de bellotas de hachís ni de cerdas felotómanas, sino de bragas-soviet, polis antidisturbios y tácticas de guerrilla urbana.

5

LA CARGA DE LOS HÚSARES

> *La masa no desea la convivencia con lo que no es ella. Odia a muerte lo que no es ella.*

Lo había visto hacer muchas veces: descabalgaban, reventaban el depósito de un coche con un destornillador, introducían un tubo de plástico y sorbían del otro extremo, luego tapaban el orificio dejando que la gasolina ascendiera y la volcaban en el tanque de la moto. Fácil, gratis y rápido, un principio de la física aplicado a la picaresca, vasos comunicantes para ahorrar combustible, todos los barones rampantes lo hacen desde tiempos pretéritos, es la herencia ancestral de los años ochenta. Robe estaba muy lejos de convertirse en el próspero empresario de la rapiña tecnológica, aún andaba de lacayo de narcos menores fingiéndose lobo feroz para amedrentar a los muchachos cuyas madres se angustian porque el niño no vuelve a casa. A él nadie lo esperaba en ninguna parte, era noche de sábado, Anita no regresaría hasta el lunes y

Robe rampaba en una moto de préstamo con una chica a su lado. El juego consistía en que ella dijera para, por favor, pero la elegida era Esmeralda, la del buen nombre, dura como corteza de roble. Linda quizá no fuera, aunque sí un par de años mayor, tal vez diecisiete, y resultaba insólito que una nena de diecisiete se fijara en un bebé de catorce, le debió de entrar un capricho raro, eh, rubio, dame una vuelta, Robe contestó no te atreves, y ella ya veremos, se subió a la grupa, arrancaron.

Rodaron lejos, Robe volaba como en un videojuego, la polla muy dura dentro de los pantalones mientras Esmeraldita le agarraba la cintura para no caerse en las curvas, pero ni una palabra, ni un estás loco, qué haces, para ya. Subieron y bajaron muchas avenidas, se alejaron del barrio, a Robe le dolían los puños, Esmeralda seguía muda en su sitio como si quisiera estamparse contra un muro, él ponía el músculo y ella debía poner el pláceme, Esmeraldita la valiente, y al final no fue el valor sino la mecánica lo que le falló al pobre de Robe, que no vio encenderse en el cuadro el piloto de la reserva y arruinó el racing vaciando el tanque antes de tiempo. Zigzagueaban entre dos calles ya cerca de intramuros cuando el motor dio un crujido y se detuvo como si se hubiera aburrido de carburar, rodando despacio como una bicicleta ridícula. Esmeralda se enfureció, es tu culpa, ahora me pagas un taxi de vuelta, y eso le sonó a Robe tan adulto, tan estrella de cine silbándole al taxista al salir de un restaurante. Sonrió: en el hueco de la moto llevaba un destornillador y un tubo listos para el saqueo, había asistido a la demostración tantas veces que no podía fallar, era un experimento muy sencillo. Rompió la tapa de un coche, introdujo el tubo en el depósito, lo agitó y, en lugar de aspirar suave y bloquear la pipeta con el dedo, absorbió todo el líquido dejando que un buche denso de gasolina le llegara hasta el estómago.

La boca le ardía, la garganta era una raspa, cayó de rodillas, Esmeralda le decía pero qué haces, Robe se retorcía de dolor, no me digas que te lo has tragado, era el daño, el asco y el tóxico pero también la humillación de ver desde el suelo las piernas aceitosas de Esmeraldita, que no se abrirían para él, este niño es gilipollas, decía la chica, y Robe vomitaba y perdía la conciencia al mismo tiempo, un guiñapo en el suelo, como la mamá de Anita, como Anita al final de cualquiera de sus fiestas.

En el hospital le hicieron un lavado de estómago. Anita no fue demasiado hostil, se portó con cierta entereza cuando recibió la llamada de los asuntos sociales, no durmió en la habitación como hacía Reme con el incauto pero demostró algún interés, qué te has metido, preguntaba con trampa, y el lindo Robe decía no sé, una cosa que me dieron, gasolina bebiste, imbécil, si no fuera por esa chica ahora estarías muerto, ¿me oyes?, muerto, pero qué pensabas, eres un crío de mierda y te crees un gánster. Anita siempre encontraba las palabras adecuadas, Robe era su pelele, se reía de sus camisetas, de su delgadez, de las erupciones, de la chulería barataria, de la impostura; pero a él ya no le importaban los aguijones de su mamá desnaturalizada: Esmeraldita lo había llevado al hospital, sí, su Dulcinea salvadora le había sujetado la cabeza con las manos para que no se tragara el vómito, y tal vez lo había recostado sobre sus muslos de aceite mientras llegaba la ambulancia. Cuando todo terminara irían juntos a los aparcamientos de la antigua estación, esta vez despacio y con el depósito lleno, Robe sería suave, las manos sólo donde a ella le apeteciera.

No ocurrió. Anita ni siquiera estaba en el hospital

cuando le dieron el alta, y Robe tuvo que esperar en el pasillo porque no le permitían salir a la calle sin la firma de un adulto. Apareció horas más tarde, drogada o borracha, el médico de la planta aprovechó el eje hombre-con-estudios vs. mujer-perdida y amenazó con volver a llamar a asuntos sociales, tiene que encargarse de su hijo, señora, es un menor de edad, Anita sonrió pensando cuántas veces había oído eso en los últimos tres años, ¿ha terminado usted?, ¿podemos marcharnos?, cogió a Robe del cuello como a un conejo y se lo llevó a casa, y durante el camino no paró de decirle que estaba de él hasta el coño, diez, veinte, cien veces, redondeaba la o con todo el cansancio del universo, y Robe imaginaba qué tamaño tendría, de tan frecuentado.

Justo al revés que en sus sueños, a Esmeralda no volvió a verla, debió de desaparecer en la ruta de alguno de los viejos con coche. No se atrevió a preguntar por ella en el arriate y a cambio tuvo que cargar con bromas eternas acerca del buche de gasolina, el cuento daba para una murga infinita que no cesó hasta que los barones se aburrieron; me lo merezco, pensaba Robe, yo habría sido tan cruel con cualquiera que hubiera hecho lo mismo.

Mil años después, Robe-diecisiete se sienta en su escritorio de desguace para relamerse contemplando el vídeo del patrullero y el linchamiento, y recuerda el desprecio doble de Esmeralda y de Anita. Se ve guapo, fuerte, telegénico, parezco tan mayor saltando sobre los polis, piensa, soy el capitán de la milicia del barrio, y tú te lo perdiste, Esmeraldita, tu niño tonto, el rubio que te gustó una noche, el del buche de gasolina, aunque ahora vinieras a mí de rodillas yo no te haría ningún caso porque soy el héroe del canal de noticias y todo mi amor pertenece a la linda Usanavy, único y puro amor eterno, el ángel que me protege y para quien guardo las mejores ofrendas, joyas, dulces, teléfonos, tabletas, ¿qué quieres, qué te falta, qué deseas?, esta tarde enviaré un mensajero con flores a su puerta, me grabaré su nombre mitocloridiano en el pecho, Usanavy y yo siempre estaremos juntos, y tú, Esmeraldita, ¿en la cama de qué viejo te despertaste hoy? Robe era un tipo duro, pero un duro romántico, los hay. A veces se daba cuenta de que Usanavy no lo amaba de veras y de que todos sus esfuerzos eran baldíos, y entonces tenía que morderse los labios para que no se le escaparan las lágrimas, y se sacudía la rabia deglutiendo tiradas de vídeos de teens o emprendía operaciones de castigo contra sus rivales en el tablero de Hammer of War, poniendo en riesgo a sus tropas como nunca hacía, cediendo porciones de terreno y perdiendo manotadas de tokens en escaramuzas suicidas; pero otras veces se sentía devorado por la angustia del desamor más íntimo y no podía evitar martirizarse con la reproducción de los solos de corneta más aullantes de Julio Vela, que hacía reventar los tímpanos de las damas nobles cuando su banda entraba en la carrera oficial con las líneas cuadradas como un ejército. Robe se sentía igual de minúsculo ante la potencia del paladín-corneta que ante el desprecio de la linda Usanavy, que lo mismo se enredaba con él en un portal sin importarle los ojos de los vecinos, cuarenta kilos y un metro cincuenta, que le decía para ya, Robe, hoy no tengo ganas, la blandura de una compresa empapada en menstruo como frontera, eso no es excusa, en el barrio y en el porno eso no sirve de excusa, el chico rubio del telediario no se detiene, sus dedos son arañas.

No se hablaba de la osadía del rubio en el canal de noticias, sino de todos los barones y en todos los canales, las imágenes eran tan seductoras: el patrullero perseguido, los polis acorralados, viejas y niñatos peleando en el mismo bando, ¿pero quién manda en las calles si ni siquiera la policía puede contener la ira, la desesperación, igual que en aquel vídeo donde el helicóptero de la guardia es apedreado por los vecinos de un narcobarrio? Los locutores hicieron cuanto estaba en su mano para inflamar el suceso, aplicando el vocabulario bélico aprendido en los años de la facultad, *las calles del barrio son el escenario de una batalla urbana, un barrio humilde levantado en armas por un motivo en apariencia insignificante, todas las miradas se dirigen hacia esta zona caliente*. En las tertulias, los analistas conservadores reflexionaban sobre el derrumbe del principio de autoridad, ¿cómo era posible que unas ancianitas respetables se unieran a un grupo de jóvenes delincuentes?, ¿qué degeneración moral, qué sentido de la ética albergaban? El moderador daba la palabra a otros discutidores contratados para decir lo opuesto, este incidente es un síntoma del descontento y la falta de expectativas, los cinturones de pobreza, la desigualdad de las grandes ciudades, el desempleo juvenil. Se establecieron analogías con los disturbios de París 2005 y Londres 2011, deseando que el suceso se convirtiera en un ítem de la CNN, ojalá haya un cadáver caliente, un disparo perdido como en Génova 2001, no seremos un país del nuevo mundo hasta que el aplastamiento de una revuelta urbana nos haga meditar sobre el tándem libertad-autoridad, pero en qué piensan estos chicos de barrio, cómo llegaron a ser lo que son. El delegado del gobierno fue severo como un padre de familia: con su voz de director de ejercicios espirituales, aseguró que los agresores serán detenidos en las próximas horas y acusados de atentado contra la autoridad, si resultasen ser menores se actuará contra sus padres, es inadmisible esa ocupación de la vía pública, las fuerzas de seguridad acabarán con la pantomima y pondrán orden en el barrio, el bando municipal puede ser discutible y recurrido según los procedimientos legales que los vecinos tienen a su alcance, pero todas las ciudades necesitan unas normas que garanticen la convivencia, no somos una tribu. Preguntado en los pasillos del congreso, el ministro no quiso hacer declaraciones sobre un percance menor ocurrido en una ciudad mediana, se reforzará la vigilancia para que no se repitan los altercados, es lo único que puedo decir, creo que se trata de un asunto doméstico un tanto magnificado por la prensa, sonrió.

Testigo y camarógrafo, el activista-Leo estaba entusiasmado con las repercusiones del asunto doméstico. Aquel pequeño brote de violencia resultaba estimulante: los chicos alienados enfrentándose con las manos desnudas a los policías invasores, es la ley de lo propio contra lo ajeno, eres de aquí o eres de fuera, pensaba el activista como si hubiera mamado en el barrio de las casas baratas. No dejó de redactar artículos y convocatorias de apoyo, formó una database de plataformas internacionales de resistencia y difundió el vídeo con pasión vírica entre sus contactos. Actualizó su blog tres veces al día y fabricó una narración mítica sobre el origen del barrio del Patronato que justificara el recurso, casi siempre inaceptable, de la violencia, pero el activista sabía que el ojo de la tormenta estaba puesto sobre la vieja Reme, aquella vecina lunática que fue la primera en sacar su ropa a la calle como una bandera estelada. Tenía que hablar con ella, tenía que convencerla para pavimentar el camino de la revolución, tal vez grabar un pequeño vídeo que sirviera de documento y testimonio, un vídeo que descargaran millones de personas conmovidas por la hondura de sus palabras. Imaginó los planos previos del bosque de colgaduras, las caras de otras viejas llenas de arrugas sentadas en las casapuertas, la inserción del pequeño clip de los altercados, los chicos saltando encima del capó del patrullero y la voz de Reme-soviet diciendo nos arrojaron dentro de estas casas hace cincuenta años, un gueto amable sin muros ni alambradas, sabían que no nos escaparíamos, pero la ciudad creció inesperadamente y necesitaron todo el espacio a su alcance, nos rodearon, construyeron edificios a nuestro alrededor para intimidarnos con su prosperidad, nos convirtieron en una reserva india en mitad de la ciudad que habían fabricado para sus hijos, y ahora resulta que no les gusta cómo vivimos, nos desprecian, les parecemos vulgares y anticuados, entran en nuestro barrio, nos hacen fotos como si fuéramos aborígenes, chasquean la lengua, deciden cuáles deberían ser nuestras costumbres. El activista se anegaba de entusiasmo, si Reme accediera, si esa vieja comelibros fuera un poco más dócil, la revolución marcharía sobre raíles como un tren militar, imparable.

Reme no era dócil: dormía en la plaza por la mañana y hacía guardia en su puesto durante la noche, paseando entre los colgajos, tensando los cordeles o sentada a la hebra junto a las vecinas. Los barones rampantes, los mismos que antes le gritaban bruja loca, ahora la reverenciaban, doña Remedios, ¿necesita alguna cosa? El activista se acercó a ella, quiero hablar contigo un momento, y a Reme le pareció extraña tanta familiaridad, escucha, en todas partes se cuenta lo que aquí ocurre, y no nos conocen, no saben quiénes somos, necesitan un rostro, un nombre, quieren ver una cara en la multitud, no te pido que te subas a ningún estrado, sólo que me dejes grabar una pequeña conversación entre tú y yo para que la gente sepa quién empezó todo, qué queremos y qué nos muerde, ¿sí?

No. Reme-soviet sonrió, se levantó de la silla de salón que había sacado a la calle, abrió el portal y, a paso de artrosis, subió la escalera sin abrir la boca.

El activista era un yunque y no permitiría que nadie le arrebatara la gloria, ya habría tiempo para el desencanto y para decir no fuimos capaces, siempre ocurre lo mismo, nada permanece; renunciar al combate sería una felonía, hay enemigos enfrente y hay un campo de batalla extenso, la vieja se niega a hablar conmigo pero tal vez sería suficiente con un retrato poético, un par de párrafos sentimentales sobre la ancianita sin nombre que una mañana se despertó, leyó la nota del ayuntamiento y dijo qué broma es ésta, una nueva Rosa Parks, una figurilla de cerámica cocida en horno de mil grados, vosotros, los que no sabríais situar nuestro barrio en el mapa, nunca oiréis hablar de ella, pasará a vuestro lado y no sospecharéis quién es ni qué hizo durante los días cálidos de esta pequeña revolución, la vieja comelibros que convenció a las vecinas tercas, la vieja invisible, extinta. Eloísa leyó la nota. Conmovida, se arrimó a su palíndromo y esta vez sí que follaron con la dulzura de las primeras veces, e incluso durmieron abrazados y con pringue, soñando con cosas lindas como, por ejemplo, una carga de húsares, un complot policial, una saca nocturna, unos agentes que rompen su puerta a patadas y los encarcelan en mazmorras con tinajas de agua, ellos escribirían poemas con los dedos en la paredes de moho, resistirían la tortura, no dirían una palabra a pesar de las bolsas de plástico y las baterías de doce voltios.

Sirvió, y en un par de días sucedieron tantas cosas

como las que no pasaron en cincuenta años. La cólera social y la curiosidad se expandieron, el barrio fue tomado de improviso por un cuerpo expedicionario venido al olor de la revuelta, manadas de punks y retropunks de otro tiempo, piesnegros y chicos salvajes pertrechados como montañeros que respondían a cierta organización y que allanaron la plaza para acampar sobre las losas con sus insignias de ropa tendida, hemos venido a defender la dignidad del vecindario. El retrato del activista y el clip del coche patrulla fueron reclamos suficientes para reclutar a esa soldadesca bulliciosa y malencarada que trajo consigo toneladas de ropa con la que rodearon el barrio como si lo pusieran en cuarentena. No había quien caminara por las aceras, la ropa se caía como hoja de otoño, por la noche sonaban los tambores africanos en las fiestas de confraternización. Se vieron cosas extraordinarias: chicas punks que devoraban a sus amantes a la vista de todos y que enseñaban las tetas en el desayuno, algunas escuálidas y caprinas, otras muy densas como globos de agua, todas de roña; chicos de brigada que caminaban en calcetines acarreando herramientas y bidones, ampliaban el campo, rompían los registros y obtenían luz y agua corriente, buenos zapadores, mejores ladrones que hacían desaparecer las bolsas que el panadero colgaba en el pomo de los bares. El campamento nunca dormía, siempre había lecturas de primera mañana o canciones de última hora, a los conciliábulos los llamaban talleres. Tiritando de emoción, el activista paseaba boquiabierto entre las carpas mientras las vecinas suspiraban y vivían con el miedo en el cuerpo. Habían soportado durante años el castigo de sus hijos-sobrinos-nietos, pero se negaban a que el barrio se convirtiera en el hospicio de todos los golfos intrusos, ya nos sobra con los de aquí, no queremos forasteros. Furiosas, le pidieron a Reme que los expulsara, y Reme les dijo yo no puedo hacer nada, vinieron solos y se marcharán cuando quieran, no son nada mío, sonrió. También los barones rabiaban de odio territorial, hubo broncas, se partieron cascos de botellas, se blandieron los cuellos como dagas para obligarles a pagar un tributo a cambio del alquiler de la esquina, usurpada por sus tiendas de campaña. Robe intervino ejerciendo su rango, apaciguó la ira y los convenció de que los dejaran en paz; el joven empresario del año veía excelentes oportunidades de negocio en aquella tropa descuidada que dejaba abiertas sus mochilas y necesitaba conexiones para sus artilugios, las ventas se habían disparado, el estocaje crecía, incluso la linda Usanavy le sirvió de enlace para ciertas transacciones, se le daba bien, los clientes se la comían con los ojos, Robe tenía que tragarse los celos a cambio de la multiplicación de los beneficios, y se enternecía pensando en aquella camaradería recién inventada, Robe y Usanavy, los estraperlistas del XXI, pronto abrirían un negocio legal con permisos municipales y licencia de apertura, ella atendería en el mostrador y él trabajaría en el taller de la trastienda, se comprarían una casa grande y un coche inmenso, viajarían en verano como hacen los ricos.

Descorazonadas, las vecinas cerraron las puertas con dos vueltas de llave y recuperaron sus blusas, sus medias y sus camisones de los cordeles, en qué nos hemos convertido, qué desfachatez, qué gente, no era esto, no era esto. De noche, en el interior de las casas volvió a aparecer la luz azul de la siemprencendida, el volumen muy alto para esquivar los gritos, el tam-tam, el cristal roto. A Reme, sin embargo, aquel circo le divertía. Se sentaba al sol, espiaba a los visitantes, abría sus libros y recordaba algunas páginas perdidas de Baroja. El campamento le parecía un belén viviente, *gente astrosa, traperos, mendigos, muertos de hambre; casi todos tenían una facha repulsiva. Peor aspecto que los hombres tenían aún las mujeres, sucias, desgreñadas, haraposas. Era una basura humana, envuelta en guiñapos, entumecida por el frío y la humedad, la que vomitaba aquel barrio infecto. Era la herpe, la lacra, el color amarillo de la terciana, el párpado retraído, todos los estigmas de la enfermedad y de la miseria.*

—Si los ricos vieran esto, ¿eh? —dijo don Alonso.

—¡Bah!, no harían nada —murmuró Jesús.

—¿Por qué?

—Porque no. Si le quita usted al rico la satisfacción de saber que mientras él duerme otro se hiela y que mientras él come otro se muere de hambre, le quita usted la mitad de su dicha, para Reme todo era como sus novelas, ricos y pobres con pequeñas variaciones, pobres dóciles que arrastran su miseria o pobres rebeldes que quieren saquear las casas de los ricos, *todo el mundo viste ahora mal, muchos han debido de registrar el fondo de sus armarios para ponerse lo que tenían desechado hace años, pantalones con rodilleras, chaquetas con los codos desgastados, zapatos con los tacones torcidos, el pobre porque no tiene otra cosa, el rico porque ha ingresado en una orden mendicante supuesta que le produce vivos deseos de disfrazarse de proletario*, Reme leía y observaba, como si las imágenes de aquella tribu fueran las ilustraciones de sus novelas.

El brillo de la revolución cegó los ojos del activista urbano, y en su interior nacieron el orgullo y el resentimiento: que no le pidan razones a Reme, no fue esa vieja loca quien los convocó, ella no sabe nada de estrategias de agitación ni de sociología, no sabría explicarle a nadie el proceso de formación de los barrios marginales, las migraciones, la densificación, las tierras inundables, habrá vivido aquí durante medio siglo pero eso no la convierte en ninguna experta, el sujeto siempre acaba contaminando la muestra del estudio, ella es una mascota a nuestro servicio, yo soy el único que puede convertir este gueto olvidado en un baluarte de la lucha de clases. Eloísa se sentía tan satisfecha de su Leo-Lenin, mi francotirador, mi caudillo socialista, mi amante, que ahora sí que follaban como locos para engendrar una nueva república prosoviética, todos los bebés nacerían en octubre, serían varones y barones y se llamarían Iván, no necesitamos a Reme, no necesitamos su cinismo ni su intelectualidad fingida, mi blog es la primera respuesta del buscador cuando cualquiera teclea rebelión-barrio-ropa-tendida.

Cualquiera: por ejemplo, el concejal del distrito, el autor ológrafo de la ordenanza original, quien, cuando todo estaba a punto de volar por los aires, sintió vértigo por los efectos desmedidos que había provocado su prosa y quiso pactar un armisticio, y para eso necesitaba un interlocutor al que dirigirse, alguien a quien convocar en su despacho y ofrecerle un acuerdo. Tecleó la fórmula rebelión-barrio-ropa-tendida, encontró el blog del activista y escribió un correo veloz en el que se decía tregua y paz social. Paz social. Los ojos del activista se arrasaron de lágrimas cuando leyó el nombre del remitente y desplegó el texto con la marca de agua del ayuntamiento. Se imaginó en su pabellón de campaña rompiendo el lacre de un sello imperial y diciéndole al copero sírveles vino a los embajadores, pero luego tembló ante el teclado: era el momento de responder con un tono dialogante, destacarse como el portavoz legítimo de los insurrectos y ser hábil en la negociación para poder establecer sus condiciones, quien pide hacer las paces es quien desconfía de sus propias fuerzas, aquel correo insólito habría sido una victoria en sí mismo si no fuera porque en el último párrafo, maldición, el concejal exigía que a la firma del alto el fuego asistiera como representante vecinal la vieja Reme, la bruja que dio comienzo a esto según decían las crónicas de los periódicos. El activista se sintió menospreciado. ¿*Ella* es la representante, *ella* es la portavoz de los rebeldes? ¡Una estatua de piedra en las asambleas, una boca cerrada de jefe indio! El activista temió que la vieja lo arruinara todo, se limpió las lágrimas, salió a la calle en su busca, no tuvo que hurgar demasiado para encontrarla dormida en un banco del parque, la espabiló y le dijo que leyera el texto, mira la marca de agua, mira los encabezamientos institucionales, esta prez, este nomenclátor. Reme se desperezó como un gorila, tomó la hoja, leyó las líneas y dejó que en su rostro de cuero apareciera una mueca infantil de satisfacción. Sin darle tiempo para pensarlo dos veces, el activista le dijo te recogeré mañana e iremos juntos a la cita, tú como jefe indio y yo como jefe del campamento; y la vieja, a pesar de que desconfiaba de él porque apestaba a soberbia y porque sabía que no era más que un bárbaro recién llegado al barrio de las casas baratas, aceptó la propuesta. Tenía sus razones para hacerlo: el concejal sería el alfil que buscaba, lo supo con certeza, el propietario indudable de un Cayenne megalítico o de algún monstruo aún mayor. El alfil.

Una pareja extraña se subió aquella tarde al autobús de intramuros: el activista y Reme pertenecían a especies diferentes, ella con paso lento de mamut, él con nervio de roedor. El activista no dejó de hablar durante todo el trayecto acerca de la importancia de aquel encuentro y de cuál debería ser la actitud con la que afrontaran las disculpas del concejal del distrito, es demasiado joven, el cargo le tiembla en las manos, el alcalde lo destituirá si no consigue apaciguar las cosas antes de que lleguen los antidisturbios, nadie quiere que haya cargas policiales ni mala prensa, verás como se humilla a nuestros pies, dijo. A Reme le hartaban tantas palabras, vacías y endebles como las manos de un cura, palabras que en su cabeza competían con las fórmulas mágicas de Baroja:

—De manera que, según usted, el que quiera hacer algo tiene que restringir su acción justiciera a un medio pequeño.

—Claro, a un medio pequeño; tú puedes abarcar en tu contemplación la casa, el pueblo, el país, la sociedad, el mundo, todo lo vivo y todo lo muerto, pero si intentas realizar una acción, y una acción justiciera, tendrás que restringirte hasta el punto de que todo te vendrá ancho, quizá hasta la misma conciencia.

Baroja: Reme paladeaba el reflujo de los libros repentinos como si escuchara una voz en su cabeza, el activista estaba a su lado pero ella no lo veía, el autobús los dirigía a destinos distintos: a él, a una cumbre de primeros ministros; a ella, a la ronda de identificación de su alfil-víctima. El activista ardía de optimismo, todos los movimientos eran jugadas ganadoras: si el concejal aceptaba retirar el bando y plegarse a sus exigencias, la victoria habría sido absoluta, el pueblo se elevaría sobre el opresor; pero si se negaba, si se mantenía firme en sus posiciones, los retropunks no tardaría en provocar la intervención de los húsares, la carga sería retransmitida en directo y el espíritu de la revolución se contagiaría a otros barrios, otras ciudades y otras naciones rebeldes. El concejal estaba contra las cuerdas, el activista se prometió a sí mismo que sería magnánimo, la generosidad es el atributo de los hombres de Estado, el emperador exhibe su músculo concediendo indultos.

Nada de eso ocurrió: la reunión no fue más que una parodia, el joven concejal los arrastró hasta una cafetería y allí comenzó a hablar sin pausa, enredándose en sus propias palabras como si estuviera a punto de sufrir una apoplejía, el cansancio le arrancaba la piel, los ojos se le hundían en el cráneo, las manos le temblaban como a un enfermo, no llevaba encima un bolígrafo ni una cartera, no había ninguna secretaria que tomara notas, ni acta de acuerdos ni documento de mínimos, la varilla de la leche caliente zumbaba como un tren expreso entorpeciendo la conversación balbuceante, era difícil entender una sola frase de lo que decía, fue todo tan simple y tan banal, les rogó que se fueran a casa, que desmontaran los campamentos y no armaran jaleo, como el portero de un patio de vecinos que protesta porque los niños juegan a la pelota pero no se atreve a faltarles el respeto, crecerán y serán sus jefes. El activista sintió que se estaban burlando de ellos, aquel hombre ridículo ni siquiera tendría autoridad institucional para decir lo que decía, tal vez ya lo habían cesado a causa de la conflagración, era un muerto viviente, daba tanta lástima, debió de ser guapo en otro tiempo, tenía la mandíbula cuadrada de superhéroe y los hombros anchos, vestía traje de firma, los zapatos crujían sobre el café derramado en la tarima. El activista tiró de la manga de la vieja, vámonos, Reme, esto es absurdo, pero ella siguió en su sitio para escuchar el resto de aquel discurso agujereado; herido de muerte o no, el concejal era su alfil, su objetivo de comando, Reme tenía que memorizar su cara y sus manos, forjar una estrategia que no compartiría con nadie para evitar delaciones, planear una última intervención anarcoide, letal. El concejal siguió hablando en murmullos durante toda la tarde hasta que los camareros le pidieron que se fuera, los clientes estaban asustados.

Ni tregua ni paz social: pronto se extendió el rumor de que las unidades de intervención habían recibido la orden de asaltar el campamento, la delegación no permitiría que el barrio se convirtiera en la chispa de ninguna cosa mayor, no tiene sentido tanta murga ni tanta bronca por culpa de un tendedero y un bando municipal, que desaparezca, que se borre todo esto. En los cuarteles se dibujaban líneas rojas con rotuladores sobre un plano de la ciudad, se filtraron noticias acerca de las organizaciones clandestinas que habían ocupado la plaza, colectivos antifascistas de extrema violencia, líderes con amplios historiales delictivos cuyas fotografías aparecieron en los periódicos para ablandar el prejuicio contra la represión policial. Un helicóptero hizo fotografías aéreas, se habló de insalubridad, de vandalismo y del miedo de los honrados vecinos, acorralados en sus casas. En la autopista alguien vio circular una larga fila de furgones provenientes de la capital, cargados de tropas entrenadas al efecto, hay que contarlo, hay que pedir ayuda, van a hacer una carnicería con nosotros, un escarmiento, el activista pidió auxilio en la última nota que escribió en el blog, *Aidez l'Espagne!*, amigos, camaradas, todos los que os sentís concernidos, los que visteis en esta revuelta un aliento de esperanza, escuchadme, acudid al barrio esta noche, protejamos los campamentos, defendamos la dignidad y la justicia, resistencia.

La llamada melodramática tuvo respuesta: las filas se reforzaron con nuevos brigadistas y también con carne lumpen venida de otros barrios de aluvión, nuevos barones rampantes que se unieron a sus narcorrivales, todos somos lo mismo cuando el enemigo es común. Comenzó la fortificación ante el asedio: los contenedores de basura corrieron por las calles y se apilaron formando barricadas, los bidones de agua mineral se llenaron de gasolina siguiendo la táctica del destornillador y el tubo, Reme, ¿qué vamos a hacer?, le dijeron las vecinas, esto se te fue de las manos, y Reme sonreía, pero si yo no hice nada, Angelita, yo sólo tendí mi ropa en el cordel como hago siempre. Sentada en la casapuerta, Reme se desentendía del tumulto y regresaba a la paz de sus libros, *la civilización está hecha para el que tiene dinero, y el que no lo tiene se muere; antes, el pobre iba a pie, y el rico a caballo; hoy, el pobre sigue andando a pie, y el rico va en automóvil,* Cayenne fully equipped; *antes, el rico tenía que vivir entre los pobres; hoy vive aparte, se ha hecho una muralla de algodón y no oye nada. Que los pobres chillan, él no oye; que se mueren de hambre, él no se entera.*

Silenciosos como delfines, los furgones llegaron muy temprano, las puertas se abrieron y las escuadras de antidisturbios ocuparon sus puestos alrededor de la plaza. Fue un error: en lugar de atacar de noche, los mandos esperaron a que amaneciera para ordenar el asalto, concediéndoles a los sans-culottes el tiempo necesario para espabilarse y preparar la defensa. Había sido una madrugada larga de tam-tam y jaleo, los rampantes y los retropunks confraternizaron al fin porque se dieron cuenta de que eran la misma cosa y porque el comercio favorece la amistad, los barones les vendieron hachís tradicional, los punks les ofrecieron ácido antiguo, las punks les hicieron un hueco en sus tiendas, las chicas del arriate se quitaron de en medio porque les daba asco tanta soberbia y tanta promiscuidad tramposa; las punks usaban anticonceptivos y eso es jugar sucio, no son las reglas del barrio.

Se oyeron las primeras carreras cuando el campamento salía de su somnolencia. Los barones se taparon la cara con bufandas de equipos de fútbol, hubo reparto de tornillos y de hondas, alguien prendió fuego a la barricada de contenedores como paradigma estético, antorcha social, y sólo entonces sonó la primera salva. Se diría que Reme esperó hasta ese momento: había pasado la noche al raso observando los preparativos y, al oír el disparo de advertencia, se levantó muy despacio de la silla, fue caminando hasta los arriates donde se acantonaban los brigadistas, saludó al pasar a un sargento de la policía montada que se levantaba sobre los estribos, *¡Señor Centurión, usted hablará el griego en sus cuatro dialectos!*, dijo, y rompió el cerco policial con suavidad, ¿me permite, por favor?, dando diez pasos lentos hacia la barricada para recibir los vítores de los rampantes, que al verla llegar la escoltaron como al abanderado de la guarnición. El activista la miraba embobado, qué hija de puta, pensó, no dice una palabra y aparece justo en medio de las tortas para absorber todo el protagonismo. Reme se volteó y expuso su cuerpo desmadejado a los húsares, que no podían permitir una chirigota como ésa en pleno campo de batalla, aquí se viene a pelear, señora, ¡apártese!, no valen escudos humanos. Reme los mandó al cuerno provocando la hilaridad de la audiencia, si la vieja se queda nos la llevamos por delante, advirtió el sargento centurión, furioso, *¡Maricas, cobardes, el fuego del Infierno os abrase la entrañas!*, gesticuló Reme, que ya no era doña Remedios, ni siquiera Reme-soviet, sino Reme-médium, el oráculo de los libros repentinos, pero señora, hágame caso, que se va a lastimar, *¡Sicarios, asesinos de criaturas!*, siguió gritando sin fuero, sola en mitad de la tierra de nadie, qué dice esta loca, los rifles de balas de goma se cargaban con ruido de maquinaria, *¡Negros fusiles, matadme también con vuestros plomos!*, sargento, ¿apunto?, la vieja se puso justo en el medio, las piernas arqueadas y las manos unidas en un rezo, *¡Qué tan fría, boca de nardo!*, y Robe, que ocupaba un sitio de privilegio entre las filas rebeldes, pensó que la vieja acabaría robándole su minuto en las noticias, la barra de hierro que sujetaba sobre su cabeza era una espada bretona de Hammer of War, tú no te distraigas y no dejes de mirarme, linda Usanavy, porque todas las hazañas y todos mis cráneos partidos serán ofrendas para ti, el tablero es el barrio y los tokens son las prendas de tu amor, esas braguitas de niña pequeña.

La culminación de una vida. Reme camina como una actriz hasta la boca del escenario, el público se reparte en dos hemisferios: a un lado, los opresores; al otro, los que quieren serlo. La carga va a comenzar en un instante pero la vieja no se esconde detrás de la barricada a pesar de las súplicas del activista para que no arruine el guión establecido. Algunos muchachos salen en descubierta para protegerla, no son gente del barrio, uno de ellos lleva el rostro tapado como un bandido de wéstern y una camiseta cortada a tijera, cómo te llamas, le pregunta Reme cuando llega a su lado, el chico se desemboza y dice me llamo Marco, y Reme piensa qué guapo eres, Marco, podría llevarte conmigo a casa y mirarte durante horas, no yo, sino la de entonces, la de hace cuarenta años, boca de nardo, no haría falta que me tocaras para que se abriera la esclusa que guardo aquí dentro, me bastaría con verte de cerca, me inundaría a tu lado sentada en el escalón de una azotea, y fue entonces cuando sonaron los golpes en los escudos y el trote de las suelas de caucho, todo ocurre en unos segundos, silban tornillos en los oídos, huele a gasolina quemada, uno de los policías trata de apartar a Reme, que se resiste como una roca, de dónde proviene su firmeza, su robustez, reina de los vikingos, el orco blande su espada y barre a la vieja de izquierda a derecha, Reme cae al suelo rebotada, piernas gruesas de señora mayor, el cromo es insoportable, el chico-Marco ya corre hacia ella, la sujeta de las axilas, se trastabilla, cae, el orco pasa por encima buscando otro trofeo y el chico lo vuelca con llave de judo, le arranca la visera del casco, comienza a golpear como en una película de artes marciales, el poli está tan sorprendido que no logra recomponerse, en la bulla es difícil ajustar el golpe, muy despacio, consigue acertar en el labio, el pómulo, el ojo, le arden las manos, un cuerpo rendido a sus pies, se olvida de la vieja y sigue golpeando como un luchador, brota la sangre, *resonaron las trompetas y una horda saltó hacia adelante, vociferando, llevaban los escudos en alto formando un techo*, una ráfaga de balas de goma rebota en su cuerpo como si no doliera. Mientras, ya en el suelo, Reme percibe muy nítido cómo la cabeza del fémur se descuaja de la articulación y percute contra el molde de la cadera: crac, el dulce sonido que te invita al hospital de irás y no volverás, donde tal vez aguarde la sombra huidiza de la mamá de Anita, o tal vez nadie.

TERCERA PARTE

HISTORIA DE UNA ESCALERA

1

OBRAS DE MISERICORDIA

Un tramo de escalera con dos rellanos, en una casa modesta de vecindad. Los escalones de bajada hacia los pisos inferiores se encuentran en primer término. La baranda que los rodea es muy pobre, el pasamanos de hierro, y tuerce para correr a lo largo de la escena.

La puerta se abría a cada rato como el batiente de una cantina. Acudieron el comisario, el sargento del escuadrón, el alcalde, el delegado del gobierno e incluso el concejal del distrito, todos atribulados y arrepentidos, las visitas hacían cola en los pasillos. No faltaron, a pesar de las magulladuras recientes, ni el activista-Leo, ni Elo-bolche, ni siquiera algunos punks que casi parecían humanos a la luz del día; tampoco los portavoces de los partidos opositores, de los sindicatos y las plataformas de resistencia que surgieron en torno al caso. Sin embargo, después de la primera semana de contrición y solidaridad, Remepájaro-herido volvió a quedarse sola en su habitación del hospital de los caídos, y así habría seguido, abandonada y pudriéndose de pústulas y tristeza, si al rescate no hubieran acudido los viejos vecinos de la escalera, Coral 9, los vecinos de siempre que llegaron al barrio justo al principio y aún guardaban en sus corazones el resabio del primitivo kibutz, además de la obligación de cumplir con las obras de misericordia: visitar a los enfermos, sepultar a los muertos, firmar los consentimientos médicos en ausencia de familiares directos, el catecismo lo dice. No hubo manera de encontrar a los hijos ingratos, nada les interesaba antes del entierro y el notario, avísenme entonces. Fueron los vecinos supervivientes quienes se hicieron cargo: por ejemplo, Angelita, que tantas maldades había dicho contra ella y que ahora tomaba su mano inerte y le mojaba los labios con una gasa; por ejemplo, Román y el Devoto, los consiliarios de la cofradía, a quienes les sobrarían los motivos para pelear contra la bruja-Reme-ácrata-loca-amarranada-indecente, y no obstante se ofrecieron como sus tutores en ausencia de algún familiar que se hiciera cargo.

El Devoto. Durante cuarenta años, el Devoto Cofrade había vivido en la escalera de los malos encuentros, Coral 9, sin separarse de su madre. Flojo, asustadizo y homosexual, como establecen los lugares comunes de los que nadie emigra, al Devoto le encajaban todas las piezas para ser perseguido y humillado a gritos. Por culpa de otra viudez prematura no tenía padre ni hermanos ni amigos que lo protegieran, y se quedó solo frente al ataque de los barones de su tiempo, sin escapatoria ni alianzas estratégicas. Doña Remedios debería haberse compadecido de los infortunios de aquel vecino marica igual que lo hizo del dolor de Anita y de Robe, pero lo cierto es que le resultaba desagradable encontrarse con él en el rellano, la mirada baja de la res vencida, la barba demasiado afeitada, los trajes planchados para los santos oficios, la madre anciana colgada de su brazo como un paraguas, nunca un saludo cortés, apenas un buenos días forzado, la mamá era una vieja calamitosa y el Devoto era un crío ridículo, muchas veces imaginó la crudeza de sus vidas intentando apiadarse del chico repelido en la escuela, observado con asco por los profesores, encerrado a golpes en el baño y obligado a sujetar el escroto de un niño tonto, sería el objeto de todas las bromas y de los dibujos en las mesas, las risas sonarían a su paso como cuchillos, nadie lo llamaría por su nombre sino por su filiación; Reme no lo conseguía, le faltaban ternura cristiana y humanismo.

Atosigado en el patio, el Devoto quiso dejar el colegio y llorar en casa su desgracia, la calle le daba miedo porque estaba llena de hombres que huelen la debilidad y se fortalecen hostigando al extraño, el cachorro cojo que estorba en la cacería y que debe aprender ciertas cosas, nadie quiere hacerle daño de veras, se nos ocurren muchas formas de curarle su mal con una sola sesión terapéutica.

Buen hijo: doblaba su ropa, hacía los deberes y amaba a su mamá, que alguna vez quiso hablar con los profesores sobre lo que le ocurre al chico y obtuvo como respuesta una sonrisa complaciente, no tiene tanta importancia, señora, los chavales siempre bromean, le dijeron, lo mejor que puede hacer es no exponerse, que estudie y que no se haga notar, dígale que camine normal, que hable como alguien de su edad y que procure no enredarse, la sonrisa del profesor se abrió como un abanico, ella salió del colegio avergonzada.

Un ovillo en el sofá, las mejillas aplastadas contra los

brazos fríos de su madre: juntos ingirieron toneladas de siemprencendida, hostigando a Reme con el volumen de los programas a través del hueco de la escalera, sólo salían a la calle para pagar los recibos, cobrar el subsidio en la caja de ahorros y hacer la compra, los jueves desayunaban en un bar de la plaza de los arriates, ella levantando la vista en busca de alguna vecina a la que saludar, él hundiendo el cuello en la camisa y la boca en la tostada.

Pasaron los años y el Devoto se hizo aún más flojo y femenino, lloraba a cada rato con un llanto inconsolable de conejito que no tuvo remedio hasta que encontró refugio debajo del ala de don Antonio, un hombre bueno, de manos grandes y cabeza rapada que ni siquiera redactó una carta suplicatoria cuando lo destinaron a aquella iglesia periférica, ¿a quién ha molestado, padre, para que lo manden tan lejos?, se resignó, recogió sus cosas y condujo su propio coche hasta las calles sin asfaltar y las explanadas del barrio del Patronato, que seguía siendo un satélite remoto desde el que apenas se veía el escorzo de la catedral sobre la línea de intramuros. El párroco que lo antecedió, un sacerdote joven y voluntarioso que prosperaría en la carrera eclesiástica, le había dejado la sacristía limpia y ordenada, le deseo mucha suerte, hereda usted un rebaño difícil, nadie es feliz en este barrio, todos tienen un descosido: fue su presentación ante el templo, pero don Antonio no se arredró. El edificio era una sola nave de arquitectura industrial, frío como una pista de baloncesto, con varias capillas sin reja y figuras de virgencitas y santos que sobraban de otras parroquias. A la primera misa no faltó ninguno de los feligreses habituales, curiosos por conocer al recién llegado, pero aun así sólo se ocuparon los primeros bancos de la nave como sucedía cada domingo, dónde estarán los demás, se preguntaba el padre, asombrado porque entonces la misa era un precepto y se acudía por devoción y por obediencia. Al terminar el oficio se acercaron algunos vecinos para estrecharle la mano y darle la bienvenida, entre ellos estaba la mamá del Devoto con el niño entre sus faldas, y el cura no pudo evitar fijar los ojos en aquel crío asustado que se refugiaba detrás de los brazos de su madre como si tuviera diez años menos de los que tenía, sintió lástima, son tan pobres y están tan necesitados, tú vas a venir a conmigo a la iglesia, ¿verdad?, necesito un ayudante, el chaval hizo un gesto vago de asentimiento, y así fue como el Devoto se convirtió en peón de sacristía.

Aprendió el calendario litúrgico, las fiestas y las vísperas, las rutinas eclesiales, decenas de palabras insospechadas como alba, estola, casulla, el corporal, la patena y el cáliz, se dice presbiterio en vez de prebisterio; aprendió a vestir y a desvestir al cura cuando la sacristana no estaba; aprendió que los curas no saben vestirse solos igual que no saben cocinar su comida ni lavar su ropa, el sagrado ministerio exige que haya personas subordinadas para esos asuntos; y, con el tiempo, aprendió también a caminar sin miedo cuando don Antonio lo mandaba a tal sitio, a la ferretería, a la farmacia o a la tienda de telas, mejor a la tienda porque en la ferretería siempre había hombres que apoyaban las dos manos en el mostrador, esa clase de hombres. El Devoto amaba a don Antonio, se embobaba escuchándole hablar de cualquier cosa, a veces del evangelio y a veces de nimiedades, fueron los años más felices, Reme sentía náuseas cuando los veía pasear juntos, los ojos de adoración del muchacho, la suficiencia benevolente del párroco, la ligazón, la insalubridad.

Una tarde, el cura le pidió a su puñado de feligreses que esperara después de la misa, quiero haceros un anuncio importante, es una noticia de fe y esperanza: leyó en voz alta una carta del arzobispado encomendando la fundación de una hermandad de penitencia en el barrio, incluso fue asignada una dotación económica para los comienzos, era una labor ardua, había que designar una advocación y unos sagrados titulares, y luego redactar los estatutos, elaborar el libro de reglas, dibujar las insignias y labrarlas, hay talleres que se encargan de esas cosas pero necesitaré, suplicó con voz de cordero, necesitaré que todos pongáis de vuestra parte para que, quién sabe, dentro de unos años podamos hacer estación hasta la catedral. La catedral está muy lejos de aquí, le contestaron algunos escépticos. Depende del tamaño de tu fe, repuso el cura.

Los vecinos recibieron la noticia con entusiasmo gregario, sobre todo el Devoto y su mamá, que se inscribieron enseguida en el registro de hermanos fundadores y soñaron con una procesión de cirios y guardabrisas, la sombra del misterio proyectada sobre las paredes de su nanocasa. El Devoto ya amaba a los sagrados titulares mucho antes de que se cortara el tronco del que se tallarían las figuras, incluso antes de que el cura propusiera que la advocación fuera la Santa Cena y nadie se atreviera a decir por qué no un Cautivo o una Soledad, cualquier otra imagen más sencilla, la Cena son tantas figuras. Prosperó el empuje, abonado por el dinero de las donaciones institucionales, y no pasó mucho tiempo hasta que en un camión militar llegaron las tallas de Jesús y de los doce apóstoles envueltos en mantas y papel de embalar. Los presos del canal que acababan de redimir condena sintieron un vuelco al ver bajar de la caja del camión los trece cuerpos de madera cargados a hombros de los vecinos. También el Devoto contribuyó con sus brazos débiles, tiritando de miedo al pensar si sería de Cristo o de

Judas el bulto que transportaba. Colocaron las figuras en la cámara de la sacristía, apretadas como piezas gigantes de ajedrez. Los vecinos quedaron a un lado, los convidados al otro: la escena daría pavor a cualquiera pero don Antonio estaba enfebrecido, hoy es un día de júbilo para la cofradía, dijo, la madera se convierte en carne, la resina se convierte en sangre, pondremos a Cristo en el altar y a los Santos Apóstoles en las capillas, los bendeciremos, rezaremos el primer rosario juntos. Dio unos pasos hacia delante para deshacer los paquetes, éste parece un poco más alto que los demás, los vecinos aflojaron las cuerdas, apartaron las mantas y vieron salir del hatillo a un Cristo joven, hermoso, robusto, sonrosado, desnudo, sin genitales. El Devoto no pudo contener un grito de terror femenino que sobresaltó a todos, tapadlo, dijo el cura, y cuando el fardo ya estuvo rehecho trató de sonreír diciendo le hicieron padecer la tortura del despojo.

Siempre se asustaba el Devoto delante de las figuras, incluso cuando se familiarizó con ellas y ya ayudaba a la limpieza y al recosido de las túnicas. Sentía hielo en la espalda, no podía sostener la mirada del Cristo, veía en sueños las caras de los apóstoles como máscaras de gigantes y cabezudos. En cambio, cuando al fin hubo dinero para completar el cortejo y llegó la Virgen en otro camión, discretamente vestida con una saya blanca, el Devoto redobló su fe y su amor politeísta y policromo, le parecía tan bella, tan delicada, el maquillaje, la nariz de filo, las manos entreabiertas, las lágrimas que habría querido sorber como gotas de helado, el Devoto la contemplaba como si fuera un juguete de escaparate, aún olía a la savia de la madera y al hierro de las herramientas, su rostro contenía la fe, la belleza, la esperanza de una nueva vida. Habían pasado los años duros y el

Devoto ya no era aquel gordito triste que no se separaba de su madre y que veía programas infantiles, *Capitán, capitán de madera, hoy tendrás que navegar,* el que cantaba las canciones piadosas de la TV sintiendo que se le desgarraba el corazón, *navegamos a Belén, donde un niño nos espera, vamos a llevarle a Dios los tesoros que me quedan*, el buen chico atormentado, *mis zapatillas coloradas, dos bufandas y una rana, un aro blanco y caramelos sin chupar*, el que copiaba al dictado los párrafos del viejo catecismo, *mi bicicleta, un tren muy nuevo, arco y flechas y un torero,* el que imaginaba el infierno como un círculo de hombres que se ríen de él, *el sombrero de mi abuelo, todos mis tesoros son para ti, son para ti*, hombres parados en la puerta de un bar, muchachos que te vigilan desde la esquina, mira, ahí va el gordito marica, *Capitán, capitán de madera, llevaremos a pasear a ese niño de los cielos porque aún no vio la mar*. Creció, se fue espabilando, se fanatizó con las minucias de la SS y con la fantasía de aquella hermandad de barrio, acudía en autobús a los quinarios y a los besamanos de las cofradías de intramuros para aprender las costumbres catedralicias, participaba en el cabildo, colaboraba con todas las rutinas, depositaba la alcancía de las donaciones en el mostrador de las tiendas y cobraba las cuotas con celo de contable. Adelgazó, se le templó la voz, la ropa que le compraba su madre comenzaba a parecer propia sobre su cuerpo-escombro, Dios hace milagros, verdaderos milagros, el Devoto había renacido gracias a la eucaristía de madera, capitán, capitán. La mamá estaba tan agradecida a don Antonio que en navidad siempre ahorraba un pellizco para regalarle alguna cosa, no me lo rechace, por favor, ya sabe usted por qué lo hago, la mamá envejecía satisfecha pensando que quizá fue una bendición que su hijo naciera con esa mancha, si una mujer hubiera venido a arrebatármelo yo estaría sola en esta casa para siempre, la Virgen abogará a su favor disculpando sus desviaciones, nadie sabe qué piensa Dios de ninguna cosa, lo que en la tierra parece un pecado horrible quizá no lo sea en el cielo. Reme veía prosperar con asombro a esa criatura inútil y parasitaria mientras sus hijos ingratos se marchaban de casa para no volver jamás, devorados por el espíritu de la explanada.

Aquel año la cofradía de la Santa Cena hizo su primer vía crucis hasta el límite de las avenidas, sin atreverse a salir del barrio del Patronato pero ya tan cerca de su objetivo, viaje épico, la catedral se aproximaba; y fue justo entonces, rozando ese instante de gloria, cuando don Antonio decidió marcharse para siempre sin despedidas ni explicaciones, evaporado como un brujo. Si su cuerpo hubiera aparecido descuartizado sobre el altar de la parroquia, el caso no había provocado un mayor estupor. Volaron las sospechas y los rumores maliciosos, se sabía que en los últimos meses ya no dormía en la recámara sino que iba y venía a intramuros conduciendo ese coche que trajo, un lujo extraño, decía que sus padres eran muy mayores y tenía que visitarlos con frecuencia pero se hacía el despistado si alguien le preguntaba por ellos, ni siquiera creo que existieran de verdad, dijeron algunos, nos mintió, qué canalla, y qué lástima porque era un cura de misa corta, y mira que irse de esa manera cuando la Cena ya casi estaba a punto con todos sus pucheros borboteando y había tantas inscripciones y las cuentas encajaban en el cuaderno del Devoto, que apuntaba los números en hojas de cuadros, una columna para el debe y otra para el haber, el cura le palmeaba el lomo, nadie comprendía por qué el Devoto era el encargado de la tesorería de la hermandad si ni siquiera había terminado la escuela y tenía esa cara de tonto.

Las razones de la fuga sólo las supo el tonto. Don Antonio no se marchaba a ninguna otra parroquia ni había sido requerido por el arzobispado, tampoco acudió al auxilio de sus padres inexistentes. El Devoto le dijo un día que las sumas del libro de cuentas no cuadraban, faltaba el dinero de las bordadoras y de los dorados, no aparecía por ninguna parte, el cura le pasó las manos por la cabeza como cuando era un crío, no te preocupes por las cosas materiales, hijo, ya te saldrán esas sumas, pasas demasiado tiempo a mi lado, los curas contagiamos melancolía, no se puede vivir al lado de un cura toda la vida, ¿sabes que hay sacerdotes que tienen novia?, no, eso no aparece en los evangelios, yo amo a Cristo, a la Iglesia y sus misterios, pero me falta el carisma, y quizá también me faltó una novia durante estos años, no me hagas caso, ¿te acuerdas del curilla que daba misa aquí antes que yo?, era muy listo, aprendió idiomas, estudió teología y ya debe de andar por la prefectura, pero en Roma o en este barrio un cura sigue siendo un cura, un padre castrado sin familia ni amor, como nuestro Cristo de madera. El Devoto miraba el agujero del libro de registros y escuchaba sin comprender. Me voy, hijo, cuida de tu madre y sigue siendo tan bueno, ¿eh?, y tan obediente, me serás fiel, ¿verdad?, no me traicionarás, como Judas, no, tú no podrías hacerlo, tú eres Pedro y sobre ti fundaré mi Iglesia, volvió a posar las manos sobre su cabeza y le dio un beso en los labios, leve, apenas el roce de un ala.

El Devoto lloró durante días enteros, la mamá intentaba consolarlo pero no encontraba las palabras. Lloró también cuando los consiliarios revisaron las cuentas y le preguntaron dónde había ido a parar el dinero que faltaba, y se desbordaron las lágrimas cuando fue expulsado del consejo y cuando su madre murió del disgusto algunos días más tarde, sin saber que el crío acabaría siendo readmitido. Al entierro acudieron todos los vecinos de la escalera, también Reme, que ya en el cementerio pudo percibir cómo el Devoto se transformaba en un hombre nuevo, cabal, libre del amor materno y del yugo del párroco, renacido de otro útero-nicho. Reme sonrió cuando lo vio subir la escalera con el primer novio de la mano, jugando y riéndose como conejitos. Al oír aquellas risas insólitas, Román el Putativo se asomaba a la mirilla, y espiaba.

2

HUÉRFANOS DEL MISMO HOSPICIO

Cerca del lateral derecho arranca un tramo completo de unos diez escalones. La barandilla lo separa a su izquierda del hueco de la escalera y a su derecha hay una pared que rompe en ángulo junto al primer peldaño, formando en el primer término derecho un entrante con una sucia ventana.

Román, el Putativo. Ha pasado tanto tiempo que sólo los más viejos recuerdan el origen de ese sobrenombre, pero Reme no lo ha olvidado porque fue testigo del asunto desde su puesto de vigilancia. Ocurrió durante las mañanas ociosas del principio, antes de que nacieran los niños, cuando la nanocasa brillaba con la luz amarilla de los atardeceres, las paredes vacías, los muebles prestados, la promesa de que al cabo de unos años no les faltaría de nada.

Don Antonio tuvo la culpa: en la homilía de un domingo habló del divino carpintero que aceptó el embarazo prodigioso de su mujer sin decir dónde te metiste, con quién andabas, convirtiéndose en el padre adoptivo de Jesús, el padre putativo, es así como se dice en el lenguaje jurídico, benditas sean las tragaderas del carpintero de Belén. Uno de los feligreses cogió el cuento al vuelo con mala intención, miró hacia atrás, vio a Román sentado solo en el último banco de la nave y sonrió; y esa sonrisa contenía toda la vesania, toda la crueldad de quien ahoga a los cachorros malparidos en un barreño y se limpia las manos frontándose el pantalón, una sonrisa como un chorro de luz que iluminaba a Román en medio de la sala de los interrogatorios, desnudo, quebradizo. Se multiplicaron las risas y las carcajadas, y a Román le tocó representar el personaje del marido burlado en la comedia humana del barrio, el reverso masculino de las mamás abandonadas que poblaban cada escalera. El chiste era oportuno, y el feligrés lo contó a la salida de misa para que la broma se extendiera sin remedio, tenía su gracia, en realidad: Román el Putativo; y su mujer, la Putativa, je, y se puede abreviar.

Ocurrió así: igual que Reme y el incauto, los Putativos recibieron la concesión de su nanocasa junto con la partida de matrimonio, se mudaron a aquella lejanía y arrancaron a vivir en el gueto con el entusiasmo de la juventud y la voluntad del renacimiento. Román comenzó a trabajar de aprendiz en una carpintería, ella se quedó en casa esperando que algo sucediera, él prometió que fabricaría sus propios muebles, las sillas, las mesas, las cunas para los bebés que vendrían. Una casa, una mujer y un trabajo: en comparación con la vida arrastrada de sus padres, hambre y campo para correr, Román representaba el progreso, el ascenso social, la humildad, el esfuerzo, la comida diaria sobre la mesa. Pero el primer embarazo se demoraba demasiado, las mañanas eran lentas sin mucho que hacer ni adonde ir, y a la mujer de Román le gustaban los galanes de cine tanto como a Reme-escorrentía. Román ni siquiera tenía la severidad atractiva de los hombres que trabajan duro con las manos, el amor terminaba pronto, sin pasmo para ninguno. Era un soldadito que obedecía órdenes, nunca se quejaba, llegaba al taller diez minutos antes y se marchaba cuando apagaban la luz, habría sido un padre ejemplar para los hijos que no nacieron. Aburrida de tanta disposición y tanta fraternidad sin uso, ella bajaba a media mañana a la plaza de los arriates y se sentaba en un banco de yeso para que no se le cayera la casa encima, las calles aún estaban cubiertas de arena, las explanadas reflejaban el espejo del sol, los presos redimidos vagabundeaban sin trabajo como preludio de los yonquis que vendrían después. Al verla allí tan sola, los presos comenzaron a decirle cosas perversas, ella concedió, uno se atrevió a sentarse a su lado e incluso a posar una mano de lobo sobre su muslo y, a pesar de que todos los verían subir la escalera juntos, la mujer de Román se dejó arrastrar por la fuerza de aquel lobo a plena luz del día. Reme fue testigo del agravio desde su ventana, fingiendo el desprecio que debía sentir cuando en realidad la envidia le latía en el pecho.

Después del primer lobo vinieron otros de la misma manada, nadie supo si a cambio de dinero, tal vez sí, aunque ella elegía bien a los contrincantes y sólo subía las escaleras con quien le apetecía. Las mujeres del barrio rabiaban, quisieron acudir a la guardia civil, Angelita fue a hablar con el párroco para que impusiera su autoridad, don Antonio se encogió de hombros, yo no puedo estar dentro de cada casa ni de cada espíritu. Mucho tiempo después, Reme recordó aquellos lances imprudentes leyendo sus libros repentinos, *no quiero estar encerrada, no quiero que se me pongan las carnes como a vosotras, no quiero perder mi blancura en estas habitaciones*, y comprendió con transparencia la actitud salvaje de la mujer de Román, *todo el pueblo contra mí, quemándome con sus dedos de lumbre, perseguida por los que dicen que son decentes*, pobre carpintero putativo, pero también pobre de ella, *me pondré delante de todos la corona de espinas*, desde el patio se oían sus gritos diciéndole ni se te ocurra levantarme la mano, no tienes sangre, te tumbas a mi lado como un cachorro, qué me importan a mí la casa ni tu trabajo ni tu buen nombre, Romancito, el tarado, Romancito, el mentiroso que me prometía besos y no se atreve conmigo.

No servía para montar escándalos, prefirió convertirse en el hazmerreír del Patronato antes que en un criminal de *El Caso*. Intentó convencerla, le dijo que no era decente que una mujer recién casada se comportara así, le suplicó, se arrodilló a sus pies y permitió que se marchara desencajando de un golpe la puerta, que él corrió a reparar. Sus pasos sonaron como insultos en el hueco de la escalera.

En el taller, Román siguió oyendo las risas sobre el filo de la segueta. No levantaba la vista ni se atrevía a moverse de su puesto, ni siquiera para decirle al oficial que ya había terminado la pieza, almorzaba solo, evitaba usar el urinario para no cruzar toda la sala con la mirada de los demás sobre sus hombros. A la salida, el encargado le dijo quédate un rato, chico, qué te pasa, pareces un alma en pena, es culpa de esa mujer que tienes, mira, yo no voy a decirte que hagas ninguna barbaridad, ya habrá otros que te lo digan, pero escucha una cosa, las mujeres no descansan hasta que no son madres, no dejan de buscarlo, son feroces como animales, es un deseo de carne pero también de familia, y si no lo tienen en casa lo buscarán fuera, la tuya es un caso aparte, así, en medio de la plaza y a la luz del día, ¡un caso aparte!, pero ocurre, Román, créeme, ella necesita una barriga que le quite la sed, y después ya vendrá el bebé para dulcificarla, y otro bebé más adelante para secarle las ganas, y entonces ya será vieja y no se atreverá a buscarlo ni nadie querrá perseguirla, y tú podrás descansar tranquilo pensando que cumpliste con tu cometido, Román, trabajaste como un mulo, te follaste por derecho a tu mujer, la rellenaste de críos, mantuviste su casa, ella te deberá obediencia de por vida, yo tengo cuatro hijos pero el primero tardó en llegar tanto como tarda el tuyo, y notaba su inquietud, las miradas que le dirigía a otros hombres, te juro que yo podría haber hecho una locura, por eso los padres adoran al primero, el primogénito, y le dejan todos sus bienes y lo consienten, porque están en deuda con ese chaval que vino del limbo para salvarlos de la perdición, Román, vete a casa, arráncale la ropa y haz que rebose, y mañana otra vez, y otra y otra, y si Dios no quiere que vengan los hijos, que al menos ella no pueda decir que no lo intentaste, cabrón.

Salió del taller trastabillando, la vergüenza le comía las tripas, anochecía, la luz tan leve del alumbrado público apenas era un sonrojo, las palabras del encargado percutiendo sobre su cabeza. Llegó hasta el portal sin saber cómo, no recordaba las calles, no veía los rostros de los vecinos que lo señalaban con el dedo, subió las escaleras apartando al Devoto, que bajaba peldaño a peldaño el cubo de la basura, abrió la puerta, encontró a su mujer adormilada en una butaca, se arrojó sobre ella, intentó arrancarle la ropa tal y como el encargado le había dicho que hiciera, pero la Putativa manoteaba y daba gritos de puerco, si tuviera alguna cosa para atarle las manos, pensó, ella se escabulló hasta la habitación, él le cerró el paso, sujetó firme sus muñecas y le dijo palabras tiernas, déjame, yo tengo lo mismo que ellos, tú tienes la mitad de lo que tienen ellos, ¿quieres saber las cosas que me hacen?, ven, yo te enseño, le abrió el pantalón y tiró de la camisa para que los dos cayeran al suelo, lo tuyo llega hasta aquí pero lo suyo es el doble, el triple, tú eres carne de conejo y ellos son carne de lobo, Román se mordía las manos, se dejaba abofetear, ¿quieres que te obedezca como una mujercita decente?, esta noche jugaremos a la mujercita decente y al hombre recto, y mañana te quedarás solo en esta casa con tus muebles de marquetería, ella le sujetó la polla y apretó, él eyaculó sobre el tapiz de la butaca.

No esperó a la mañana siguiente: apartó a patadas a Román, le rapiñó la cartera, buscó dinero en los cajones, tardó en llenar un morral con sus vestidos y sus blusas, y se marchó para siempre. Román no volvió a verla pero conservó el temor de que un día apareciera para reclamar sus derechos de propiedad, en el registro del Patronato los dos nombres seguían emparejados, cada vez que Román rellenaba una solicitud o una carta de ingreso escribía estado civil, casado, ni viudo, ni soltero, ni cabrito en abandono, casado latente. Caminaba con las manos en los bolsillos de casa al trabajo y del trabajo a la parroquia, por la noche cerraba la puerta con llave y hacía correr una barra de hierro que atornilló sobre los pernos; y aun así, acuartelado, Román imaginaba su regreso: él ya sería viejo y áspero, ella seguiría siendo joven, mucho más bella de lo que en realidad nunca fue, llamaría a la puerta del brazo de un gánster, la palma abierta sobre la madera, conseguiría entrar, rebuscaría las escrituras dentro de las gavetas de aquellos muebles ridículos, se reiría a carcajadas, Román treparía al alféizar de la ventana y se lanzaría contra las baldosas, era una tercera planta, debía hacerlo con cuidado para que nada estropeara el efecto de una muerte fulminante. Don Antonio había hablado del suicidio como la mayor ofensa contra Dios, el pecado que no tiene redención ni último instante de arrepentimiento y que conduce sin abogacía a los infiernos. Román confiaba en sus palabras porque fue el único que se apiadó de su infortunio, pero estaba convencido de que si su mujer apareciera en la puerta él no dudaría en lanzarse al vacío para que fuera la culpable de su tormento infinito, los ojos detenidos en un hombre en pijama que salta desde el alféizar.

Habían pasado muchos años, pero en la memoria de las vecinas se mantendría intacto el relato de los Putativos como el argumento de una de esas teleseries con las que se alimentaban, tal vez incluso en la memoria de doña Remedios-excéntrica, pensaba Román. Odió a todas las mujeres, a todas, deseó un mundo de hombres, un mundo sin belleza ni engaño, un mundo de trabajo, honestidad, contratos que se firman con las manos apretadas, pantalones de tergal, camaradas y amigos nobles. Jamás intentó conocer a otra mujer, sentía asco y vergüenza cuando tenía que tratar con alguna en el mercado o en el taller si venían a encargar un mueble con las medidas apuntadas en una hoja, Román no levantaba la vista del banco, continuaba lijando la pieza hasta que se marchaban. Fue humillante aprender a cocinar, comprar la carne y la verdura, lavar la ropa, estropear todas las camisas, tenderlas de noche en el cordel para que nadie lo viera desde la calle, vivir solo en la escalera de los maricones, el Devoto arrastrándose junto a su madre, fue humillante. Sin el auxilio de don Antonio no lo habría soportado. Compasivo, el párroco supo de su desgracia e insistió para que acudiera a las reuniones de la hermandad, y cuando dijo que necesitaría la colaboración de todos, Román sintió una pizca de compromiso, padre, yo soy carpintero y puedo hacer las andas y la canastilla de los pasos; don Antonio le puso una mano en el hombro y le dijo que irían juntos a la serrería para comprar los tablones.

Se convirtió en un perro de capilla. Trabajaba duro de lunes a viernes en el taller, y madrugaba los sábados y los domingos para esperar en la puerta de la parroquia, a veces pasaban unos minutos, a veces una hora si el cura no arrancaba del sueño, Román no se atrevía a llamar al timbre. En el patio de la sacristía fue faenando en silencio, midiendo, cortando, lijando. El trabajo de cestería tendría que hacerlo un ebanista, pero la parihuela podría fabricarla sin ayuda de nadie, dos veces tuvo que desmontar las andas porque no encajaban en la puerta del templo, qué torpeza. Al terminar recogía las herramientas, guardaba los enseres en el almacén y barría las virutas del suelo, y alguna vez creyó que desde los salones parroquiales alguien se asomaba, lo miraba barrer y se reía, *así barría, así barría que yo la vi*, habría oído.

Cofrade de impostura, comenzó a coleccionar los fascículos de SS que vendían los periódicos, acumuló vídeos, insignias, miniaturas de misterios que reproducían el Calvario, la Lanzada, el Desprendimiento, la Oración en el Huerto, el rechazo de Caifás y el juicio de Pilatos, espadas, adarves de cartón, uniformes militares, escenas tumultuosas. Despreciaba las aburrideces de los palios, las piedades y las dolorosas, pulsaba el botón de avance cuando el vídeo se demoraba en el rostro policromado de una virgencita, buscaba en los mercadillos grabaciones antiguas de los pregones y de las bandas de cornetas pero jamás pisaba la ciudad intramuros durante la SS porque se habría sentido ridículo sin una mujer de la mano, sin crío sobre los hombros. Los novios iban juntos a ver las procesiones, se besaban con la boca abierta mientras esperaban la llegada de los pasos, ellas se quejaban de los zapatos nuevos, ellos buscaban la carne debajo del vestido de gasa, las medias, el perfume, el maquillaje de aquellas chicas pervertidas, Román habría vomitado sobre sus escotes.

Pasaron muchos años antes de que Román y el Devoto se miraran con franqueza en la escalera de los maricones, reconociéndose como hermanos de otra clase: hermanos de la cofradía de la miseria, el abandono y la misericordia, darás de comer al hambriento y de beber al sediento, sepultarás a los muertos, visitarás a los enfermos. Al romperse —crac— todos los huesos durante la batalla final, doña Remedios propició que el Devoto Cofrade y Román Putativo pudieran colmar sus sentimientos católicos cumpliendo con las exigencias del catecismo. Don Antonio los había abandonado a su suerte, se sintieron desconcertados sin las caricias y sin la voz firme de su protector, levantaban los ojos en la escalera con un saludo discreto pero nunca se atrevieron a decir ninguna palabra acerca del pequeño drama compartido; cuando murió la mamá del Devoto, Román apenas hizo un gesto de pésame. Reme los vio envejecer como extraños en plantas contiguas, los años habían transcurrido como losas y ella siempre pensó que estaban hechos el uno para el otro, dos mitades de una sola pieza de carpintería.

La hojilla se escurrió debajo de su puerta, Román la

leyó y dijo en voz alta ¿va en serio?, sin percatarse de que el Devoto volteaba el rellano blandiendo el papel con la misma bronca y la misma comicidad. El Devoto releyó «prohibido tender en ventanas y balcones exteriores», y su voz sonó grave y tirante como de buen varón, hacía años que había dejado de ser aquel trasto ridículo de la mamá-paraguas, la tristeza le impuso cierta elegancia, pantalones de vestir, camisa planchada, traje oscuro, tiradora algún sábado, una americana para los domingos que en el barrio resultaba tan extravagante como la trenza india de Reme. Había echado huesos largos que le daban el aspecto de un animal noble, fue nombrado consiliario de la hermandad una vez que se disolvió el asunto de los recibos y el dinero fugado, tuvo un tierno romance con un señor de intramuros al que conoció en un seminario de historiografía cofrade, los conferenciantes agradecían la venia, rogaban a Dios y hablaban de anuarios y gruesos volúmenes, el Devoto se mantuvo atento durante las ponencias sin entender ninguna cosa hasta que se sentó a su lado un caballero con aspecto de médico, fresco de agua de colonia, y hablaron, se conocieron, se reconocieron prójimos, el caballero vivía en una casa de intramuros, tenía lecturas y lustre familiar, le divertía el origen lumpen del Devoto, se amaron durante algunos años sin babas ni reproches, el Devoto se pulió a su lado, se afiló.

Román, en cambio, había envejecido despacio contra el universo: contra los chavales rampantes, contra las viejas sometidas, contra las nenas embarazadas, contra la tenaza de los nuevos edificios que rodearon el barrio, asfixia. Román, el carpintero jubilado que fabricó los muebles de su casa diminuta y nunca tuvo un taller propio ni siquiera un patio o una cochera donde ordenar las brocas, las gubias, el cepillo de lijar, las bolsitas de serrín para adornar el belén de la parroquia. Román, carpintero feo sin mujer, sin hijos y sin ninguna cosa salvo rasras de nueve a cinco durante cuarenta años, lija y repara sus muebles, los barniza y los pone al sol, ahorró un tanto, podría hacer algo lindo con ese dinero pero no tiene con quién. Baja los peldaños con el papel arrugado en la mano, escucha al Devoto, tropieza con Reme-canta-oh-musa, sale a la calle enfurecido. Durante treinta años no mantuvieron una conversación más extensa que ésta, frases de saludo y moderada cortesía, reuniones de vecinos breves y eficaces, alguna lindeza dedicada a los niños de Reme cuando eran chicos, algún brevísimo epígrafe sobre un partido de fútbol con su marido cuando aún vivía, Román-misántropo no hizo otra cosa que fabricar muebles de carpintería de barrio durante toda su vida, antes (mucho) de la deslocalización, los dragones asiáticos y las instrucciones mudas de automontaje. Tarda cuatro días en marcar, cortar y encolar las piezas de una vitrina, dos para que el barniz se seque, Román es el medievo pero los tacos nunca sobresalen de la junta ni la tapa se agrieta ni enmohece el lienzo de mampostería.

Román, Reme y el Devoto, huérfanos del mismo hospicio, reclusos de la misma escalera de vecinos. En contra de sus costumbres y como si previera el suceso, Román se sentó aquel día en la plaza de los arriates para tomar un café que calmara su indignación contra el bando de la ropa tendida, y ocurrió que el Devoto zigzagueó entre las mesas del velador con un vaso en la mano buscando un asiento libre; y ocurrió que vio allí a Román y le preguntó si podía sentarse, no hay ninguna otra mesa, y Román, que en otras circunstancias habría salido despavorido temiendo que lo vieran junto al marica, asintió, y se sentaron juntos y parlotearon sobre la injusticia soez de aquella ordenanza; y luego el resto.

Después de ese día, Reme los vería muchas veces sentados en el mismo velador, primero fingiendo que se encontraban por casualidad, luego bajando juntos la escalera y dando paseos de jubilados, quejándose de la terquedad de los barones rampantes y de la tristeza amarilla del barrio, recordando los primeros años del kibutz y las calles de arena, tú eras un niño entonces, le decía Román, y el Devoto fingía que le molestaba el cumplido, discutían, no lograban ponerse de acuerdo sobre las fechas ni los sucesos, pero sí coincidían en que doña Remedios se había vuelto loca para siempre con sus escarapelas y sus revoluciones de juguete, y aun así era una vecina de las de siempre, primitiva, y por eso, cuando oyeron aquel crac ultrasónico en medio del campo de batalla, los dos acudieron en su auxilio y no se separaron de la cama del hospital, firmaron los consentimientos, ahuyentaron a Angelita-cuervo y fueron los últimos en marcharse antes de que la trasladaran a la residencia de los huesos rotos, de donde nunca se vuelve.

3

CRAC

Al final del tramo la barandilla vuelve de nuevo y termina en el lateral izquierdo, limitando el segundo rellano. En el borde de éste, una polvorienta bombilla enrejada pende hacia el hueco de la escalera. En el segundo rellano hay cuatro puertas: dos laterales y dos centrales. El espectador asiste, en este acto y en el siguiente, a la galvanización momentánea de tiempos que han pasado.

¡Crac!, pudo oírse en la plaza como si crujieran los cimientos del barrio, ¡crac!, percutió el fémur como un ariete contra el molde de la cadera, ¡crac!, el hueso se deshizo como polvo de talco y las astillas fluyeron en el caudal sanguíneo. Reme era el caballo de carreras que cae de manos en el foso, habría sido mejor que el mismo policía-orco que la derribó hubiera descargado sobre ella su arma reglamentaria, fin del asunto, fin de la tragedia, pero las fuerzas del orden son cuerpos angélicos que velan por la integridad ósea de los contribuyentes, formaron un corro en torno a ella con cascos de guerra y petos de defensa, la auparon en una camilla, se la llevaron en volandas, grave hemorragia interna, galopad, abrid las filas del ejército enemigo, dejad expedito el camino de la ambulancia hasta el quirófano. Pobre Reme-soviet, adalid de un cantar épico y psicosocial, vencida no por la traición de sus enemigos sino por la osteoporosis.

La bronca es formidable, una kermés con alimento espídico, diversión a raudales y el cénit de un sacrificio humano. Arden las barricadas, silban las papeleras lanzadas como obuses contra la muralla de escudos, los barones rampantes convierten los candados de sus motos en martillos de atletismo, las chicas punks despistan a los cops cegándolos con el resplandor de sus tetas Femen, las fuerzas de la ley y del descanso familiar retroceden abrumadas. Es una hermosa batalla. El conductor de la ambulancia golpea el volante, no hay forma de salir de esta ratonera, la vieja morirá antes de llegar al hospital, el hueso le perforó la cava, se nos va, le pierdo el pulso, hay que intervenir esa pierna con lo que tengamos, sin plasma ni transfusiones, bajo el fuego enemigo. Cortaron, limpiaron y recosieron, hicieron un buen trabajo. Cuando la segunda carga de los antidisturbios consiguió allanar la plaza, Reme ya había sido estabilizada, estaba débil y fría como un náufrago y había perdido mucha sangre, pero sobreviviría, Reme es un búfalo, hay que arrancarle el corazón para que deje de pelear.

El crac sísmico abrió grietas en los tabiques y levantó la tela asfáltica de las azoteas. Las viejas se llevaron las manos a los oídos, las válvulas de sus marcapasos adelantaron unos años la fecha probable de su muerte, los viejos se mearon en los pañales recién cambiados enfureciendo a sus no-viudas, que volverían a esponjarles los huevos y untarles vaselina en las úlceras. El barrio se deshacía en llanto y rostros crispados, ha caído el héroe, *mio vassallo de pro*, y Román pensó que esa loca se lo había buscado, debería estar en casa llorando a su marido. Al fin acabará de una vez esta verbena, los servicios de limpieza arramblarán con el castillo de las bragas y franquearán el paso para el vía crucis de la semana próxima, ya jugaron las viejas a lo suyo, fue suficiente.

Copiadas de Román, fueron esas mismas palabras las que utilizó el Devoto delante del concejal del distrito; el Devoto, que tras pasar por las manos del señor médico fue convirtiéndose en un caballero respetable que acudía a refectorios y reuniones municipales, quizá dentro de unos años podría aspirar al mayorazgo de la hermandad. Recordaba con un pálpito la sonrisa de aquel concejal tan apuesto, su fragancia europea, sus camisas bordadas, su gimnasio cuatro días en semana. Ocurrió durante la presentación del cartel de la SS en los salones de una caja de ahorros: el Devoto se atrevió a acercarse al concejal para decirle que es inadmisible que el ayuntamiento permita el secuestro del barrio, y además en cuaresma, hable con la delegación del gobierno o con quien haga falta pero expulse a esos bárbaros que se instalaron en mitad de nuestro itinerario. El concejal, afable como un agente de seguros, le dijo no se preocupe, nadie quiere que ésa sea la imagen de la ciudad, ¡es un campamento mongol!, repitió el Devoto interrumpiendo sus explicaciones, y el concejal asintió, mongol. Y por eso, cuando unos días más tarde los furgones de la policía cercaron las calles, el Devoto sintió un pizca de soberbia, el ejército leal contra los rebeldes, las legiones romanas que desfilan en el cortejo de las cofradías viejas. El Devoto imaginó al concejal dando la orden de asalto, sus músculos planos debajo de la camisa bordada, imaginó su polla de hombre joven y atlético inundándole la boca de un esperma acuoso como la cera caliente de la candelería de la Virgen que salta de las tulipas cuando el paso inicia la marcha, la cera cae sobre las viuditas sufrientes asidas del manto, algunas se cubren la cabeza con un plástico y otras reciben la rociada en la cara como una verdadera actriz porno, el Devoto nunca ve porno homo porque no lo emiten en la TV y porque no sabría cómo buscarlo, un señor de respeto como él no entraría en una tienda de erotismo ni compraría revistas en los kioscos, no sabe nada de internet, es un clásico de telediario y transistor, presta atención a los mismos frames que embelesan a Reme de madrugada, a veces se siente tan culpable, a veces reza y se excita al mismo tiempo y no consigue apartar de su mente esas imágenes que lo conducirán al infierno.

Morfina. Todos los huesos rotos: cadera, fémur, codo y clavícula. Hubo que cuajarla con morfina para que resistiera; porque si se despertara y tuviera fuerzas para quejarse, el grito reventaría los cristales de la planta de observación. Las vías, la vena amazónica seccionada, las transfusiones, los clavos quirúrgicos, el músculo de pájaro: duele. Estuvo tres semanas en hibernación, sedada como un mulo mientras las enfermeras buscaban a algún familiar que se hiciera cargo del bulto, ya le bajó la inflamación a la señora de la habitación zeta tres, podríamos probar con analgésicos convencionales pero quién se haría cargo de ella entonces, ¿esos vecinos tiernos, esa pareja de viejos enamorados que viene de visita? El doctor dio su aprobación, las constantes son correctas, el riesgo es pequeño, mejor que permanezca dentro de la burbuja de opio mientras se nos ocurre otra cosa, ahora mueve las manos, balbucea, necesitaría que alguien estuviera a su lado para secarle las babas y decirle ya pasó todo, abuela, si es que tiene nietos, si es que tuvo hijos, pero el turno es tan largo y en la planta hay tantas habitaciones que yo apenas puedo cumplir con la rutina del cuadrante, el doctor dice que flexionemos la cadera operada en cada ronda, el doctor no sabe que sólo nos alcanza para vigilar los goteros y cambiar la bolsa de la orina si rebosa, el doctor prescribe la pauta y confía en que nosotras hagamos las cuentas, sería tan fácil pedir dos viales en la farmacia, escamotear la medicación del paciente de la zeta siete y dejar que la vieja consuma su dosis hasta que los latidos se desvanezcan como la última nota de un concierto, no sufriría, nadie tendría que llamar a asuntos sociales, no vendrían las monjas con su piedad fingida, y la vieja se marcharía sin mancha al otro mundo.

A veces los balbuceos se convierten en palabras, un nombre perdido, quizá el de sus hijos, su marido difunto. La vieja quiere vivir, no se rinde, los cuerpos se agarran a la vida porque saben que no hay otra cosa, la mente engaña y finge un consuelo de posteridad pero el cuerpo es franco, la biología manda, el suicida agita las manos en el vacío, se protege, ve el miedo y no el alivio, olvida en el aire las frustraciones y los motivos que lo condujeron a saltar, quiere vivir, la vieja quiere vivir y dice cosas que yo no comprendo. Algunas noches de guardia, cuando estoy tan cansada que no consigo sostenerme en pie, me siento a su lado y dejo que hable un rato en el idioma de los sonámbulos antes de abrir la llave del gotero, y entonces las arrugas de su rostro se mueven como gaviotas en una conversación tan animada que en ocasiones se le encienden las mejillas y baja los ojos con los párpados cerrados como si quisiera evitar una mirada comprometida. A lo mejor le basta con eso, no necesita la desolación de una residencia de ancianos donde malvivir los años que le quedan, está viva, vive mediante esos sueños. Si me dejaran, si yo pudiera cuidar de ella en una habitación sola, si me permitieran entrar en la farmacia y nutrirme de cuanto necesite sin la pauta de ningún médico ignorante, si no hubiera tantos pacientes en la planta y yo pudiera sentarme a su lado como si fuera la hija que no sé si tuvo para decirle ya pasó todo, mamá... La vieja imagina cosas, habla en sueños, anoche durante la última ronda sentí dos ojos que se clavaban en mi espalda, y pensé que tal vez no eran imaginaciones suyas sino que había alguien más en la habitación conversando con doña Remedios, la señora de los huesos rotos.

La enfermera tiene razón: Reme conversa con sus espectros, los recibe en su camarote como si fuera la capitana de la goleta de Shanti Andía y convocara a todos los miembros de la tripulación, que le besan la mano y le desean pronta mejoría, excelencia. Acuden sus hijos ingratos, que a veces son niños enredando en la habitación y otras veces son cuervos en el entierro del incauto. Si son niños, los besa y les dice que se porten como un hombrecito de bien y una señorita de falda tableada; si son cuervos, entonces Reme sabe que vinieron para quitarle la casa, vender sus libros y esquilmar su cuenta corriente. A ratos también acuden los muchachos de la escalera para terminar lo que apenas empezaron hace tanto tiempo, también el chico-zahorí, dile a tu mamá que no te deje salir sola, y al olor del squirt trotan los apóstoles para contribuir a la disolución alcalina de las sábanas escaldadas, la enfermera del turno de día se fatiga deshaciendo la cama, pensé que se había roto la sonda pero la bolsa está intacta, qué cosas sueña la vieja de la trenza, la vieja drogada que se corre como un río con las mejillas muy rojas como manzanas, qué envidia.

Pero hay algunas tardes en las que Reme no sueña con espantar cuervos ni se empapa durante ninguna sesión porno, sino que su rostro se suaviza al hablar con un señor achaparrado que camina por la habitación con las manos en los bolsillos, un hombre pequeño y triste como un enterrador cuya fotografía aparecía en las solapas de aquellos libros repentinos. Aturdida por los fármacos, Reme le pregunta al hombrecillo qué día es hoy, y el hombrecillo le responde que *el universo no tiene comienzo en el tiempo ni límite en el espacio, podemos suponer que un tiempo y un espacio sigan para los demás, ¿pero es que eso nos importa si no es el nuestro, que es el único real?*, Reme intenta fabricar una sonrisa con sus músculos anestesiados, dónde aprendió usted a hablar así, es hermoso oírle decir esas cosas, ¿pero hoy es martes o es lunes? El señor del gabán sacude la cabeza, *nuestra retina produce los colores, nuestro cerebro produce las ideas de tiempo, de espacio y de causalidad*, cerramos los ojos y *ya no sigue el tiempo, ya no sigue el espacio, no hay encadenamiento de causas y se acabó la comedia.* No, la comedia no puede acabarse tan pronto, protesta Reme, yo sólo tengo veinte años. Entonces siga usted leyendo novelas, le contesta el señor del gabán retrocediendo unos pasos hacia la puerta, la mano alzada con un gesto de despedida, pero recuerde que en el teatro español también se le llama comedia al drama. Comedia: es una palabra tan hermosa y tan falsa que hace daño. Reme se queja, ¿es que no me ve aquí postrada?, ¿no ve que no puedo mover las manos ni pasar las páginas de un libro?, ande, sea bueno, no se vaya, quédese y distráigame un poco, ¿le molesta mi compañía? Señorita, yo no soy uno de esos novelistas que escriben para entretener a las damas convalecientes. Pero inténtelo, haga una prueba, se lo ruego, un hombre con su ciencia y su tristeza tiene que saber muchos cuentos. ¿Cuentos?, no recuerdo que de pequeño me leyeran cuentos, las primeras historias que conocí eran los relatos de los marinos de Hondarribia, gente ruda de taberna que maltrataba a sus mujeres y odiaba a sus hijos, no, yo no podría inventar una novela que dijera *Los días de viento sur, los promontorios lejanos se ven con una claridad diáfana, y la costa de Francia y la de España se dibujan en un plano en el mar*, y así seguir durante muchas páginas haciendo un dominó con palabras engañosas hasta componer uno de esos juguetes que los lectores perezosos llaman *novela*. Aunque nunca haya embarcado, yo también soy un marino de Hondarribia, *un rudo marino, como dicen en los folletines y los melodramas, y de mí no hay que esperar los perfiles de un profesor de retórica. La mayoría de los hombres se sienten muy orgullosos de su constancia, de la permanencia de sus propósitos. Son consecuentes como el acero de una brújula rota, y esto les parece una gran virtud. ¡Qué ilusión! El fin es un punto en el tiempo y en el espacio, no más trascendental que el punto precedente o el siguiente.* Le mentiría, señorita, si pretendiera contarle alguna historia que llevara hacia ningún fin. Usted es un alma buena, como dicen los curas, y yo no podría inventar ninguna novela entretenida sin llenar su cabeza de trucos de magia. *Hoy a casi nadie le ocurre algo digno de ser contado. La generalidad de los hombres nadamos en el océano de la vulgaridad. Ni nuestros amores, ni nuestras aventuras, ni nuestros pensamientos tienen bastante interés para ser comunicados a los demás, a no ser que se exageren y se transformen. La sociedad va uniformando la vida, las ideas, las aspiraciones de todos*, todos menos usted, señorita, usted es diferente, parece un recién nacido al que hubieran arrojado al hospicio, el mundo no le hizo daño aún, y mire que el aguijón del mundo es muy agudo, créame, *la vida es una lucha constante, una cacería cruel en que nos vamos devorando los unos a los otros. Plantas, microbios, animales*: no es posible vivir sin configurar un enemigo o una presa que al cabo se convertirá en nuestro depredador, la carne que espera en el plato nos alimenta y nos oxida, fortalece nuestros músculos y hace envejecer nuestras células, presas y depredadores se suceden en el turno de la existencia, *el cazador que persigue conejos cazaría hombres si pudiera, ¡si nos dejaran!*

A Reme le divierten sus palabras confusas y su aspecto de dolor de estómago, se conmueve con la soledad de sus ojos escurridos como trapos, y piensa que en otro mundo y en otro tiempo podrían haber sido amigos o amantes, pero no amantes de escalera fortuita sino viejos amantes que duermen juntos con reposo y a veces van al cine o al teatro, sin ligaduras ni estrategias de engaño, *la dignidad consiste en guardar el decoro, porque no me entra ni me ha entrado nunca en la cabeza que sea pecado, ni delito, ni siquiera falta, ningún hecho derivado del amor verdadero*. El señor del gabán se ruboriza como si pudiera leer sus pensamientos sonámbulos y entrever las citas ajenas, arruga el sombrero, tose una disculpa y se marcha.

No son los filósofos ni los amantes procaces ni los escritores de manual de literatura: de todas las visitas que recibe en la habitación del hospital, Reme prefiere a la mamá de Anita antes que a ninguna otra; la mamá de Anita, que se sienta en la cabecera de la cama y sonríe con el mismo óvalo de luz de entonces, cuando las mesas de tabla, el sol de invierno y el bebé-gusano, las mejillas cromadas como la albúmina de las fotografías antiguas. El tiempo vuelve a ser el de antes, ya no existen ni el hospital ni el amianto ni los libros repentinos, y por eso no hay abrazos de reencuentro ni cuánto te he echado de menos, sus espíritus se enroscan como si acabaran de verse hace unos minutos, y se quieren las comadres apretándose las manos que no tienen, se cuentan el relato de sus penas compartidas, se enseñan las cicatrices como niños guerreros y luego vuelven reconfortadas cada cual a sus asuntos, una a la eternidad de los pasillos blancos por donde su espectro se desliza soplando en la nuca de las enfermeras que ya no se atreven a caminar solas, otra a la morfina tan parecida al jaco de los años ochenta, quizá sus hijos sintieron algo parecido. En un rapto de conciencia, Reme piensa que así debería ser la vida real, sin ensoñaciones ni engaños, lejos de las novelas, del dolor de huesos rotos y del tiempo perdido. De vieja, dice Reme, quizá la amistad sea lo único que sirve, nada a cambio, sin herencias ni escrituras ni hijos necrófagos ni familia expectante. Llora de pura vergüenza, se sofoca y aúlla con los párpados cerrados, la enfermera del turno de noche oye los llantos y corre a abrir la llave del opio. Cuando se extingue la última dosis robada de la farmacia, Reme despierta y piensa en el alfil.

CUARTA PARTE

AURORA ROJA

1

INTRAMUROS

—Desde que me enteré de estas cosas, no sé lo que me pasó; al principio sentí asombro; luego, una gran indignación contra toda esa tropa de curas viciosos que desacreditan su ministerio. Luego leí libros, y pensé y sufrí mucho, y desde entonces ya no creo.
—¿Libros prohibidos?
—Sí.

La ciudad era mugrienta alrededor de la muralla almohade como una verdadera capital de provincia, con talleres de herrumbre, niños peloteando en las aceras, broncas a gritos y corralas sombrías donde los vecinos compartían la pila, el baño y la cocina de gas. Las almenas daban cobijo a un puñado de yonquis civilizados que no asaltaban a ningún vecino ni hacían otra cosa que arremolinarse en torno a porciones de jaco cada vez más pequeñas, fingiendo que hacían el mismo efecto de antes. Regularmente un patrullero los abordaba para acometer la limpieza exigida: se volcaban los bolsillos, se repartían bofetadas higiénicas con guante de cuero y el enjambre echaba a volar. Intramuros, ese vicio no se permitía, pero se auspiciaba en los barrios de repoblación reciente donde la mercancía se vendía sin tasa, librecambismo, zona franca.

Cien pasos hacia el centro y los ventanos se convertían en balcones de forja, los bebés engordaban como lechones, las casas ya no eran corralas de vecinos sino sillares nobles, baldosas de barro cocido y patio propio; los niños jugaban a estrellar sus coches teledirigidos contra el basamento de las columnas, algunas muy antiguas. Cien más, y la ciudad se convertía en una postal turística, ya lejos del muro infeccioso. Un alero de pizarra guarecía los veladores de una taberna donde servían jerez y gambas fritas, a la salida de misa las familias se sentaban en las terrazas y palmeaban al camarero, que se inclinaba ante la señora y saludaba con confianza al señor, los niños tomaban refrescos, compraban bombetas en el kiosco, corrían a la plaza, lanzaban sus explosivos de pulgada y regresaban a la mesa para beber un sorbo, el padre se soleaba con el *ABC*, la madre se esforzaba por atraer al pequeño mediante el reclamo de una lasca de jamón. La vida era gentil, lenta y correcta, ordenada según el calendario litúrgico y las vacaciones escolares, con belén viviente en el colegio, miércoles de ceniza, papeleta de sitio, cupones de socio en la caseta, apartamento de verano, sosiego, confianza en la educación de los buenos colegios y el curso normal de las cosas, a veces interrumpido por la enfermedad de los abuelos o por un viaje comprometido, no más.

Los niños crecían hermosos, príncipes. Tomaban leche, queso y yogures, confiaban en su pureza genética y en el valor de su apellido, aunque el evangelio diga bienaventurados los que. Se aplicaban en el colegio, nadaban en el club y jugaban en la calle como si fuera su dominio, pero de noche sus padres cerraban el portón con dos vueltas de llave. Pasarían algunos años antes de que decidieran mudarse a una ciudad dormitorio con parcela y piscina propia, resultó muy rentable vender la vieja casa que necesitaba una reforma tan costosa, los nuevos dueños mantuvieron la fachada y levantaron un pequeño hotel en el solar demolido, tres plantas, quince habitaciones, a veces se nos escapa una lágrima de nostalgia, ¿te acuerdas, hijo, de la casa antigua, de los patios y la fuente?, y el niño dice que no. Llegó el tiempo de las amplias avenidas, el timbre de las bicicletas de alquiler, las cafeterías franquiciadas, las calles peatonales, la prosperidad brillante del siglo XXI. En los veladores se solazaban los turistas, las parroquias tenían horario de visitas, audioguía en cuatro idiomas y tienda de souvenirs.

Los críos que peloteaban contra la muralla habrían detestado a los niños del coche teledirigido si los hubieran conocido, por primitiva conciencia de clase y por simple antipatía; nunca se juntaron unos con otros a pesar de que vivían tan cerca: tres calles de diferencia, doscientos metros que separaban razas y orígenes. A la sombra de la piedra se bebía cerveza en botella, se orinaba en la tapia y se arrojaba la basura sin bolsa, todo demasiado sucio, demasiado feo y común, sin club atlético, sin piscina ni catequesis; pero aun así intramuros, es decir, naturaleza domada como en un parque de fieras. No era allí donde la ciudad daba miedo, sino extramuros, donde las cosas estaban desprovistas del muelle suave de la vida urbana. De noche retumba el rugido de los leones de montaña que salen a cazar, en los patios no suena el agua de la fuente sino el silbido ferroviario de las ollas a presión, muebles que caen, ladridos de perros muy pequeños, los leones comen carne humana. Los chicos del coche teledirigido se habrían meado encima si los profesores de sus colegios católicos los hubieran llevado a conocer el corazón de esos barrios en una expedición etnográfica. Había cristales rotos en las esquinas y montoneras de muchachos envejecidos que no estudiaban ni hacían nada porque el campo quedaba lejos, las fábricas no existían, sus padres no tenían negocios que pudieran heredar. No, aquellos chavalines burgueses no habrían soportado las miradas sanguinarias de los muchachos del nadaquehacer sobre la etiqueta de sus camisas, se sentirían exploradores de un territorio salvaje, buscarían un teléfono para llamar a un taxi y pedir auxilio, el auricular deshecho a patadas contra el aluminio, la caja de las monedas saqueada, los cables colgando como una extremidad amputada. Si los habitantes de aquellos barrios de aluvión tuvieran un coche teledirigido entre las manos, no sabrían encontrar el botón de encendido ni hacer otra cosa que desguazarlo, como hacían con las cabinas de teléfonos y con sus propias casas e incluso su propia piel, siempre llena de heridas sin curar, postillas que levantan con las uñas, cortes de chapa.

Por fortuna, oh dioses, vinieron los funcionarios del Real Patronato para separar las aguas y conducirlos a la tierra de promisión. Se concedieron viviendas, se construyeron plazuelas, ambulatorios, colegios, iglesias, llegó el milagro de la luz eléctrica, y las fieras se humanizaron. La cochambre, las huertas y los mulos cimarrones desaparecieron; la gente era la misma, con cartilla sanitaria y partida bautismal, pero la misma. Los niños del coche teledirigido habrían sentido terror delante de ellos, no se parecían en nada a los pobres de la parroquia ni a los mendigos de las calles comerciales; un poco, tal vez, a los hombres que vendían martillos de goma y globos de helio durante las procesiones de SS, haciendo rodar el carrillo de mano, siempre tan negros y hostiles, esa especie que se diluía como una mancha de grasa en el tumulto de los trajes azules del domingo. Los niños del coche teledirigido huirían aterrorizados si los vieran de cerca, si caminaran por una calle donde todos los rostros pertenecieran a vendedores de martillos de goma, donde hubiera carrillos de mano encadenados al tronco de los naranjos. Sería la peor pesadilla, a quién pedir auxilio, quién se compadecería de su blancura, les robarían el reloj, les arrancarían los pendientes a sus hermanitas llevándose el lóbulo de cuajo, un hilo de sangre en el cuello, una gota carmesí en el pavimento.

El concejal del distrito sur era uno de esos niños, bisnieto del conde de Alcotán. El viejo apellido familiar refulgía en las listas electorales, en las actas de toma de posesión y en el pie del bando municipal firmado en ausencia del alcalde, parcialmente indispuesto por un dolor prostático que era necesario mantener en secreto, toda la ternura, toda la confianza del equipo de gobierno quedó depositada sobre sus hombros. El concejal gozaba de su interinidad sabiendo que pertenecía a una saga de hombres venerables, cristianos severos, servidores leales, empresarios honestos, ahora es mi turno, pensaba, la ciudad me pertenece por derecho sucesorio igual que antes perteneció a mi abuelo y a mi bisabuelo, pero quién iba a imaginar que todo acabaría con un crac sísmico, quién habría sospechado que un saco de huesos rotos arruinaría su tenencia de alcaldía y su ascenso a la cumbre del partido.

Los infortunios se sucedieron como piezas de dominó después de que las viejas se rebelaran contra la ordenanza. Mientras proliferaban las bragas soviets, el concejal del distrito permanecía encerrado en el dormitorio por capricho de su mujercita feroz, que había trabado la puerta con un stick de hockey sabiendo que su marido no intentaría derribarla para no causar un estropicio que obligara a llamar al chico guapo de mantenimiento, con quien la Feroz le había confesado que se licuaba desde la primera vez que lo vio en la garita del edificio como en un anuncio, etcétera. Así era la Feroz, una espiral perversa, y así eran los juegos secretos del matrimonio: en el cajón de la ropa interior había bolsas aromáticas perfumando sus medias, tangas, sujetadores y braguitas, también los accesorios de una industria sexual pertinazmente renovada a través de la web, dildos, lubricantes, antifaces, bolas chinas, huevos mágicos, preservativos anales que evitan los anillos de hez alrededor del pene, el portal ofrece descuentos para los libertinos más contumaces. El concejal y su mujer eran dos amantes tan cerdos como cualesquiera pero con exquisita higiene y prudencia, siempre dentro de su cuarto insonorizado, dos capas de pladur instaladas en la última reforma, tres vueltas de llave para que ni Candelaria ni Gabriel, sus soletes, sepan nada de lo que ocurre allí dentro. Nunca olvidan encender los intercomunicadores por si Gabi pide pipí, y si ocurre, ella se descalza, se cubre con una bata de seda, se limpia la boca con una toallita para bebés, gira la llave y acude al auxilio del pequeño, qué te pasa, mi amor, el concejal apaga la webcam y escribe un mensaje de cortesía a su audiencia, chicos, hacemos una pausa para tomar el té.

Desengañados de los clubes de intercambio, el concejal del distrito y su mujer recurren a los espectáculos en vivo de una página de webcams y emiten su propio show todos los viernes y sábados, enmascarados, congregando a miles de usuarios que gastan sus tokens y escriben súplicas, loas y amenazas en la ventana del diálogo compartido. El concejal es imaginativo y atlético, su cuerpo reluce de músculo en la pantalla como un profesional del negocio, pero la verdadera estrella del duplo es ella, que retransmite en inglés y en español cada acción acometida, como si formara parte de un programa bilingüe de estudios, *parlanchina, la dueña dice cosas banales*, la Feroz aprendió todas esas palabras obscenas viendo tiradas de vídeos gonzo, *vestido de rojo, piruetea el bufón*, se documentó intensamente para aprender el oficio, y ahora su audiencia proviene de los lugares más lejanos de la galaxia. En su cuenta se acumulan las propinas que los usuarios le ofrecen a cambio de nuevas perversiones, si todos esos tokens pudieran convertirse en dinero en efectivo no haría falta volver a invertir un céntimo en ningún otro negocio, ganaríamos el pan con nuestro sudor y nuestros fluidos, piensa.

Aquella mañana sonó el teléfono sobre el escritorio de madera de haya de su despacho, qué quieres, cariño, que vengas y me folles ahora quiero, o me voy con el chico de la garita. El concejal le dijo al chófer recógeme en la puerta, no tardes. La casa sola, los niños en el colegio, la Feroz desnuda delante de la webcam: precavido, el concejal se enmascaró y apareció fantasmagóricamente a su lado, los usuarios del carrusel aplaudieron desde sus IP porque no es bueno que una mujer esté sola, la Biblia dice algo parecido. Regañaron los amantes con rivalidad fingida, me van a echar del trabajo, enana, se mordieron como cachorros y jugaron a los mejores juegos, y después ella quiso gastarle la broma de encerrarlo en el cuarto apuntalando la puerta con el stick de hockey sobre hierba de Candi, es un deporte distinguido al que juegan las niñas de buena familia en las pistas del club de campo, todos los equipos de la liga provienen de colegios religiosos, las niñas discuten y lloran y se pelean como panteras, de mayor Candi tendrá unos abductores tan feroces como los de su madre, los novios dormirán la siesta sobre la almohada dura de sus nalgas. Fue entonces cuando sonó el timbre en el bolsillo de su chaqueta, déjame salir, ella cogió el teléfono manteniendo el encierro, en la pantalla pone Sec., ¿quién es esa Sec. que te llama ahora, una de las secretarias que te follas?, la Feroz jugaba a la indignación fingida, el concejal silabeó como en una teleserie, abre-la-puerta-ahora-mismo, la mujercita entendió que aquello iba en serio, apartó el stick y se dejó arrebatar el aparato de las manos, pero dónde estabas, le riñó el secretario del partido, mira las fotos que te he enviado, qué fotos, tú míralas, esta noche sales en las noticias nacionales, se te rebelaron las viejas del barrio, tú qué coño les has hecho, el concejal descargó el archivo, vio la guirnalda de bragas azules, blancas y rojas, como una escarapela jacobina, no se merecen ni el barrio de mierda que les dieron, pensó.

No se trató de un golpe intencionado, no planeó la agresión: el concejal del distrito sur cometió el atropello con la inocencia de quien piensa que hace lo correcto. Apenas fue una resolución administrativa tomada durante una mañana de trabajo, una firma sobre un papel impreso que bombardeó con napalm a los nanovecinos de las calles Amatista, Coral, Esmeralda y Diamante, pisos del yugo construidos bajo el auspicio del conde según los planos de su amigo don Augusto Prieto, prócer, que no dispuso ningún patio de luces ni ninguna escalera abierta ni ninguna manera de colgar un tendedero entre dos escuadras al aire, don Augusto nunca había hecho una colada, cada mañana la ropa aparecía en su galán transportada por unos lindos pajaritos, entiéndase que un hombre tan ocupado no tiene tiempo para los asuntos domésticos. Al principio, durante los años del manglar, los vecinos tendían sus porquerías en las casapuertas sin reparo, pero luego vinieron los autobuses diésel y la prosperidad, la ropa ennegrecía con el hollín de la calzada y hubo que subir los cordeles a los balconcillos; todo por culpa del despiste de don Augusto, arquitecto egregio con panteón propio en el cementerio y retrato en los pasillos del ayuntamiento, y también por culpa del concejal que firmó semejante cosa cincuenta años después, cuando seguía sin importarle a nadie esa exhibición de impudicia; a nadie salvo al concejal remilgado, que conocía muchas capitales europeas donde era impensable que ocurriera algo así, salvo en Nápoles, en Lisboa y en algunos barrios de Marsella; el concejal, que en su mente forjaba el noble propósito de modernizar la ciudad mediana mediante bulevares, tranvías eléctricos y normas de circulación restringida. El resto de viviendas del panal del Patronato sí que se organizaron en torno a un patio sin vista a la calle donde cada cual tendía sus inmundicias, los trapos, las sábanas y las interioridades. Además de ser un contenedor para las familias más tristes de la Guerra Fría, sucedió que las calles Amatista, Coral, Esmeralda y Diamante se convirtieron en una excepción urbanística dentro de su propio tiempo, y nadie quiso fijarse en ese bache durante cincuenta años. Hasta que el bisnieto quiso.

Al concejal le gustaba pasear. Después de las elecciones hubo una reunión de reparto de poderes y supo que le había tocado en suerte el distrito sur, felicidades (risas y burlas), no te enfades, considéralo un homenaje familiar, tu bisabuelo estaría orgulloso. El concejal in péctore no se arredró, y enseguida planeó su primera excursión como un candidato yanqui que goza estrechando las manos de los contribuyentes y besando el coco de los bebés. Se vistió con ropa de deporte, zapatillas y gorra de béisbol, como una estrella de cine, y subió a uno de los narcobuses de mampara blindada que hacían la ruta desde intramuros al extrarradio. Valiente príncipe, se apeó clandestinamente, entró en el bar de la plaza de los arriates, pidió un café de vaso, se sintió Dr. Livingstone en el país de los negros y mantuvo en secreto su aventura para evitar la bronca del jefe del gabinete de prensa, ahora no te comportes como un niñato, un cargo electo tiene sus responsabilidades y sus limitaciones, debes cumplir con tu agenda y no exponerte al fuego del enemigo, no tomes ninguna iniciativa sin consultarme. Ah, pero él no podía obedecer órdenes como un corderito, él practicaba kick boxing y hacía surf en la Yerbabuena, no le temía a los asaltantes del arrabal ni a los surfistas locales del rompiente, y juró con la mano abierta sobre un ejemplar de *Men's Health* que jamás se convertiría en un edil obeso de poltrona y cinta de inauguraciones, jamás. Quería ganarse el amor de los vecinos de su distrito, aunque para conseguirlo tuviera que patear sus calles y beber su café rompestómagos, sería fabuloso que alguien le dijera ¿pero usted no es...?, y él respondería no, no soy yo, y todos comprenderían el sentido del equívoco, qué buen hombre este concejal tan discreto que vino a desayunar al barrio y apuntó en un cuaderno cuántos contenedores quemados, cuántas salidas de incendio bloqueadas, cuántos niños faltaron hoy al colegio.

Al tomar posesión ya se lo advirtieron: no te compadezcas, son gente envejecida, dura y pobre como las ratas que no te agradecerán ningún gesto, no pierdas el tiempo con ideas reformistas, procura alguna obra de saneamiento, sufraga un azulejo de la Virgen del Suburbio e inscribe a algunos predelincuentes en un curso de formación, pero nada de ocurrencias, no inventes, pronto te llamarán de arriba si no te tuerces, le dijo el jefe de prensa con paternalismo. Al principio siguió sus consejos: favoreció la renovación de las licencias aplazadas, asistió a las funciones de la hermandad, se reunió con las asociaciones de vecinos sin comprometerse a ninguna cosa y permaneció intacto como una figura de postal; pero era un hombre de acción que no servía para vegetar en el despacho, igual que no era capaz de estudiar tantas horas en la biblioteca a pesar de la insistencia de sus padres. Listo, atractivo, excelente en las relaciones personales, le vienen de familia el rango y la distinción, tuvimos que hacer ciertas donaciones al fondo de desarrollo de la universidad para garantizar el trámite de su licenciatura, el chico necesitaba un título para abrirse paso y esos exámenes sólo eran un obstáculo.

Ingenuo, el concejal cayó en la trampa del buen salvaje durante la incursión: aquí todo es tan pobre, tan sucio y tan honesto, pensó, que parece un viaje en el tiempo, un vórtice que conduce de vuelta al comienzo de los comienzos, cuando mi bisabuelo de las cruzadas visitó aquellos descampados de mugre en los años heroicos y dijo una casa para familia, una familia como símbolo de la patria, que vengan albañiles y espuertas, que abran zanjas y construyan madrigueras; y que taladren en cada bloque una placa de mármol con mi nombre, Excmo. Sr., para que ninguno olvide por qué vive ahí, quién se lo permitió, qué yugo y qué flecha. El nuevo concejal del distrito sur sintió el mordisco del abolengo al ver su apellido grabado sobre la fachada de las primeras casas. Herido por el dardo de la historia, enjugó sus lágrimas y aflojó las riendas de su caballo, y fue entonces cuando, colgadas del cordel de un balconcillo, vio ondear aquellas sábanas de viejo meón que goteaban sobre la lápida de su antepasado, los calcetines de cuadros, la ropa interior frotada con jabón verde, pero qué impudicia, qué desdoro, ¿es que nadie se acuerda de los vecinos de este barrio?, ¿es que nadie les dijo que tender en los balcones es propio de países pobres y de gente ignorante, igual que no se aprende a utilizar una letrina en un campamento de refugiados hasta que los cooperantes no se ponen en cuclillas y bromean diciendo pooh, lo mismo? Bragas de vieja, combinación ocre debajo del vestido: al concejal se le revuelve el estómago ante el espectáculo, el café le produce úlceras severas y percibe que su bisabuelo le envía un mensaje a través del cordón umbilical de la cadena dinástica, hijo mío, éste es tu cometido, no me defraudes, dijo la voz espectral antes de extinguirse en el soplido del compresor del autobús.

Niña de perla en el lóbulo, la Feroz nunca había puesto un pie en aquel barrio endemoniado, y por eso no pudo formar en su mente ninguna imagen del panorama suburbial cuando su marido le hizo la crónica de la visita y le habló de los zócalos amarillos y de las paredes de yeso, de las losas levantadas en las aceras con escoplo y de los bancos arrancados para el desguace, de los arriates de óxido y del albero donde orinan los barones rampantes, hay adelfas tóxicas estrangulando los parterres, hay casas diminutas que pude espiar a través de una ventana, y el olor de la madera mojada, y la luz amarilla de las tulipas encendidas en los bloques construidos a contrasol, siempre lúgubres y húmedos, la ropa que nunca termina de escurrir en los balcones. La Feroz escuchaba el relato con entusiasmo, resultaba tan exótico aquel viaje de su marido, lleno de peligros y amenazas, qué suerte dormir al lado de un paladín de los oprimidos, un defensor de los sociópatas, un verdadero héroe social y un follador premium, pensaba. Acurrucados en el reducto de su cama king size, la Feroz y el concejal del falansterio hacen examen de conciencia y se lamentan de los privilegios que gozaron desde su nacimiento, los padres generosos, las niñeras solícitas, los dormitorios amplios como salones de baile, la prevalencia genética construida sobre generaciones de belleza y distinción, casas soleadas, alimentos frescos, proteínas, qué triste, qué oscura debe de ser la vida de quien no puede permitirse un descanso, dormir con la puerta cerrada sin oír los gritos de los niños, viajar a Florencia un lunes y regresar un viernes, dejar de perseguir el alimento y el dinero de la renta por unos días, pero tú no puedes cambiar esas cosas, querido, le dijo la Feroz después de follar para su audiencia, pringue en la boca y en la punta de los senos, ya sin zapatos de combate ni el resto de la artillería del carrusel, leve, hermosa, descansada, el sufrimiento es una ley natural de todos los hombres, todos los pueblos, todas las naciones, le dijo, ¿cuándo fueron justas las cosas en ningún sitio, en qué país?, no se trata de acabar con el sufrimiento ni con la desigualdad, replicó el concejal, muy satisfecho de la metafísica que alcanzaba la conversación, quizá si dejaran de vivir como en un gueto puede que el barrio dejara de ser un gueto, quiero decir que tal vez haya que cambiar la apariencia de las cosas para que cambien, después, las propias cosas.

Un momento. Pausa. Oh: cambiar
la apariencia
de las cosas
para cambiar
las cosas.

Eureka. El concejal y la Feroz se miraron con amor y se abrazaron como si fueran agudísimos filósofos que recién descubrieron el eje sobre el que pivotaba todo el sistema, la nuez del enigma. Estaban tan excitados por el aforismo que rompieron a follar de nuevo, pero esta vez sin el auxilio de webcamers ni acrobacias ni juegos de dominación; no: la piel pegada a la piel, se besaban, se querían los amantes, los verdaderos amantes del principio, sin el desgaste de los hijos, los años y el porno. Eureka.

Consecuencia, uno: a la mañana siguiente, el concejal-Sócrates entra en su despacho y teclea un bando *Sobre la higiene y discreción en balcones y terrazas,* teclea él mismo, sin dictárselo a nadie y sin necesidad de pedir ayuda a los redactores del gabinete de prensa, *el Ayuntamiento debe velar por la conservación del buen gusto, las costumbres discretas y la limpieza de calles,* se siente lúcido, capaz, las frases brotan de su intelecto cultivado, no sólo hay músculos debajo de sus trajes a medida, no, también hay talento y energía, *una labor que necesita de la colaboración de todos los ciudadanos, hábitos sencillos que mejorarán nuestro bienestar y servirán de atractivo para los visitantes,* la prosa municipal se abre paso, *entre las distintas medidas que se promoverán al respecto,* todos los ediles caen en el vicio de los bandos y los pregones, seducidos por el magnetismo del procesador de textos, los encabezamientos, las menciones, la marca de agua de los folios y la impresora láser, flamante, *el Ayuntamiento exhorta a través de este Bando a no tender la ropa en balconcillos ni terrazas exteriores*, llamó a la imprenta, encargó las copias contadas y dio la orden a los peones para que las distribuyeran con prontitud, *asimismo, queremos animar a los vecinos a adornar dichos balcones con flores sin colgaduras, macetas tradicionales debidamente aseguradas, palmas de ramos y otros exornos según el calendario de festividades*, mañana no habrá ni una braga tendida, dijo, pensando en la ropa interior de su madre que le erizaba la piel cuando la encontraba en el baño y no en la licra uhm de su mujercita, tan orgullosa desde que le ofrecieron aquel cargo con coche propio, secretaria procaz, reserva en el palquillo de cofradías. Ni una braga ni una blusa en el cordel, es el primer paso para la regeneración moral del barrio.

Consecuencia, dos: el concejal medita en su despacho, muy afligido, antes de recibir al jefe del gabinete de prensa, pero qué pudo salir mal, cómo se enlodó una idea tan sencilla, me lo advirtieron, me dijeron no te compadezcas, no inventes, y ahora soy el hazmerreír del ayuntamiento, los demás concejales se burlan, mis electores me detestan, el alcalde me echará a patadas, el secretario del partido me abandonará en el pleito de las facturas, qué estarán diciendo, qué bromas habrán preparado, yo no hice nada con aquellas facturas que no hubieran hecho los demás, es una caza de brujas, todos contra mí, y ahora esto. Alrededor de su escritorio, el concejal se reúne con el jefe de prensa, perro viejo con veinticinco años de oficio, traje antiguo sin renovar durante varias legislaturas, dos divorcios, memoria temible que registra el nombre de los bedeles, redactores, delegados, consejeros, directores y cónyuges de. El jefe de prensa es su única posibilidad de salvación antes de la zurra del alcalde y de la humillación del secretario. Superviviente de cuatro equipos de gobierno, comenzó a escribir sus primeras notas a máquina, conoció la betacam, el télex y las tarjetas perforadas, envió hornadas de carpetas a los buzones, aprendió a manejar el fax y los procesadores de texto, tardó en elaborar su primera lista de correo y siguió convencido de que había que llamar por teléfono al destinatario para preguntarle por la varicela del pequeño, las vacaciones en el apartamento que te dije, la nueva temporada del club. El concejal procura que no se perciba su indefensión ante él, ¿cuál es el balance de daños?, pregunta fingiendo desenvoltura, el jefe de prensa sonríe, ¿balance de daños?, la noticia ha salido en todas partes porque la TV es puro sentimiento, habrá que dejar que pasen los días y ver qué ocurre, esta tarde hay una asamblea en el barrio, ya veremos, la normativa esa está muy bien, nadie dice lo contrario, el problema son los papelitos, las copias debajo de la puerta como si fuera cosa de la Gestapo, son viejas de barrio pobre, ¿pero qué pensabas?, si les dejas un papel en la puerta se asustan, mira, yo no debería decírtelo, pero tenemos confianza, ¿no?, el alcalde ya se encuentra mejor y volverá pronto al despacho, y ya está harto de ti, primero por ese asunto infame de las facturas falsas y ahora por esta estupidez de concejal novato, si no te obliga a entregar el acta hoy mismo es sólo porque quiere volver a frotarse con tu mujer en la cena de navidad, oye, no te consiento, no me consientes qué cosa, chico, tu mujer será una santa pero por suerte para ti no lo parece, y el alcalde se muere por ella, a Paco se le pone dura sólo de pensarlo, tanta camisita y tanta sonrisa de niñobién, tanto gimnasio y loción de afeitado, el buen aspecto servía de reclamo hace unos años pero ya no es decente, ahora hay que poner cara de padecimiento y austeridad, yo soy un aliado tuyo, eres joven, sabes hablar y escribir, he tenido concejales que firmaban con una equis, mira, vamos a hacer una cosa, Paco tiene que venir esta tarde y te va a convocar para que le des explicaciones sobre todo esto, tú vienes, te sientas, te callas y me dejas hablar a mí como si yo fuera tu abogado, ¿de acuerdo? El jefe de prensa llevaba años pastoreando ediles, sabía cómo rascarles con la vara y cómo acariciarles detrás de las orejas, y el concejal necesitaba un protector, en tus manos encomiendo mi espíritu. Avisó a la Feroz de que llegaría tarde, pudo imaginar su nariz arrugada de sospecha, otra vez esa secretaria, ¿verdad?, preguntó ella, que no distinguía la vida real de los guiones de la pornoficción donde habitaba, no, cariño, sólo son cosas del trabajo, al concejal le temblaban las manos, temía no encontrar las palabras adecuadas y que ni siquiera le brotara la voz cuando, en mangas de camisa y abotargado por la medicación, el alcalde prostático le dijera traidor, qué mierda has estado haciendo a mis espaldas durante estas tres semanas, ¿conspirar contra mí?

Esperaron en la sala de juntas, inmensa como una sala de billares, los retratos de los próceres entre las ventanas, el bisabuelo, el alcalde honorífico, los salvadores de la honra observando la escena con preocupación. La mesa brillaba como la carrocería de un coche, el concejal vio sus manos reflejadas en el charol, el anillo de casado, el dorso que se infla de venas y músculos cuando levanta mancuernas en el gimnasio. Quizá tomó demasiada proteína en los últimos meses, se sabe que uno de los efectos secundarios es el exceso de confianza, ¿acaso escribió el bando inducido por una sobredosis, hipermasculinizado?, no se culpe a nadie, si pudiera explicárselo, si hubiera una brecha entre los gritos donde pudiera decirle don Francisco, escúcheme, todo ha sido un error, yo estaba embriagado de suplementos nutricionales y de municipalidad. Tembló: ¿qué pasaría si lo destituían esa misma tarde, qué diría la Feroz, cómo podría volver a casa con esa noticia entre los dientes, con qué amantes se fugaría cuando lo supiera, ahora que su marido volvía a ser Nadie con apellido ilustre, sin cargo, sin chófer, sin reserva en el palco de cofradías? La Feroz no soportaría eso, primero vendría la separación, después el divorcio y la sangría de los abogados, el régimen severo de visitas, la custodia, las pensiones alimenticias, las lágrimas al despedirse de los pequeños, hoy es domingo y tenéis que volver con mamá, pero yo no quiero ir, dice Gabi, Candi se enfurece, vámonos, mamá se enfadará si llegamos tarde, Candi tira del brazo de su hermanito, me haces daño, riñen, se pelean. El jefe de prensa le dice qué te pasa, chico, estás pálido, respira hondo, esto no es un tribunal militar, a ver si resulta que eres de mantequilla.

La puerta se abrió con el estruendo de la madera vieja, tablones de barco que crujen. El alcalde cruzó la sala manoteando y se sentó abatido sin mirar al concejal, ¡nos devoran! El jefe de prensa bromeó, Paco, me alegra ver que estás en plena forma, los médicos hacen milagros pero no hay quien te cure a ti la mala hostia, mira, no te apures, sólo hay que esperar a que cambie la agenda. ¿Ésa es tu propuesta?, dijo el alcalde, ¿dejar que nos coman crudos?, hay reportajes internacionales sobre esto, ¡internacionales!, ¿cuánto crees que tardarán en azuzarme desde el partido?, se compadecen de mí porque estoy enfermo, pero ya tienen preparado un relevo, ¡seguro!, y todo por culpa de este niñato, fuiste tú quien me sugirió que le cediera la tenencia, ¿no? Mira, el chaval está muy arrepentido (el concejal asintió como un escolar en el despacho del director), esto no es más que un capricho de los periodistas, deja que se calmen ellos solos, o si acaso tírales un hueso para alejarlos, ¿por qué no adelantas el nombramiento de algunos cargos, o firmas algunas subvenciones, la licitación de aquellos pisos de la empresa pública?, no tengas prisa en volver, el chaval no va a romper ninguna cosa en estos días, he guardado la vajilla cara, descansa, todavía tienes mal aspecto, voy a llamar al coche para que te recoja enseguida, tu mujer ya estará harta de tenerte en casa, ¿no?, no entiendo cómo hacéis los monógamos para no volveros locos, Paco, ¿vas a desconfiar de mí después de tantos años? No es desconfianza, pero no creo que no resolver las cosas sea la manera de resolver las cosas. Muy agudo eso que dices, pero sólo te vale como proverbio chino, hazme caso y deja que el muerto se muera solo, ¿ves?, yo también sé hacer frases filosóficas. Se despidieron con abrazos de futbolista y bromas testiculares acerca de la nueva chica del gabinete, ¿pero de dónde la has sacado?, sabía que te iba a gustar, es la anfitriona perfecta de las ruedas de prensa, el concejal convidado-de-piedra asistió a las carcajadas cómplices de aquellos camaradas de prostíbulo tratando de recordar qué vestido llevaba la Feroz en la cena de navidad del año pasado, qué hicieron, qué pasó, cuándo la perdió de vista y por qué nunca le dijo nada. La puerta volvió a crujir, el barco había zafado la tormenta, el alcalde se marchó de la sala. A solas, el jefe de prensa hundió los pulgares en los deltoides hiperdesarrollados del joven concejal, no me dé usted las gracias, señor teniente-alcalde, Paco es un buen tipo, créeme, ve en ti al hombre afortunado que se folla a esa linda mujercita tuya, y te admira sólo por eso, pero no esperarás que además se rinda a tus pies, siempre serás el intruso, el recién llegado que quiere su puesto, es una ley biológica, él es el viejo líder de la manada y tú eres el aspirante que pasea su polla por los pasillos del ayuntamiento, y se siente herido justo ahí en medio, deberíamos compadecernos de su desgracia, pobre hombre.

De regreso, el concejal tuvo que morderse los puños para no llorar a gritos delante del chófer. Sus padres, las niñeras, los profesores complacientes y el jefe de prensa: durante toda su vida siempre hubo una autoridad a su lado para resolver sus querellas, bien las trastadas infantiles, bien la pereza del mal estudiante. Chico encantador, sonrisas para el cartel electoral: nadie me tomará en serio si no soy capaz de arreglar mis propios asuntos, la Feroz no se merece ningún sufrimiento por mi culpa, es tan hermosa, tan linda con su antifaz de bondage y todos sus accesorios como una figurita de acción, se marchará de mi lado con perfectos motivos cuando el secretario me expulse del partido, cuando el alcalde me obligue a dimitir y el juez me condene a pagar el monto de las facturas, cuando entre todos me arrojen a la calle reprochándome las peores cosas, el fraude, la rebelión de las viejas, mi debilidad, soy mantequilla, mantequilla líquida, y la enana pronto se dará cuenta de eso, no me imagino a ningún hombre del planeta que no quisiera estar a su lado, ni actores ni presidentes ni empresarios, hombres que se la llevarían a un ático de Nueva York o a una mansión de Londres o a una dacha de las afueras de Moscú, yo sé cómo la miran, veo sus ojos clavados en su culo, pero ella me ama sólo a mí y decidió encerrarse conmigo en esta ciudad mediana de procesiones y estampa turística, amor, amor escaso y destilado, nadie se ama como nosotros, en aquel club de intercambio todos la buscaban con ansia y a mí se me partía el alma al verla follar en el reservado, era demasiado buena para ellos, no se la merecían, mentí para convencerla de que no volviéramos, es peligroso, alguien puede reconocernos, le dije que nos inscribiríamos en uno de esos mítines para swingers de los hoteles de la costa, donde todos los participantes son extranjeros y viajan desde Alemania en sus propios coches, con ese argumento y con el refresco de la web conseguí aplacarle el hambre, pero durante cuánto tiempo, cuándo regresará el diente, la cuchara dando golpes en el plato, si me condenaran en el juicio de las facturas y las viejas del distrito hicieran vudú con mi fotografía entonces qué podría retenerla, con qué engaño conseguiría que no se fuera de mi lado para siempre.

Por eso, en contra de los novelas ejemplarizantes, de las virtudes del héroe y de la doctrina del bien común, el concejal del distrito le dijo al chófer que no lo llevara de vuelta a casa sino que condujera hasta el barrio del Patronato, donde aún no había terminado la asamblea de los soviets. Para su mal.

2

LA FEROZ

—Y esos libros que has leído, ¿qué dicen?
—Explican cómo es la vida, la verdadera vida, que nosotros no conocemos.
—¡Mal haya ellos!

La Feroz madrugaba para llevar a los niños al colegio, lindos y bien peinados como van los hijos de los ricos. Los padres de sus compañeritos de clase babeaban delante de ella, los buenos días tan sexis en su boca acuosa, la fragancia del suavizante. Si era invierno, le bastaban unos vaqueros y unas botas ajustadas como vainas de látex; en primavera calzaba sandalias romanas que se enroscaban como serpientes en sus tobillos. Todas las madres la odiaban, todos los padres deseaban derribarla sobre las mesas escolares, y que sufriera una pizca. La Feroz deambulaba durante el resto del día como una princesa, iba al gimnasio sin ganas, ingería porno, se masturbaba impregnada de hastío y atosigaba a su marido con llamadas telefónicas. Desde el telescopio de su terraza observaba el cruce de las avenidas y se consumía de aburrimiento, imaginando las crueldades que, según el relato del concejal, ocurrían a diario en los suburbios de extramuros, aquellos suplicios que le contó cuando se abrazaron como verdaderos amantes, la webcam apagada como una bestia dormida, si pudieras ver a esas chicas, le dijo, el pelo amarillo, los embarazos prematuros, los novios que las emparedan frente a la TV, los llantos de los bebés, los desperdicios de la comida envasada, ni carne ni pescado ni fruta fresca, ni vacunas ni citologías ni pirámide nutricional, y sin embargo son tan hermosas como actrices de cine aunque nadie venga a rascarles la mugre, los malos modales y el maquillaje, nadie, *el pueblo es sucio, y la mujer de clase baja siempre es pueblo, no hay más que ver las casas por dentro, lo mismo están los benditos cuerpos*, habría añadido Reme al pie de sus lecturas. La Feroz vivía con su marido en un ático inmenso como un planeta, gozando de su fantasía de pornodisney como si la juventud y la belleza fueran atributos de proporciones infinitas. Aquel relato sofocante le producía una inquietud que no era compasión sino la incapacidad de sentir lástima hacia cualquiera de los especímenes que nunca conocería; también una pizca de celos, porque había cierta admiración en las palabras del concejal hacia esas chicas desprovistas de los cuidados y los caprichos que a ella no le faltaron, el club de campo, los cumpleaños, las clases de danza, los obsequios rituales, la belleza heredada. Demasiado tiempo sobrante, demasiado nadaquehacer dentro de su cabeza, sobre todo por las mañanas, cuando los niños estaban en el colegio y su marido le decía no vuelvas a llamarme al trabajo, enana. Aburrimiento.

La Feroz necesitaba follar todos los días como una novia de quince años, era el único alivio contra el tedio, y a veces ni siquiera eso resultaba suficiente: recién recogidos los residuos del combate, regresaba el vacío de la vagina huérfana y la ansiedad de la amante malquerida, la Feroz se aburría filosóficamente, los vientos de la prosperidad y de la familia feliz soplaban detrás de ella como alisios y la conducían hacia el tajo en el océano, la esquina del mapa donde aguardan monstruos abominables. Envidiaba los infortunios de la chicas de las casas baratas, sus broncas de verdadero amor a la grupa de un gallo rampante, dormir en tantos sitios durante tantas noches distintas, nadie las querría como esposas, y acaso ella deseaba lo mismo. De madrugada, cuando observaba las camitas de Candi y de Gabi, la Feroz se preguntaba cuándo comenzó todo a parecerse a un anuncio de antigripales.

Noviazgo, boda, felicidad oficial, primer embarazo, ascenso en el partido, segundo embarazo, concejalía, congreso nacional, tenencia de alcaldía. Fue providencial la enfermedad repentina de don Francisco para que todo cuajara, el relato resultaba tan tosco y tan municipal que a la Feroz se le encogía el alma al hilar los acontecimientos, la política es un negocio decadente, no hace tanto tiempo que viajábamos a capitales europeas y conducíamos coches de alquiler por la costa francesa, pero cumplimos con lo previsto, nacieron los niños, se acumularon las rutinas y las obligaciones de esta existencia inane. Nunca le fue infiel. A pesar de su aspecto amenazante, la Feroz era una novia antigua y respetuosa, aquello que ocurrió con don Francisco durante la cena de navidad no fue más que una contribución al lanzamiento de su carrera, don Francisco estaba fuera de sí, no le importaban las murmuraciones constantes ni la vigilancia de su esposa, coqueteó con ella durante toda la noche, la encerró en el baño sin resistencia, hundió el hocico en su escote como los viejos de las películas y eyaculó enseguida, ni siquiera en su boca; el concejal fue el único que no se dio cuenta, tan bobo, la Feroz descubrió que el lance no le causaba repulsión, don Francisco estaba limpio, olía a fragancia, los faldones de su camisa transmitían el frescor de la ropa planchada, fue un servicio a la causa y una escena tan frecuente en la pornoficción que le produjo cierta monotonía de vídeos rotulados *rape, rude, slut*. Recordó cuando era una novia de quince años y cumplía con la convención de impedir que los chicos se propasaran con ella, las manos se pierden entre la ropa, los chicos trepan para conquistar nuevos territorios, la novia debe defender la ciudadela a manotazos; ahora el territorio tiene franca la frontera y estandartes de bienvenida.

El concejal y la Feroz se conocieron muy jóvenes. Entendieron que sus bellezas encajaban como piezas perfectas y que pasarían juntos el resto de sus vidas, cuando entraban en una sala o en un restaurante todas las miradas los perforaban mascullando si no serían esos famosos del cine o de la TV. En la cama follaban como en una competición, tan duro y con tanta perseverancia que fue inevitable que al cabo agotaran las partidas, sintieran el cansancio de la familiaridad y se vieran obligados a acudir a clubes de intercambio, qué pensarían sus amigos si lo supieran. Fueron prudentes, buscaron las referencias correctas, condujeron hasta los polígonos de extramuros, se atrevieron a entrar en uno de los clubes a pesar de la decoración prostibularia, pisaron las planchas de suelo laminado y se ofrecieron en la sala común, donde todas las mujeres tenían aspecto de galgo en lencería y todos los hombres se afeitaban con navaja de barbero. La Feroz no quiso parecer una idiota y se dejó compartir por un grupo de hombres atónitos mientras el concejal la observaba.

Regresaron conduciendo en silencio y al llegar a casa follaron el uno contra el otro sintiéndose sanos y refulgentes en contraste con la zafiedad de aquel proletariado sexual. No volverían. Decepcionados, seguían necesitando nuevos alimentos para no morir de inanición pero repudiaron el contacto con la carne verdadera y decidieron nutrirse del hambre de los miles de usuarios del carrusel de webcams, un subterfugio aséptico que los previno de la sordidez de los clubes y les proporcionó nuevos alicientes económicos y sexuales: los tokens obtenidos al final de la jornada, el fervor y la adoración de miles de desconocidos que se habrían arrancado los ojos para rozar un centímetro de su tobillo, la captura de vídeos que atestiguaban cada episodio como en una teleserie. Algo cambió en ella la primera vez que se vio en la pantalla. Quizá fuera a causa de la máscara o de la visión de su cuerpo en movimiento, tan semejante a las estrellas del cine porno. *Doppelgänger*: la Feroz padeció un desdoblamiento fantasmal que le impedía apartar los ojos de sí, hechizada por el cromo de su propia imagen, qué hermosa era, su boca, sus pechos, su culo, su vagina tan solemne como un arca de la alianza. Cien veces veía cada uno de los vídeos y cien veces se relamía consigo e ignoraba la presencia de su marido, no más que una herramienta a su servicio. Con un programa de edición habría podido remplazarlo por un desconocido o por un autómata, le sobraba, y al cabo se convenció de que nada sería distinto si no él existiera. Tampoco disfrutaba de la paz del hogar, de la familia próspera, del dinero logrado sin esfuerzo, no. La ansiedad le mordía las entrañas como un gusano inquilino. El rumor de la web, populosa de usuarios que reclamaban sus apariciones, apenas le sirvió de vacuna durante algunos meses. Los hijos deambulaban por la casa como espectros, a veces al cuidado de las niñeras y otras veces solitarios como vampiros, ella se esforzaba por ser la madre atenta que no interviene en sus riñas pero sabe acariciar sus decepciones, la madre amorosa que consiente sus caprichos. No deseaba besarlos ni fingir que la cama era un barco o una cueva debajo de las sábanas, le fastidiaban sus juegos, le abrumaban sus enfados, padeció el terror de pensar que la piel que abrazaba era la misma fragua de su marido, el mismo músculo, los labios vaginales se abrían al contacto de sus cuerpecitos, órganos adiestrados. Los niños crecían absortos, la Feroz los observaba como a criaturas de buena raza, selección genética, alienígenas ultracuerpos; a veces soñaba que se levantaban de sus camitas, se arrastraban hacia ella como reptiles y le arrancaban el corazón con las manos.

No era feliz salvo cuando su cuerpo percutía en la pantalla, y no necesitó psicólogos ni el consejo de una amiga de café para descubrir que se hundía en el foso de la depresión sin remedio. Imaginó los tratamientos, el protocolo médico, los ansiolíticos, los consejos del terapeuta, decir porno y adicción en una consulta, recuperar el contacto con viejos conocidos, salir a caminar, pedir auxilio, buscar un trabajo satisfactorio. Pobre Gabi, tan pequeño, pobre Candi, tan aprensiva. La Feroz era una niña de perla en el lóbulo condenada a la tristeza, y no estaba dispuesta a caer en la trampa de la psicoterapia. Las horas transcurrían lentamente en el planetario, la luz del mediodía le apretaba las sienes, el concejal pasaba todo el día fuera de casa, y ella sentía deseos de arrojarse al vacío o de follar con el primer viejo que se cruzara en la calle, no me llames al trabajo, enana, pueden oírnos, le decía su marido, son días complicados. Las viejas del barrio se habían rebelado contra la ordenanza y el concejal sufría sus propios tormentos mientras la Feroz se conducía a la deriva.

Una mañana apagó la webcam, encendió la TV y encontró el estímulo definitivo para romper con el resto: en un programa matinal se retransmitía el cerco del barrio de las casas baratas, la Feroz pensó en las tribulaciones de su pobre marido, en aquel eureka ingenuo que pronunciaron juntos y en el destino aciago de sus esfuerzos de regeneración, pero apenas escuchaba las palabras de los expertos hablando de ninguna cosa cuando detrás de ellos se proyectó la imagen de un chico enmascarado que sacudía a un poli antidisturbios con golpes de superhéroe, uno, dos, tres, las balas de goma rebotaban contra su cuerpo, la camiseta cortada a tijera, cromo tan hermoso como un anuncio de perfume.

La escena se repetía en bucle, y la Feroz se embobó; cabe decir, entiéndase, que se enamoró de aquel chico que cabalgaba a lomos del policía como pudiera hacerlo sobre ella. Abrió el cajón de los utensilios, eligió un dildo brillante como una daga, encendió el ordenador, se identificó en el carrusel y se ofreció a los usuarios, perforándose delante de la webcam hasta las lágrimas. Los oficiantes del sacrificio aullaban de placer inesperado, no dejaban de teclear halagos, insultos y proposiciones, la Feroz soñaba con que el boxeador fuera uno de los webcamers sobreexcitados porque el mundo es pequeño, podría ocurrir. En contra de sus costumbres, desplegó la ventana de mensajes para escuchar las súplicas de los devotos que le pedían su dirección de correo, un teléfono, un contacto, una cita, escribe mi nombre sobre tu cuerpo. Quería encontrar al chico revientapolicías entre su audiencia, lamer sus brazos delgados, deslizar el cinturón de sus vaqueros y perder los dedos en el elástico de su ropa interior. El espectáculo del carrusel es la botella de un náufrago: la Feroz se enmascara con el mismo pañuelo, rasga una camiseta idéntica y la enrolla sobre sus pechos, es un mensaje, una gota en el océano, un silbido en el bosque; si lo encontrara, si el chico apareciera mezclado entre los usuarios con un nick revelador, puñodeacero, máscaraylátigo, vindicadorurbano, la Feroz sería capaz de dejarlo todo y servirle de esclava, el liberto que se adueña de la joven patricia, heredera de una familia de cónsules, puedes hacer conmigo lo que quieras, me he rendido ante ti. La Feroz necesitaba amor y aventuras de cómic para adultos, repitió el sacrificio sin resultado durante los días que siguieron, el dildo bruñido como el escudo de Perseo, pero no consiguió inclinar la ley de probabilidades a su favor; las coincidencias sólo ocurren en las novelas americanas, los guerreros antisociales no consumen porno amateur.

La Feroz sufrió una crisis de conciencia: quizá no pertenecía a la clase adecuada, pensó, quizá la belleza y el aspecto saludable no eran atributos naturales de los suyos, los que vivían en casas soleadas con jardines y plantas trepadoras, los que confiaban en la prosperidad, el futuro apacible y el dulzor de los vestidos de verano, sino de los otros, de los oscuros, de las chicas lumpen de las que hablaba su marido y que siempre visten con mallas y camisetas infantiles, los chicos hostiles que aguardan a sus presas en el cruce de las avenidas, el chico hermoso de la camiseta recortada, sin musculación ni cuidados faciales, puro y honesto, tan contrario al concejal. Según los códigos establecidos, el sexo de los dioses transcurre en las amplias habitaciones de California, luz blanca, butacas de piel, mesas de metacrilato; pero tal vez suceda, pensó la Feroz, que los verdaderos lances olímpicos ocurren en los cuartos miniaturizados de las casas de extramuros, sol naranja entre los intersticios de la persiana, la cama estrecha, las sábanas estampadas con flores, cachemiras o pavos reales. La Feroz deseó inmolarse, abandonar la comodidad del ático-planetario y la aristocracia de sus cuentas corrientes, mezclarse con el pueblo, abrir las puertas del château y ofrecer su propia soga y su propia antorcha. Había puesto un pie en el otro lado, lejos de la supervisión y del amor de su marido, que no podría hacer nada para retenerla, ni ganar batallas urbanas, ni acumular dinero de inmediato, ni vencer a sus perseguidores en el juicio de las facturas. Se alejaba. A partir de la lista de suplicantes de la web comenzó a formar una agenda de amantes futuribles a quienes, como las pruebas de vida de los secuestrados, les pedía que se fotografiaran sosteniendo un periódico donde apareciera explícita la fecha, no valían engaños para este trance, si querían un encuentro real con la estrella del carrusel debían plegarse a sus condiciones, ella les regalaría sesiones de porno orgánico de incalculable valor a cambio de su obediencia ciega, fabricaría una filmografía privada sólo para sus ojos, nada de marcas ni azotes, nada de nombres verdaderos, antes de subir a la habitación los escrutaba desde la vidriera de un café, si le satisfacían salía a su encuentro y se fijaba en sus manos y en sus uñas, todo debía ocurrir durante el lapso del horario escolar, casi siempre al mediodía. Los eligió jóvenes, canijos y suburbiales en recuerdo al chico de la camiseta cortada a tijera, cuya imagen se diluyó lentamente en la multitud.

Fue una timba sin pausa. Ya no le resultaban tan terribles ni el esplín ni la soledad de las mañanas ociosas si en el mundo había tantos hombres lumpen que querían colmarse con su belleza. Al principio era prudente como una espía, procuraba que no quedara ningún vestigio, lavaba su ropa con desinfectante, guardaba las grabaciones en archivos ocultos, borraba los movimientos de la tarjeta de crédito, tomaba anticonceptivos y exigía certificados de VIH para evitar el remilgo de los preservativos. Después fue olvidando esas precauciones, como si deseara que todo acabara con un estallido, en el ordenador que compartían copió al descuido los vídeos más ofensivos, se quedó embarazada. El concejal del distrito no lo supo hasta que ya era tarde; después del nacimiento de Gabi se había sometido a una prudente vasectomía, todo se ha consumado, todo se consumó tantas veces, pobre concejal perdido en el laberinto del desamor, las injusticias sociales y las aspiraciones infundadas. Apenas conversaron, no se despidieron. El concejal besó a los niños, recogió algunas cosas, tomó nota del apellido de sus abogados y se marchó. En el coche vertió las lágrimas más severas, condujo durante horas en torno a las rondas de circunvalación de la ciudad mediana, atravesó la tristeza de los parques periurbanos, la desolación de los nódulos industriales, agotó el depósito, se detuvo en el margen de una vía de servicio y durmió sin sueños. Reme y la Feroz eran la misma cosa, nacidas en otro tiempo y otro espacio, pero el mismo enemigo al que debía enfrentarse en combate singular.

3

LA ASAMBLEA

> *Se despertó al mediodía, comió un poco de pan, bebió agua en un arroyo, y antes de comenzar la marcha, leyó un trozo de los* Comentarios, *de César. Reconfortado su espíritu con la lectura, se levantó y siguió andando.*

Prudencia y discreción son los atributos del paladín homérico: el concejal del distrito guardaba la bolsa del gimnasio en el maletero del coche para evitar que los murmuradores lo vieran atravesar los pasillos con el morral al hombro; por eso pudo cambiarse de ropa de camino al barrio de las casas baratas, abandonar el pellejo de teniente de alcalde y vestirse con un muda que pensó que le haría pasar desapercibido. El coche cruzó las avenidas del ensanche y se detuvo en una calle segura donde el conductor accedió a esperarle, malhumorado, usted sabe lo que está haciendo, ¿verdad, señor?, y el señor asintió, eso creo.

Hacía una noche linda de primavera prematura. Las viejas habían sacado las sillas a la calle y parloteaban como chicharras. Un orador de casulla de lino les rogaba que guardaran silencio para dar comienzo a la asamblea, pero las chicharras seguían frotando sus alas al calor de la vecindad y de la convivencia recién recuperada. El concejal se apostó en los soportales para tener una mejor perspectiva. Pensó en la caracola de *El señor de las moscas*, lectura obligatoria de aquel colegio inglés adonde lo enviaron sus padres, apenas recordaba alguna línea del argumento, niños perdidos en una isla desierta, jabalíes y lanzas de madera, una caracola que debía sostener quien tomara la palabra. Alguien le arrebató la suya al orador estrafalario, pero al fin hubo una tregua por agotamiento y dio comienzo a su discurso con palabras leves que se perdían en un conjunto de lugares comunes acerca de la igualdad y la justicia, el barrio es nuestro, nadie vendrá a decirnos lo que hacemos bien o lo que hacemos mal. A su lado había una chica triste consumida por el muesli, el pan de avena y el resto de sustancias insalubres que sirven de alimento a los de su especie, la alimentación es la fuente de la belleza, el concejal tiene que pelear con la Feroz para que coma carne roja, la Feroz se queja como una niña inapetente, el concejal insiste, los bistecs nutren el espíritu, mi pequeña carnívora. La chica tenía los ojos hundidos en las cuencas, dos semillas de alpiste en el lugar de las pupilas. El concejal imaginó su pubis hirsuto, las uñas mordisqueadas, el sexo basilisco, el dormitorio decorado con afiches, lamparitas e incensarios, la blandura de un chico que no puede sostener en vilo las piernas de su amada, huesos puntiagudos que lastiman la piel, costillas dibujadas como raspa de sardinas. Sintió lástima por aquella subespecie que se refugiaría en el engaño del amor romántico y el bálsamo de la cultura asiática para escapar de la biología, tan ingrata con ellos. ¿Qué ocurriría si fuera al revés, si fueran el chico de la casulla y la chica-pez quienes observaran a la Feroz y al concejal, los cuerpos de relámpago, el émbolo constante y las nalgas euclidianas, ni un vello, ni una estría, sólo las rojeces de las bofetadas consentidas, la huella de una palmada en el culo de bronce? Quizá ya lo sabían, quizá el orador era uno de los visitantes nocturnos del carrusel de webcams, como deseaba la Feroz que hiciera el chico de la camiseta recortada; quizá ocurre que, cuando la chica-pez se va a la cama para leer sus tratados neomarxistas o sus manuales de agricultura ecológica, el orador le dice que debe terminar aquel artículo sobre la guillotina moderna o cualquier otra excusa que evite el trance de dormir juntos sin procurar un roce ni un rasguño, y entonces enciende el PC, teclea la dirección del carrusel, se identifica como usuario y hace clic en el show de su pareja favorita.

El concejal esperaba arengas, llamadas a la acción, poses revolucionarias, la rutina de los cuadros sindicales, pero la asamblea no era más que el bullicio de una reunión de vecinos que discuten por el desprendimiento de una cornisa, y el concejal se sintió tan decepcionado, ¿dónde se esconden los conspiradores, los jacobinos, dónde los castristas, las células durmientes de las brigadas negras que vinieron a derrocarme? El chico estrafalario y la chica-pez eran los únicos personajes que encajaban en el molde, las vecinas sólo querían saber qué pasaría si comenzaba a llover, todas conocían el detalle del parte meteorológico porque apenas apartaban los ojos de la siemprencendida pero les angustiaba que unos chubascos arruinaran el tenderete. Fue entonces cuando el concejal se fijó en una vieja de pelo trenzado que apaciguó la inquietud hablando suave como se habla a los niños y diciendo cosas que no sonaban a revolución sino a afecto y espíritu comunitario. El concejal recordó un volumen de estrategia política leído en los años de la facultad que establecía la taxonomía de los distintos modelos de liderazgo: la vieja sioux encajaba en todas las casillas del cuadro sinóptico, era el rabino en el gueto, el capo en el arrabal, el hombre de respeto del clan y el druida de la tribu; y el objetivo, por tanto, de la bala del francotirador agazapado en los tejados, el concejal imaginó un disparo certero deshaciendo el primer nudo de la trenza, bang, el proyectil saldría por el ojo izquierdo, la víctima tardaría unos segundos en desplomarse, habría llantos, vómitos y una fugaz rebelión, hogueras encendidas y cristales rotos, pero la revolución se disolvería como el azúcar sin la presencia del líder, el alcalde suspiraría de alivio, las viejas regresarían a sus casas, los barones atenderían sus negocios, el concejal sería nombrado delegado del gobierno con honores de gran pacificador.

Vencido por la tozudez de las vecinas, el chico de la casulla hizo un último esfuerzo y parloteó, es el momento de ampliar el campo de batalla ahora que los ojos están puestos en el barrio, en este cuaderno escribiremos nuestras peticiones, nuestras quejas contra tantos años de abandono e injusticia social, será nuestro *cahier des doléances* de 1789, y no daremos un paso atrás hasta que el concejal del distrito escuche nuestras demandas. Las viejas nihilistas se burlaron, qué cuaderno ni qué ocho ni nueve, ¿pero va a llover o no?, y el concejal sintió una pizca de orgullo al oír su nombre en voz alta. Fue en ese instante cuando una mano grave como un monstruo de piedra se posó sobre su hombro, quién eres tú, y el concejal se volteó para enfrentarse con el capitán Robe, que patrullaba el perímetro en busca de punks salidos de madre, polis infiltrados y barones invasores de otros barrios. Si Reme era el general y las viejas eran los miembros del senado, si el chico estrafalario y la chica-pez eran los tribunos, entonces Robe sería el prefecto de la república; cada cual participaba con una cuota en la fantasía libertaria.

Palideció. Nunca antes había estado tan cerca de un espécimen lumpen tan logrado, ni siquiera durante los combates de kick boxing, donde enseguida se percibía que los modos arrabaleros de los luchadores tenían mucho de fingimiento, la mayoría provenía de familias no menos nobles que la suya. Pero aquel chaval era distinto, pura raza sin impostura en sus oros ni en su hoodie ni en sus perforaciones ni en su mirada, un verdadero salvaje nacido en la reserva india, y al concejal, cuyo seguro médico cubriría la pérdida de piezas dentales, un sudor frío le corrió por la espalda como el cazador que piensa yo qué hago aquí, la bestia ya no es perfecta sino letal y maloliente y no hay bravura en la lucha sino la certeza de que bastarán unos segundos para que te haga pedazos a pesar de tus músculos, tus movimientos defensivos, todo lo que aprendiste del instructor del dojo y nunca pudiste utilizar en un combate sin reglas, tú no tendrías valor para golpear a nadie fuera del ring, hacer saltar una dentadura, y Robe sin embargo lo haría sin cerrar los ojos y sin saber artes marciales, repitiendo una costumbre que ya le aburre, aunque tal vez luchar contra ti le resulte divertido, tu finura de alta burguesía te había delatado, uno de los soldados que acompañaban al capitán te arrastró de la manga para traerte a la luz, quién eres tú, señorito, volvió a preguntar.

Los soldados: carne bruta, orcos de vanguardia dispuestos a recibir el primer golpe con una sonrisa; el capitán, en cambio, era un chico listo con costumbres de viejo, le gustaba desayunar en el bar de la plaza, pedía el periódico, pasaba las páginas sin relamerse con los anuncios de contactos, le sonaba la cara de ese tipo escondido en los soportales. El concejal se zafó de la presa y echó a correr como un gamo justo cuando Robe cayó en la cuenta de quién era el intruso. Se sintió herido en su orgullo, el enemigo ha venido a nuestro territorio a descubierto, sin escolta ni explorador adelantado, ¿pero tan vulnerables somos?, atrapadlo y enseñadle un poco de respeto, clavaré su cabeza en una pica y se la ofreceré como tributo a la linda Usanavy, yo seré el líder de esta revolución y cuando todo acabe no habrá nadie que se atreva a discutir mi jefatura, Usanavy y yo reinaremos en el barrio hasta el fin de los tiempos, nuestros hijos heredarán la dinastía.

No hubo combate. Los barones eran carne escurrida, fumaban, bebían, ingerían montañas de triglicéridos, no eran rivales para el concejal, que saltó como un atleta sobre el capó de un coche y los dejó atrás con la elegancia de un personaje de videojuego que se desliza por rampas multicolores. Oyó sus aullidos y el soplo de sus pulmones, no miró atrás, siguió corriendo hasta que abandonó el barrio y llegó al lugar convenido, le gritó al chófer que arrancara, los perseguidores parecían hormigas al final de la calle, el coche derrapó como en el cine. Ya a salvo, el chófer le dijo que no volviera a contar con él para ninguna de sus aventuras, enviaría un reporte al gabinete contándole todo lo que había ocurrido, tengo mujer, hijos e hipertensión, no me merezco esto. El concejal se disculpó sinceramente, el corazón le batía en el pecho como las alas de un insecto.

Cuando llegó a casa los niños ya estaban dormidos

pero la Feroz seguía en pie de guerra, protestando por tantas horas de soledad y exigiendo su asignación sexual diaria. El concejal no quiso juegos ni webs, la Feroz se quejó amargamente de su desgana, de dónde vienes a estas horas, con quién has estado, es esa secretaria nueva otra vez, ¿no te cansas de follar con ella?, quiero verlo, quiero ver cómo folláis juntos, te perdonaría si lo hicieras para que yo rabiara de celos, pero no, tú te has enamorado, te enamoraste de ella, ¿cómo pudiste?, la chica recién llegada a la oficina, es tan tópico, me desprecias, te buscaste una puta que, cállate, le dijo el concejal, cállate, por favor, entró en el baño, cerró la puerta y trabó el pestillo para que los puños de la Feroz se estrellaran contra la madera lacada.

Supo que todo estaba perdido.

Que el alcalde anticiparía su regreso para ahogarlo con sus propias manos.

Que el jefe de prensa lo acusaría de desobediencia.

Que el secretario del partido lo expondría ante los jueces.

Que los jueces harían escarnio con su figura.

Que la Feroz lo desangraría con un divorcio vesánico.

Todo estaba perdido.

El cargo, el dinero, el prestigio, la casa, la custodia de los hijos, los tokens acumulados en el carrusel, su perfil de usuario.

Si hubiera sido un soldado japonés, no habría esperado a la mañana siguiente para abrirse las tripas, honor y honra derramados sobre las losas italianas del baño; pero sólo era un niño cobarde de coche teledirigido que llora con ahogo y no se atreve a pedir disculpas, y recordó una vez que iba de la mano de su padre para ver las procesiones, cruzaron el centro de intramuros, tumultuoso, y pasaron junto a uno de esos carrillos que vendían globos, dulces y cartones con juguetes, se encaprichó de un juego de arco y flechas de Conan el Bárbaro, tenía ocho años, pataleó y lloró con moco hasta conseguirlo a pesar de que su padre le decía que cómo iban a ver las cofradías con eso, el niño prometió que no dispararía a nadie, y fue verdad que no lo hizo porque nada más abrir el estuche tensó la cuerda, ajustó una flecha de ventosa y rompió el juguete en dos mitades; los ojos de su padre se le hundieron en el cráneo como una punta de flecha verdadera. Ahora es lo mismo.

Avanzaron los trámites del divorcio y la cuaresma; en contra de las predicciones del jefe de prensa, el asunto del barrio de las casas baratas no se sofocó, las televisiones siguieron golpeando en el yunque del clamor popular, llegaron trenes y autobuses cargados de altermundistas para celebrar nuevas asambleas tumultuosas, una horda de piesnegros se instaló entre los arriates levantando sus campamentos en mitad de la plaza. Todas las tribus, todos los clanes: la revolución era un éxito, las viejas se encerraron en sus casas, aterrorizadas. Al borde del ictus, el alcalde aullaba por los pasillos buscando un culpable, hay que desalojar la plaza a sangre y fuego con tropas imperiales. El jefe de prensa intentó sofocar la ira de Zeus ofreciendo un sacrificio humano: desposeyeron al concejal del chófer, le anunciaron formalmente que había sido expulsado del equipo de gobierno aunque su destitución no se hiciera pública hasta después de la SS para que los rebeldes no interpretaran el cese como una victoria, lo confinaron en el despacho bajo arresto y le negaron los abogados que necesitaba para defenderse en el caso de las

facturas con alguna posibilidad de supervivencia. Todo
perdido
espacio vacío
destrucción
miseria
la dinastía del prócer
la dignidad
las porciones de dinero futuro
desvanecidas
la Feroz ardiendo en llamas
como la Antorcha de los 4F,
en las hojas del dietario, ya sin citas ni llamadas urgentes, el concejal escribía poemas desprovistos de sintaxis que hablaban de ruina y depresión, como el preso que aguarda la sentencia previendo la cadena perpetua, habría saltado por la ventana si no estuviera trabada como la cápsula de un cohete, los edificios inteligentes no necesitan que nadie ventile los despachos, el aire fluye desde el condensador hasta las estancias evitando cerrajes, constipados y suicidios. Pero el concejal no se conforma, resiste aún, es un luchador de kick boxing que se levanta de la lona en el último asalto, es uno de los Siete contra Tebas, es Rob Machado remontando a pulso en un rompiente Anchor Bay. Lo ha perdido todo. Sobre el escritorio de madera de haya sólo conserva un ordenador y un teléfono, los instrumentos mágicos de la civilización occidental que sirven para hacer el bien o para atraer a las sombras, con un teléfono se contrata a un sicario y se denuncia un crimen, con un teclado se redacta el auto de un juez, una carta de disculpa, la delación del amigo, la novela del barrio rebelde. Redención: un texto o una llamada que consiguiera disolver la bronca, que los punks desmontaran los campamentos por propia voluntad, que los altermun-

distas aceptaran un acuerdo de mínimos, que las vecinas volvieran a ser viejas de novena en lugar de brujas trotskistas. El concejal comprendió su misión de soldado: tenía que saltar en paracaídas detrás de las líneas, emboscarse, encontrar a la jefa sioux de la trenza blanca. Dinero. Ofrecerle dinero a manos llenas. Si lo consiguiera, si pudiera deshacer el entuerto sin derramar sangre de antidisturbios, tal vez el alcalde apreciaría su talento para las negociaciones, quizá el jefe de prensa pidiera que no se condenara por un pequeño error a un chico tan hábil, acaso en el partido reconsideraran su decisión y lo protegieran con dietas y togas. Al cabo de unos años recordaría el cuento de aquella ordenanza infructuosa como una anécdota que se cuenta a los postres de una cena con amigos y de la que se extraen conclusiones antropológicas, el pueblo es ingobernable, prefiere la degeneración al progreso, hay que engañarlo, seducirlo, dejar que hable mal de nosotros para que se pliegue a la razón de la aristocracia.

Sí, ése será su cometido: tiene que encontrar a la vieja sioux y comprar su voluntad como hacía Roma con los caudillos bárbaros, soy el enviado de César y he venido a apaciguar la cólera, Roma vino a salvarte de ti mismo. Pero sería tan difícil convencerla para que acudiera a una cita de gabardina y periódico. El chico estrafalario y la chica-pez, en cambio, era objetivos propicios. Encendió el ordenador, tecleó algunas palabras, comprobó que en un par de semanas se multiplicaron las referencias, había plataformas de apoyo, sitios comunales, un pequeño infinito. Ni siquiera sabía sus nombres pero no hizo falta hurgar demasiado porque el chico-activista escribía con incontinencia en un blog donde narraba cada cosa que ocurría en el barrio del Patronato, también una etopeya de la vieja sioux, bastaría con enviar una nota de auxilio a la pestaña del contacto desde su correo corporativo, flamante extensión municipal con el membrete del ayuntamiento, dirigiéndose a él como portavoz de la insurgencia para ofrecerle una cumbre de Estado, cese de las hostilidades, pax romana. El activista, entusiasmado por el aroma institucional de la propuesta, le contestó enseguida comprometiéndose a llevar consigo a la vieja aunque fuera a rastras.

En la facultad había asistido a un seminario sobre estrategias de persuasión, apenas se acordaba de algunas nociones primitivas, entonces era muy joven y todas aquellas chicas burguesas lo miraban de esa forma; el dinero que ingresaban sus padres parecía suficiente para cubrir sus despistes escolares. No, no recordaba demasiado de todo aquello, y aun así confiaba en la brecha social que distinguía a los adversarios: ella era una vieja chiflada y él era un tarado altermundista, el concejal los devoraría con su elocuencia, los ahogaría en sofismas, los seduciría con sonrisas blancas; sería su golpe maestro, la incursión en la retaguardia para desactivar la fuerza de combate del enemigo, todos le estarían tan agradecidos al final de la jornada. Se citaron en una cafetería, cerca del ayuntamiento. Procuró llegar algunos minutos tarde para favorecer su inquietud y entró con paso decidido, oteando por encima del resto de clientes y estrechando sus manos como haría un vendedor de coches. Durante los primeros minutos quiso apabullarlos con argumentaciones acerca de la necesidad de ciertas normas comunes en todas las ciudades, entendía, claro, su postura, su rebeldía, etcétera, y reconoció que no fue el modo correcto de hacer las cosas, aunque debía advertirles de que estaban siendo manipulados por elementos ajenos al barrio cuyos intereses eran muy distintos a los suyos, esos punks llegados en autobuses, esa mugre que pondrá en peligro la convivencia de un vecindario honesto donde nunca hubo altercados ni insurrecciones. *Insurrecciones.* Una simple palabra inadecuada. Dijo *insurrecciones*, y lo lamentó enseguida porque el rostro del orador altermundista se iluminó de orgullo, una palabra bastará para sanarme. Si los hubiera ablandado con pactos y aplazamientos tal vez la vieja Reme habría regresado al refugio de la siemprencendida olvidando el asunto, quizá el chico hubiera vuelto al barrio pidiendo que se desbarataran los campamentos; pero el concejal dijo *insurrecciones*, y la palabra sonó tan noble, tan mullida en su boca aristocrática que el activista se colgó del anzuelo y abrió el cuaderno de quejas, la mayoría inventadas por él mismo o por la chica-raspa, página uno. Todo le pareció absurdo, manoteó el cuaderno, discutieron, alzaron la voz, el camarero los miró con recelo, el concejal se sintió vencido por el cansancio, el activista prometió que los campamentos no se moverían de la plaza hasta que el ayuntamiento se comprometiera al blablablá de algunas cosas inasumibles. Zumbaban las ráfagas del parlamento y la vieja sioux permanecía quieta en su sitio, sonriendo estúpidamente como si viera un programa de TV. El activista tiró de ella, vámonos, esto no tiene sentido, pero el concejal le pidió por favor, señora, quédese usted y hablemos, y la vieja lo hizo porque enseguida supo que el concejal era la estampa viva de Juanito Santa Cruz, aquel delfín de la pañolería de Galdós, *chico guapo, poseedor del arte de agradar, hijo único de padres ricos, inteligente, instruido, de frase seductora en la conversación, pronto en las respuestas, agudo y ocurrente en los juicios*, el alfil con el que había soñado mientras leía los suplicios de Fortunata, *sus papás eran muy ricos y no querían que el niño fuera comerciante*, una de las primeras novelas que extrajo de la caja de los libros repentinos, *vestía con elegancia y tenía tan buena educación que todo se le perdonaba*, y que cargaba a todas partes como un breviario a pesar de su grosor de adobe, —*Conocí a una mujer... cosas de muchachos. Pero déjame que empiece por el principio. Érase una vez un caballero anciano que cayó enfermo*, no le pasó con *Fortunata* como con otras novelas de la caja, de las que apenas entendía nada, *y sus amigos fueron a verle, y uno de estos amigos, al subir la escalera de piedra, encontró una muchacha que se estaba comiendo un huevo crudo*, no, aquel libro repentino estaba escrito para ella sola, *una salvaje que no sabía leer ni escribir*, era un diario sentimental con llave y candado, un manual de instrucciones transparente como un cuento infantil, *hay que poner la mano sobre el corazón del pueblo, que es sano, pero a veces sus latidos no son latidos, sino patadas*. Será razonable conmigo, ¿verdad, señora?, estos chicos no entienden nada, sólo quieren presumir y salir en las noticias pensando que hacen algo importante, y se lo concedo, ustedes ganaron el combate, nos han derrotado, la victoria es suya, pero ahora retiren los cordeles y vuelvan a casa para celebrarlo, todos la imitarán si usted da el primer paso, estoy dispuesto a cualquiera cosa, dígame qué desea a cambio, una televisión nueva, un electrodoméstico, dígame una cantidad, una cifra, le hará falta el dinero cuando ya no pueda valerse, dígame cuánto y yo se lo daré a cambio de que esta pesadilla acabe, el concejal sentía que le iba a estallar la cabeza, las venas le palpitaban en la frente como una fiebre ocular.

Reme no se movió de su sitio hasta que oyó dígame cuánto. *Fortunata se sonrió un poco. Aquella sonrisa iluminó su pena un instante; pronto su rostro quedó envuelto otra vez en una seriedad sombría, señal de la duda horrible que agitaba su alma.*

—Eso de la honradez es muy bonito —prosiguió Feijoo—. No hay nada que se diga tan fácilmente y que luego resulte más difícil en la práctica. Yo creo que usted ha querido decir honradez relativa...

—No; yo quiero ser honrada a carta cabal, honrada, honrada.

Muerte al delfín de los Santa Cruz, dijo Reme entre dientes antes de marcharse, como una maldición incomprensible. Noqueado, el concejal permaneció con los ojos fijos en una esquina de la mesa, el camarero lo observaba con inquietud, los clientes murmuraban. Luego caminó hasta su casa muy despacio como hacen los que no van a ningún sitio. La luz del alumbrado público cubría los árboles como una membrana, sintió cierta paz dentro de la cápsula de sus pensamientos, era muy tarde, madrugada. Entró por la puerta del garaje subterráneo, se encerró en el coche y durmió hasta que la aurora roja se filtró por el tragaluz.

Al día siguiente el delegado del gobierno anunció el desalojo de los campamentos. Los escuadrones de antidisturbios cercaron el barrio, la vieja Reme se puso al frente, recitó a Valle-Inclán y se dejó golpear. Después sonó la melodía del crac, que la conduciría por encantamiento al hospital de los huesos rotos, como un epílogo.

EPÍLOGO

Los dioses repartieron premios y castigos. En contra de lo previsto, el concejal no fue destituido de su cargo pero tuvo que pleitear por la custodia de los niños y aceptar el suplicio del régimen de visitas y las vacaciones alternas. Su tabla de salvación fue el incidente de las facturas falsas, paradoja: el secretario del partido recibió la consigna de proteger a cuantos ediles estuvieran inmersos en denuncias de corrupción para no demostrar debilidad delante de la opinión pública, somos un partido honesto en todos los frentes, no habrá dimisiones hasta que termine el proceso, y eso puede durar años. Conservó el despacho, recuperó el coche y la asesoría, el jefe de prensa le auguró un futuro prometedor una vez que la enfermedad del alcalde ya no pudiera ocultarse, serás el nuevo candidato en las municipales, ganarás las elecciones, o bien te nombrarán diputado, tal vez senador, déjalo en mis manos. Era una pieza deseable, tan guapo, tan desvalido; la nueva chica del gabinete no tardó en ofrecerle cama, ternura y compañía, pero el concejal no encontraba consuelo en ninguna cosa, ni en la inesperada progresión de su carrera política ni en los besos húmedos de la recién llegada, que fingía dormir sobre su pecho de roble sin atreverse a preguntar qué te pasa, mi amor, que nunca descansas ni se te borra de la frente esa nube. De noche se levantaba a tientas, encendía el ordenador y rastreaba las páginas libertinas detrás de un nuevo vídeo, un escorzo, una fotografía robada de la Feroz, que ni siquiera había buscado excusas cuando el concejal descubrió las grabaciones de los lances prohibidos, yo estaba sola todo el día y tú no me hacías ningún caso, fue culpa tuya. Embarazada, su rango como estrella del porno privado subió algunos puntos en la escala del bizarre, el concejal contemplaba las evoluciones de aquella barriga satélite sobre el cuerpo de amantes desconocidos, decenas de amantes jovencísimos y cubiertos de tatuajes que le apretaban el cuello con las dos manos y le decían las peores cosas con el peor acento de extramuros mientras ella se derretía de amor verdadero. Reconocía cada accesorio de su industria sexual, las medias, los arneses, los zapatos, tantos objetos que él mismo le había regalado; y su voz, reconocía su voz repitiendo las mismas arengas de la celda de pladur, las frases temibles y puercas que encolerizaban a los usuarios del carrusel durante los años felices, su voz ronca de niña resfriada, mi mujer, mi amor, la enana lunática que dejé que se aburriera en el ático del esplín, yo provoqué todo esto igual que provoqué la rebelión de las viejas del barrio, y la tristeza infinita de Candi, y el malestar continuo del pequeño Gabi, los ojos amarillos, la piel de papel.

Los campamentos se disolvieron poco después de la carga de los húsares. Hubo días de carreras y persecuciones, pero la revolución cansa y los bolcheviques también añoran la cena caliente y el sopor de los días iguales. Al fin se alcanzó un acuerdo espontáneamente, sin reuniones en la cumbre ni propuestas sobre la mesa: los vecinos se acostumbraron a tender la ropa en los balcones con cierta discreción, evitaban hacerlo a media mañana y ocultaban en el baño las prendas más vergonzosas; las patrullas menudearon las rondas y las sanciones, el ayuntamiento guardó algunos fondos para rehabilitar las fachadas de los bloques, se curarían las paredes de yeso, se cubrirían las azoteas con tela asfáltica y se afianzarían las cornisas, hubo andamios, obras públicas y operarios que rascaron el óxido de los arriates y enlosaron el albero de la plaza, pero las plaquetas con el yugo, la flecha y el emblema del prócer serían respetadas por su innegable valor como testimonio de la historia.

El activista-Leo sufrió el mismo tormento que el concejal: irresponsablemente, la chica-pez se enamoró como una idiota de un neopunk que recitaba en francés a Paul Éluard y disparaba la honda con la puntería de un arquero. Veterano de muchas broncas internacionales, el neo era divertido, belga, poeta y rubio, mientras que el activista se había vuelto tan oscuro y tan común como una comadre de casapuerta. El romance surgió durante las veladas de los campamentos, cuando las tribus confraternizaban en diferentes idiomas y afilaban las armas antes del asalto. Eloísa había despertado del trance de su depresión con los sentidos hiperdesarrollados en el centro de aquella muchedumbre de energía y belleza sucia, se extravió aposta, visitó la lona del belga, se rieron de los malentendidos idiomáticos, se besaron con la boca abierta como ya nunca la besaba su enfermero. Cuando la bronca terminó y el campamento fue barrido por las brigadas de limpieza, los amantes desaparecieron sin una despedida, una disculpa, evaporados hacia otra colonia de combate, tal vez otro país donde florecieran nuevos movimientos vecinales. Ni siquiera quiso recoger sus cosas, los libros, la ropa, los afiches, el temario de la oposiciones; apenas el pasaporte y una bolsa con blusas y cuadernos. El activista lloró de ira recordando el momento en el que conocieron al poeta belga y le estrecharon la mano, afectuosos y optimistas, eran los días de la primera intifada, antes de las cargas de los antidisturbios, y el poeta se presentó ante ellos como un espíritu lírico que buscaba la armonía de los combates cotidianos. Al activista el anuncio le pareció pura pretensión y soberbia, una estupidez lisérgica, una frivolidad literaria cuando estaban en juego cosas tan importantes; pero el neo era guapo y la chica-pez le puso ojitos de adolescente. El activista no supo entender lo que ocurría hasta que ya era tarde, en el armario colgaban sus vestidos intactos como en una mastaba, el olor ácido de su ropa sucia permanecía en la cesta. Abandonado, quiso convertirse a cualquier otra doctrina donde las chicas juraran fidelidad eterna y repudiaran el amor libre, vertió muchas lágrimas en el refugio de los incensarios, prefirió la soledad y el foso, apagó las luces, cerró las ventanas, buscó la mortificación para purgar el fracaso sentimental; ella le había enseñado a hacerlo durante los años de la depresión sin tasa, sólo tenía que imitar su figura, y hundirse, y desaparecer.

Román y el Devoto se cansaron de la soledad y del miedo al reproche, lástima que sus nanocasas no fueran contiguas porque habría bastado con tirar un tabique para unir su vidas de infortunio. No querían envejecer solos, eso fue suficiente, aunque a Román el primer beso le supiera a esparto; pudo acostumbrarse, tampoco le supo mejor el puñado de besos de su mujer, hace tantos años. El Devoto se había refinado durante su romance con el caballero de intramuros, que le enseñaba litografías y grabados homoeróticos, le servía vino en copas borgoñonas y le recitaba en susurros *puede el hombre, si quiere, conducir su deseo por vena de coral o celeste desnudo.* Como a un efebo, el Devoto condujo a Román con suavidad hacia las complejidades del amor masculino, podían pasar semanas sin que hicieran otra cosa que hablar y besarse como hermanos, confidencias nocturnas, la costumbre de una mano cerca de otra, a veces algún capricho higiénico que Román concedía sin desagrado pero sin apetencia. El fueguecito se extinguía pronto, y en ocasiones dormían abrazados. Luego acudían juntos a la parroquia y a las sesiones del cabildo, almorzaban al sol en una terraza del río, bebían cerveza, caminaban, rezaban rosarios, asistían a novenas, traslados y funciones, hicieron pequeños viajes a la costa y juntaron su dinero como un matrimonio. Se amaban, el Devoto siempre apagaba la luz cuando Román pedía que lo hiciera, y al día siguiente desayunaban en la plaza de los arriates con una sonrisa, la mano de uno sobre el muslo del otro, gratitud y exhibición delante de los ojos del barrio. Una noche ocurrió algo extraño: era el tiempo en el que el andamiaje de las obras de rehabilitación trepaba en las fachadas, hacía calor de horno y dejaron las ventanas abiertas, el Devoto buscó algunas caricias, Román cerró los ojos durante el trance, y al abrirlos le pareció ver en la penumbra una figura que los miraba y se reía, alguien que había escalado hasta su ventana a través de los tubos para comprobar si era cierto lo que se decía de ellos, que al carpintero le brotó el vicio de viejo y que se dejaba comer por el marica mítico. Román no pudo contener un grito agudo, femenino, el Devoto le dijo qué te pasa, Román se abrazó a él sin consuelo y lloró durante horas como nunca había hecho, deslizándose en sus brazos como un arroyo.

A Robe se le fue la mano durante la Gran Batalla, y todo terminó mal como ocurre en las buenas novelas. Comandaba a sus barones pugnando por hacerse un hueco en la primera fila cuando presenció el exhorto de Reme y la irrupción de aquel chico de la camiseta recortada que acudió en su auxilio, un forastero, un brigada negra recién llegado que no tenía derecho a acumular tanto protagonismo, su imagen reflejada en la lente de todas las cámaras. Robe perdió el sentido y se lanzó en descubierta contra el muro de escudos, los antidisturbios no eran molinos de viento sino trolls de las cavernas, y él era un héroe que blandía una barra de hierro como si fuera una espada de fuego; en su cabeza sonaban con estridencia las cornetas de SS tocando a rebato. Recibió tres descargas de goma antes de enlazar ningún mandoble. Desarmado, derribado y molido a golpes sin gloria, cayó ante los ojos de sus propios barones, que se retiraron prudentemente cada cual a su casa, cómo se puede ser tan imbécil, dijeron. Después fue lanzado como un fardo dentro del furgón policial, y cuando terminó la operación de limpieza fue conducido hasta los calabozos rodeado de otros despojos que se habían dejado capturar con la misma ingenuidad, en la caja olía a cuero y a sangre, a humillación. El secretario judicial notificó los cargos que se le imputaban, abundantes. Severidad y prisión preventiva contra los rebeldes para acabar con esta verbena: ésa era la doctrina de la fiscalía, los jueces ejecutaron lo que estaba previsto. Para su mal, no hacía ni dos semanas que había cumplido dieciocho años y no hubo compasión al conocer sus antecedentes, los agentes registraron su casa en busca de alguna prueba que pudiera servir para urdir una acusación de integración en banda armada o crimen organizado, espantaron a Anita con sonrisas lúbricas y se frotaron las manos al abrir la puerta del cuarto-desguace, donde había suficientes exvotos para encerrarlo de por vida, sargento, llame a la brigada de delitos informáticos. Pasó dos meses en preventiva sin una sola visita de Usanavy, tampoco de su mamá Anita, y cuando salió a la espera de juicio y regresó al barrio de las casas baratas no hubo ningún homenaje de ningún comité de apoyo a los presos. La casa estaba vacía, Anita se había evaporado llevándose sus cosas, el cuarto-desguace había sido esquilmado por los agentes, ni un cable, ni una tarjeta de memoria, ni un céntimo, nada, nadie, como si regresara de un viaje orbital alrededor de los anillos de Saturno, todo ha cambiado tanto en el planeta Tierra desde mi partida, los andamios de las obras municipales cubren las fachadas como exoesqueletos, las vecinas se adhirieron a las pantallas de la siemprencendida como insectos, los barones recuperaron con mansedumbre la desgana de la esquina como si nunca hubieran sido una milicia bajo mis órdenes; y Usanavy no asomaba su linda figura de metro cincuenta por ningún lado. Robe se consumía de vergüenza y desamor pensando en cuánto había perdido por una bravuconada, sintió la flecha de la burla a sus espaldas como aquel buche de gasolina, y capituló. Capturado, despojado, flagelado, llevado ante el juez, lanceado y crucificado: Robe-Cristo había cumplido al punto con cada una de las estaciones de penitencia, pero sin Usanavy a su lado no existirían sábado santo ni trascendencia ni resurrección gloriosa al final de la SS. Las habitaciones desoladas, los muebles saqueados, el héroe caído sobre las losas de la cocina, como mil años antes hubo estado Anita-espídica: supo que todo estaba perdido, y a sus dieciocho se sintió viejo y cansado como un poeta. Ni siquiera le quedaba una fotografía con la que relamerse, guardaba cientos de fotos de Usanavy, que le decía para ya, parece que te gusto más en las fotos que aquí delante, y era cierto porque Robe recortaba su figura como si fuera un cromo y la insertaba en el escenario de una simulación porno rodeada de bocas voraces y de cosas peores, y eso era muy hermoso. Ahora estarán en un despacho judicial bajo custodia, y un agente se habrá masturbado con ellas y las habrá enviado a toda su agenda, el tesoro encontrado en el PC de uno de los perros antisistema a los que sacudimos en la barrio de los pobres. Usanavy tenía dos hoyuelos sobre el cóccix, dos semiesferas lindas y simétricas que Robe cubría con una pulgada de esperma. Nunca la desnudaba del todo, por prisa, por ansiedad y porque le avergonzaba que su novia tuviera los pechos tan pequeños, un can del barrio de las casas baratas debería salir con una novia de veras y no con esa niña a medio hacer que sigue vistiendo con ropa de dibujos animados; pero Robe adoraba esos hoyuelos y los besaba con la fruición de un viejo verde, la piel fría y tirante de sus nalgas aplastadas contra sus mejillas. Tenía suerte de vivir emparedado entre la belleza japonesa de Usanavy y la belleza de corsetería de Anita, mamá-Anita no necesita ponerse compacto de polvos, todos los canes del barrio tienen preparado un chiste sobre ella, el propio Robe acabó haciéndolos para evitar la escaramuza continua, debía ser cínico si quería ser un capo, su culo estaba a salvo del paso del tiempo por un conjuro de bruja, se le descolgaban la tripa y los pechos como masa de repostería y sin embargo el culo permanecía inmune, óvalo milagroso, cómo entraba en los vaqueros, cómo encajaba en las falditas de los veinte años. No, no se conformaba, quiso ver a Usanavy, insistió, rondó la puerta de su casa, la llamó a gritos desde el portal, obligó a sus padres a dar aviso a la policía, salió corriendo como un crío, casi se dio por vencido, y aquella noche hizo un último intento: era viernes y sabía dónde podía encontrarla de la mano del nuevo, un tipo cualquiera que no merecía estar a su lado y que la llevaría a esos sitios donde va todo el mundo para presumir de ella y decir miradme de la mano de la emperatriz japonesa, la novia del capo de la esquina que fue humillado delante de vuestros ojos, el estraperlista que os engañó a todos; no, Robe no podría consentirlo, hay ciertas costumbres medievales y masculinas que perduran, Roberobado necesitaba la revancha, destrozar a golpes al nuevo y escupir en la cara de la traidora, o que al menos se atreviera a sostenerle la mirada durante unos segundos. Los vio de lejos, ella tan pequeña y sin embargo resplandeciente con un vaso en la mano y el pelo recogido en un elástico, las luces de los coches le servían de escaparate. Robe apretó los puños e imaginó la secuencia siguiente, la increpación, el insulto que nadie puede pasar por alto, la gallera de los muchachos formando un corro expectante a su alrededor, y después los primeros golpes, duros y veloces como pedradas; y justo entonces sintió una pereza infinita que le hizo aflojar las manos, el cansancio del soldado que está dispuesto a obedecer las órdenes pero que ya no alberga ninguna esperanza ni deseo de fortuna ni patriotismo ni ambición; y los vio felices sentados sobre el capó de un coche como en un anuncio, el chico era guapo, seguro que sería compasivo con la compresa empapada en menstruo, tan distinto de Robe, su rostro de cuero gastado y las mandíbulas crujientes, los ojos grapados como signos muy fugaces de que una vez hubo belleza y ternura detrás de ellos. Robe se sentó en un escalón de piedra y estuvo observándolos durante mucho tiempo, hasta que al final se marcharon hacia la escalera de Buero o quizá a un sótano o un cuarto propio donde no hubiera interrupciones. Era madrugada, Robe renunció a perseguirlos. Caminaba de vuelta a casa cuando vio una ventana abierta en uno de los bloques, como una invitación que decía entra y toma lo que quieras, no seas tímido, mi casa es tu casa, mis cosas te pertenecen, arriba, arriba. Habría que trepar por una pared sin asideros para alcanzar el alféizar, pero unos albañiles colaboracionistas dispusieron una urdimbre de andamios que parecía, pensaba Robe, la escala de un barco. El botín aguarda, abordaje propicio. Los corsarios no saquean la sentina de su propia flota, no asaltan una tienda de la calle familiar ni sacuden a los vecinos del patio de luces, hay cierta ética territorial, una pizca de conciencia y sentido práctico, todo se complica cuanto más próximo. Se puede, si acaso, pescar alguna cosa al descuido, pero nunca reventar una puerta ni arrancar un asa de un hombro si la víctima es Amparito, tercero izquierda, Robe fue instruido en el hurto y el estraperlo pero no en el asalto ni en el allanamiento de morada. Sólo tiene que estirar los músculos y trepar por los tubos como por un columpio infantil, y después olisquear el interior, atreverse, balancearse y de un salto clavar los dos pies como un gimnasta al terminar el ejercicio. Está dentro. Se parece tanto a su propia casa, se descalza para no hacer ruido como en las clases de judo. Sonríe, pensando si no habrá entrado en ella por error. Sobra luz: el haz naranja del alumbrado público y el tajo de la primera clara del día. Robe podría andar a ciegas, el baño diminuto, la cocina de juguete, si estira los brazos casi puede tocar los dos tabiques como en la celda de la preventiva, ¿verá a su mamá en el cuarto, durmiendo sin sábana con el sofoco del verano, las bragas que rivalizan en el tendedero con las de una jovencita?, ¿se encontrará también a sí mismo, a otro Robe idéntico e insomne delante del PC jugando a Hammer of War o husmeando en las carpetas llenas de pics de Usanavy? Muebles cascados, esquinas vencidas, las molduras del aparador y los arabescos del sofá: la pobreza se adorna ingenuamente, Robe recuerda a la linda Usanavy, menos hostil que esa noche, rendida sobre otro sofá idéntico, sus rizos en relieve sobre los brocados de la tapicería, mamá en el cuarto de al lado, no importa, nada importaba demasiado, a Robe no le importaba que su madre se quejara de tanta insolencia, a Usanavy no le importaba verlos discutir como fieras, Robe le decía tú haces lo mismo, ella le decía a mí no me des lecciones. Pero ¿y el mapa del tesoro?, ¿y las joyas, y los gadgets? Descalzo y tan ridículo, Robe ni siquiera piensa si acaso tendrá que enfrentarse con un tipo en pijama que grite eh, cómo has entrado aquí, hay que ser imbécil para dejar abierta una ventana tan golosa, en el barrio no valen esas confianzas, noche de flama pero a quién se le ocurriría abatir el postigo de la fortaleza para refrescarse. Eligió mal: una casa sin aire acondicionado debe de ser un lugar muy pobre, sería mejor no comer durante una semana y ahorrar el dinero para pagar el primer plazo del split, hay madrugadas de treinta grados, el asfalto se derrite al mediodía. En un perchero encuentra un morral, y en el morral un billete pequeño, quién vive en este tabanco, de qué se alimentan, cómo respiran este aire de crematorio. Robe jadea como un dogo, oye un gemido que proviene de la habitación, se asoma y ve dos cuerpos desnudos y encurtidos por el alumbrado que entra a rayas desde la ventana. La luz naranja embellece las figuras, es un filtro cinematográfico. De noche, todas las chicas resultan bonitas en la plaza, la piel de cera y la boca como un fruto. La luz blanca de los lavabos las vuelve demasiado reales, sin embargo. Entras, cierras la puerta, sujetas sus rodillas, apartas la ropa y esa lámpara de quirófano muestra la cara interior de unos muslos mantecosos como en un programa de televisión donde el cirujano dibujara líneas de corte con un rotulador y dijera esto sobra, esta pieza será extirpada, no es posible que sea la misma chica sexi que te devoraba en la plaza hace diez minutos, trazo de cómic y ahora su reverso. A veces ocurre que Robe está en casa a esa hora en la que se enciende el alumbrado, mira por la ventana y ya no le parece tan sucio ni tan miserable el barrio, cubierto por una luz densa que cae sobre los edificios y los árboles como un manto, y ve a la gente bajar del autobús para volver a casa, y ve zumbar a algún can en la moto y trata de averiguar quién es y adónde irá, es el barrio, dice Robe, el barrio de paredes de cal y zócalos amarillos, que no tiene la piedra antigua de las calles del centro ni los contenedores soterrados ni los balcones de forja, todo cuanto Robe observa como un turista cuando desfila en la procesión con el uniforme de la banda, pero es el barrio, dice, y aquí todos ladramos.

En el dormitorio de aquella casa tomada al asalto Robe ve a dos hombres abrazados, dos hombres viejos que se quieren, dos viejos follando el uno contra el otro, y piensa en sus antiguos barones y en cómo se reirían a carcajadas si estuvieran allí agazapados, tendrían argumento para sus bromas durante meses. Quiere marcharse pero los pies se funden al suelo con cemento hasta que oye un grito de terror y ya está en el alféizar y alcanza el andamio sobre el que se desliza como un chimpancé hasta llegar al suelo y entonces corre, corre y sólo cuando un cristal le raja la planta del pie descubre que ha olvidado los zapatos. Regresa a casa: los cuartos devastados, la suciedad de mendigo, la desesperación del tedio, del nadaquehacer y de la soledad punzante. Se derrumba sobre la cama, duerme sin sueños. Cuando despierta vuelve a ser de noche. La herida sangra y supura, tiene fiebre.

Doña Remedios padeció el tormento del hospital de los huesos rotos durante meses. Cuando al fin se evaporó del sueño de la morfina e intentó levantarse de la cama, no hubo ninguna enfermera que le dijera descanse, señora, no haga esfuerzos, tampoco un doctor afable que le preguntara cómo se encuentra, bienvenida al mundo de los vivos. Nadie esperaba que los hijos ingratos cumplieran con el cometido genético de cuidar de su madre anciana, y por eso acudieron Román y el Devoto para ofrecerse a cuanto hiciera falta como recuerdo de la solidaridad del barrio de las casas baratas, antes de las guerras yonquis y de las avenidas que estrangulan. Reme era la vecina de la escalera primitiva, Coral 9, y cada indio de la tribu debe cumplir con el compromiso de la sangre, aunque algunos jueguen a las hordas mongoles y otros a los vía crucis de SS.

Reme abrió los ojos, sintió el cepo de los clavos y las férulas, la molestia del camisón pegado a la piel, las úlceras de la espalda adherida a la sábana. El Devoto sonrió, le dijo el Señor te ha traído de vuelta porque a pesar de tus locuras eres una mujer buena y humilde, ahora tienes que hacer caso a los médicos y dejar que cuiden de ti, son muchos años, has peleado contra demasiadas cosas, deja que te hagan de comer, deja que te saquen al sol y que te distraigan, en el barrio se alegran de tu mejoría, todo ha vuelto a su cauce, ya nadie te guarda ningún rencor, te perdonaron en el cielo y en la tierra, no sufras, las monjas de la residencia son almas benditas.

Pasaron las semanas, Reme se sometió sin queja a la rehabilitación aunque el síndrome de abstinencia le mordiera los nervios, sentía náuseas y deseos de aullar por los pasillos, ni siquiera se quejó demasiado cuando intentaron que se pusiera en pie, vamos, usted puede hacerlo sola, no es tan difícil. El día que llegó la ambulancia para llevarla al asilo de caridad quiso disculparse con las enfermeras por las molestias que pudo haberles causado, soy una vieja tonta. Las enfermeras la observaban, qué señora tan curiosa, y aquella que cambió la pauta de la morfina sintió que el corazón se le desbarataba, adiós, adiós, te vas al país de Nuncajamás.

En el asilo tomó las sopas que le ofrecieron, vio los dibujos animados de la TV en la sala común, se dejó poner los pañales sin una lágrima, encogió las piernas flacas para facilitar las maniobras de la monja robusta, pero se resistió a quedarse quieta y a olvidar las recomendaciones que le hizo el doctor antes de subir a la ambulancia, muévase tanto como pueda, señora, la carne es blanda, hay que amasar el músculo para que abrace el hueso, permanezca con vida, camine. Aunque se negaron a darle unos pedales de refuerzo, ninguna de las monjas pudo evitar que se entrenara subiendo y bajando los peldaños que llevaban de la sala a las habitaciones. A media mañana, cuando todas las viejas se estabulaban delante de la siemprencendida, Reme se escurría hacia los pasillos y tanteaba las paredes con las manos, diez pasos y vuelta, veinte pasos y un pequeño descanso. Los músculos de pájaro se desarrollaban con lentitud, Reme no tenía ninguna prisa, su casa estaba cerrada como si ya hubiera muerto, los libros permanecerían donde los había dejado, los armarios y los cajones estarían vacíos, las brigadas de limpieza habrían arrancado su ropa de los cordeles; y en su cabeza había forjado un plan de redención que pronto llevaría a cabo; en sus novelas había aprendido que todos los acontecimientos conducen a un desenlace ya previsto.

Aquella mañana desayunó copiosamente, qué apetito tiene hoy, doña Remedios, fue a su habitación y cogió su bolso aunque dentro no llevara gran cosa, las monjas administraban el dinero de los internos, sólo les dejaban una pizca. Después aprovechó un despiste del conserje para escabullirse por la puerta principal como si hubiera venido de visita. No descubrieron la fuga hasta el mediodía, cuando la monja robusta preguntó por ella y la camarera dijo que había subido a recoger las gafas para ver la TV, la señora Remedios no usa gafas, tiene la vista de un muchacho. Buscaron por todas las dependencias, primero con discreción, después a gritos, golpeando las puertas. No dieron el aviso a la policía hasta el día siguiente para no manchar el nombre del asilo; entonces supieron que ya era tarde.

Había previsto los detalles aunque no recordaba que la residencia, una antigua casa de intramuros, estuviera tan lejos. Caminó con pausa, se sintió fuerte por un instante con el aire de la mañana en el rostro, entró en un supermercado y compró cerillas y gel inflamable para encender barbacoas. Fatigada, subió a un taxi y pidió que la llevara al ayuntamiento. Abrió el bolso, fingió que buscaba con angustia, le dijo al taxista que había olvidado en casa el monedero, soy una vieja tonta, le suplicó que esperara en la puerta, mi hijo trabaja en las oficinas, será un momento. Se apeó, les indicó a los guardias que tenía una cita con el concejal del distrito sur, atravesó el arco de detección, subió las escaleras pisando con delicadeza para que un tropiezo no arruinara la aventura y se sentó, sofocada y tiritando de dolor, en una silla de noble respaldo que había en el pasillo.

Pasaron una, dos horas, nadie se acordó de ella, el taxista se marchó enfurecido, los guardias que habían registrado su nombre en el libro de visitas se olvidaron de su insignificancia. También los funcionarios que pasaron a su lado la ignoraron, hasta que una secretaria se extrañó de ver allí a una señora tan mayor y le preguntó si necesitaba alguna cosa. Reme contestó que estaba esperando a su hijo, y señaló la puerta cerrada del despacho, espere, voy a ver si está dentro. A la chica le pareció raro que la madre de aquel concejal tan triste y tan apuesto tuviera el aspecto de una vieja chiflada, pero se contaban cosas dispares sobre él, sus romances, su melancolía, el dinero de aquellas facturas. El concejal salió al pasillo en mangas de camisa. Reme suspiró, se levantó de la silla con calma, apoyando las dos manos en el asiento para afianzarse, dio algunos pasos cortos, abrió el bolso, ¿pero qué hace usted aquí?

No se fijó en el tórax deshinchado del alfil, ni en la curva de tristeza que había borrado su mandíbula rectangular, parecía tan distinto de aquel nervio presuntuoso que quiso comprar su rendición. Un puño de gigante lo había aplastado contra el suelo, se diría incluso que había menguado de estatura y que sus brazos se balanceaban fláccidos a los lados, sin hiperproteína ni convicción. Insensible a la metamorfosis, Reme cumplió con el plan establecido: el líquido empapó la camisa, la cerilla fue arrojada sin fallo como una bengala de salvamento. Los guardias oyeron desde la garita los gritos de dolor indescriptible e irrumpieron en la escena cuando el cuerpo de Reme caía inerte con ruido de cristales rotos.

Fue en aquel instante, antes de las llamaradas y la espuma del extintor, cuando el alma de doña Remedios, viuda de, ascendió al cielo de los soviets. No pudo percibir las lágrimas de la secretaria enamorada ni el olor de la carne quemante ni tampoco la presión de los brazos que la atraparon y la arrojaron, también a ella, dentro de la misma ambulancia; ni a los doctores ofendidos contra los agentes que vigilaban el quirófano, ni los nuevos clavos de titanio perforando sus articulaciones, ni las suturas, ni los viales, ninguna de esas cosas pudo percibir porque, aunque las constantes dijeran que seguía con vida, lo cierto es que la verdadera Reme-soviet ya habitaba en el cielo de los justos, donde su alma y su conciencia se encontrarían con la conciencia y el alma de la mamá de Anita, y se apretarían las manos y darían saltos de alegría, y juntas pasearían tan hermosas como vestales por un bulevar francés, dejándose silbar por los chicos guapos de un bistrot. Sentados allí, incómodos entre los jóvenes del *quartier* (jardines, piedra antigua, pórticos, librerías, tiendas de grabados), estarían Baroja, Blasco y Buero, y tal vez también Galdós, que las convidaría a un pastís a cambio del relato de sus vidas de infortunio, siempre urgen nuevos argumentos para el realismo social acuciante.

—Pero todo esto que usted me cuenta, ¿es verdad o es locura de usted? Porque a mí me han dicho que usted ha escrito novelas, y que por escribirlas comiendo mal ha perdido la chaveta.

—Yo le juro a la señora que lo que le he dicho es el Santísimo Evangelio.

Sucedió así, o quizá no; quizá la vieja nunca abrió aquella caja, el profesor no está, no me haga a subir las escaleras otra vez con esto, señora; quizá no rompió las solapas, no se atrevió a vulnerar la propiedad privada y aguardó a que sonaran las llaves en el rellano para salir y decirle ha venido un mensajero preguntando por usted, le señaló la caja, le dio el albarán firmado y se quedó sola para siempre, el trastorno de tantos días en el hospital, la cama fría, el olor del incauto que perdura en las paredes; sola en aquella casa amarilla, con el auxilio de la siemprencendida como nutriente común para todas las vecinas del barrio; un barrio que no vivió ninguna verbena ni vio crecer en los balcones ningún bosque de colgaduras ni escarapelas jacobinas ni campamentos mongoles ni activistas en las calles ni agentes represores; un barrio que fue para siempre la colonia de los barones rampantes, ociosos y flojos en la esquina del arriate correspondiente, fieles de SS y aburridos sin variación de su nadaquehacer, el tiempo pasaba cruel sobre ellos y también sobre doña Remedios, que se acartonaba dentro de su nanocasa esperando a que se cumplieran los cincuenta años de la concesión; y cuando el plazo expiró y hubo que firmar el acta notarial, Reme vio materializarse frente a ella a sus ~~libros~~ hijos repentinos, de pronto y de dónde, que anduvieron muy espabilados para tomar la porción que les pertenecía en el reparto de la legítima propiedad, exigir una tasación y un contrarresto a cambio de los desprecios de una madre que no quiso serlo y que los miraba como a extraños cuando eran chicos, que dejaba que se golpearan y se abrieran brechas como cremalleras en la cabeza, que se masturbaba con tubos de talco mirando revistas ilustradas mientras ellos lloraban hasta el pánico en la cárcel de sus cunitas, y que cuando llegó el tiempo de la epidemia no procuró alejarlos ni les dijo hoy no salgáis a la calle, el padre siempre enfermo y cansado, la madre sin ganas de ninguna cosa; y fue así como doña Remedios, viuda de, se encaminó hacia el asilo de beneficencia sin ningún hueso roto y con el cargo de sus propias culpas y sus temores, los dibujos animados percutiendo contra su tristeza, nunca Baroja, nunca Ana Ozores ni Fermín de Pas, nada de Fortunata en los brazos de Santa Cruz, la curva del cuello blanco en el espejo y el brillo de las medias que nunca tuvo, doña Remedios sin lecturas, blanda y obediente como los gatos recién nacidos que se ofrecen tiernos a las manos de quien los arroja al vertedero.

> La sociología urbanística actual define el arte de *habitar* como el conjunto de conocimientos y normas para conservar las viviendas en condiciones de higiene, limpieza y un mínimo de decoro estético, toda vez que la nueva vivienda, por muy perfecta que sea construida, si se entrega a una familia que no sabe cuidarla, o, mejor dicho, que no conoce el denominado arte de *habitar* (que no es innato, y difícilmente conocerán quienes no han vivido más que en cuevas o chozas), no tardará en convertirla en un verdadero tugurio.
>
> ANTONIO FERNÁNDEZ MEDINA,
> director general del Real Patronato
> de Casas Baratas. *ABC*, 1961.

El Real Patronato de Casas Baratas fue constituido en 1913. En 1954 se registró como entidad benéfica. Más de doce mil viviendas fueron construidas hasta el final de la dictadura, dando origen a decenas de barrios suburbiales.

En 1942 se funda la Hermandad de San Gonzalo en el barrio León. Toma su nombre del general Gonzalo Queipo de Llano, que comandó la represión y el exterminio de opositores en la Baja Andalucía.

En 1952 se funda la Hermandad de Santa Genoveva en el barrio de Tiro de Línea. Toma su nombre de Genoveva Martí, esposa de Queipo de Llano.

En 1961 una riada arrasó los campamentos que rodeaban la ciudad, habitados por familias de la comarca que huían de la miseria.

Miles de presos republicanos fueron obligados a trabajar en la construcción del Canal del Bajo Guadalquivir. Una vez redimidas las condenas, muchos de ellos habitaron en el suburbio de Torreblanca, asolado en los años ochenta por la epidemia de la heroína.

Las cursivas corresponden a fragmentos de *La rebe-*

lión de las masas, Historia de una escalera, Aurora roja, La sensualidad pervertida, Camino de perfección, La busca, El árbol de la ciencia, Mala hierba, Las inquietudes de Shanti Andía, Entre naranjos, La casa de Bernarda Alba, Poeta en Nueva York, La Regenta, Luces de Bohemia, Fortunata y Jacinta, San Manuel Bueno, mártir, Prosas profanas, El rayo que no cesa, Azul, Campos de Castilla y algún otro.

Los acontecimientos que se narran son ficticios, hasta cierto punto.

ÍNDICE

Impreso en Romanyà Valls, S. A.
Sant Joan Baptista, 35
08789 La Torre de Claramunt
(Barcelona)